Vladimir Sorokin

MANARAGA

ГОРНОЕ ОЗЕРО
(близь горы Мана-раги)

GEBIRGS-SEE
(Unweit des Berges Mana-raha.)

съ натуры рис. Бернелевъ

Vladimir Sorokin

MANARAGA

Tagebuch eines Meisterkochs

Roman

Aus dem Russischen von Andreas Tretner

Kiepenheuer & Witsch

Frontispiz nach einer Zeichnung von Iwan Bermelejew aus:
Ernst Hofmann, Der nördliche Ural und das Küstengebirge Pae-Choi.
Sankt Petersburg, 1856.

Die fragmentarischen Bulgakow-Zitate auf S. 176 f. stammen aus
Übersetzungen von Thomas Reschke und Alexander Nitzberg.

MIX
Papier aus verantwortungsvollen Quellen
FSC® C083411

Verlag Kiepenheuer & Witsch, FSC® N001512

1. Auflage 2018

Titel der Originalausgabe Манарага

Mit einigen Ergänzungen des Autors im Manuskript
aus dem Russischen von Andreas Tretner

Umschlaggestaltung Rudolf Linn, Köln
Umschlagmotiv © Andrey Podkorytov / Alamy Stock Foto
Autorenfoto © Maria Sorokina
Gesetzt aus der Meta Serif
Satz Buch-Werkstatt GmbH, Bad Aibling
Druck und Bindung CPI books GmbH, Leck
ISBN 978-3-462-05126-1

13. MÄRZ

Abends: Schaschlyk vom Stör auf dem *Idioten*. Vollwertiger Roman, mittlere Gewichtsklasse: 720g, 509 S., Velinpapier, Ganzleinen. Ausreichend für acht Spieße.

Wie vereinbart, tafelten der Kunde + sieben Gäste rund um den Grill. Nicht so sehr um sich davon zu überzeugen, dass ich tatsächlich die Erstausgabe abbrenne – ein Buch, das seine 8700 Pfund wert war – und nicht etwa heimlich Ersatz, irgendeinen minderwertigen nordischen Thriller aus dem 21. Jahrhundert über einhundertfünfzig Graustufen der Mittelmäßigkeit. Nein, sie wollten Kunst von mir sehen. Und sie bekamen sie.

Alles, aber auch alles hat gestimmt. Ich war auf der Höhe meiner Aufgaben.

Wie viele Untiefen bei diesem Job auf einen lauern, weiß nur ein Book'n' Griller zu sagen. Das heißt, aus dem Nähkästchen zu plaudern ... Bekanntlich wurden Romane früher auf sehr verschiedenem Papier gedruckt. Welches auf ganz unterschiedliche Art brennt. Manchmal glimmt es nur, und auch Verpuffungen kommen vor, nach denen einzelne Buchseiten durch die Luft segeln, womöglich über den Köpfen der Kunden schweben, wenn nicht gar am Fleisch festkleben. Unsere Grills verfügen über spezielle Absaugpumpen, die dem Herumfliegen brennender oder verkohlter Papierfetzen ein Ende gemacht haben. Aber eigentlich greifen nur Anfänger darauf zurück. Was ein wahrer Meister ist, der arbeitet mit Kopf und Händen. Diese Pumpen lassen nicht nur die Flammen schrumpfen, sie zähmen das Spektakel. Mit der Luft wird der Schauwert der Vorstellung abgesaugt. Und ein Buch muss Eindruck machen: Es muss lodern und die Sinne entflammen. Der erfahrene Meister hat den Vorgang vorauszuberechnen wie eine Schachpartie. Und er muss kaltblütig auf das Seil gehen, welches über dem Abgrund gespannt ist. Einband, Kapitalband, Leinen, Karton, Gazestreifen, Hanfkordel, Lesebändchen, Kaseinleim, gepresste Blumen, Papierflöhe, Wanzen oder Schaben im Buchrücken – überall Gefahren. Die man abzusehen hat. Einem Koch ist es einmal passiert, dass ein in den Rücken versenkter Mikrofilm zur Stichflamme führte, das Buch stammte aus dem mittleren 20. Jahrhundert. Ein anderer bekam Probleme mit dem anthropodermischen Einband der *120 Tage von Sodom*. Da ist nichts, was es nicht gibt ... Die geringste Nachlässigkeit, Unsicherheit, Selbstüberschätzung – und die Katastrophe ist da. Der Beruf hat mit Risiko zu tun. Im gelindesten Fall drohen finanzielle Einbußen, Wein ins Gesicht, ein Stück aus dem kostbaren Tafelgeschirr über den Schädel. Im ärgeren: die Kugel. Hat man Glück, ist es eine weiche. Im kriminellen Milieu erfreut sich das Buchen eines bibliophilen Gelages zunehmender Beliebtheit. Und Europa starrt vor Waffen nach so einem Krieg. Der Deutsche heute war ein Relikt aus goldener Vorkriegszeit.

Wenn die Damen und Herren um den Grill *herum* sitzen und der Koch kein Hinterland hat, erhöht sich das Risiko. Aber dafür bin ich eben Künstler und kein gewöhnlicher Book 'n' Griller. Ist der Grill also eingekreist von Kunden, die vor leeren Tellern sitzen, fällt mir die Geschichte von jenem legendären Zauberer ein, der sein Publikum mit einem simplen Trick zu verblüffen pflegte: Er schlug sich einen Nagel durch den Finger, was zu glauben nur möglich war, wenn man im richtigen Winkel zum Vorführenden saß. Einmal aber stellte ihn die Bagage – misstrauisch, wie sie war, noch dazu im angetrunkenen Zustand – irgendwo auf einem städtischen Platz, händigte ihm einen Nagel aus und bestand darauf, den Trick auf der Stelle zu wiederholen. Er war umzingelt, man ließ ihn nicht davonkommen. Also blieb dem Meister nur, sich den Nagel wahrhaftig in den Finger zu rammen. Die Grimasse des Schmerzes nahm die Meute für ein Lächeln. Von da an war er wirklich berühmt. Unsereinem ist selbst so eine Nagelprobe verwehrt. Der Job hat keinen doppelten Boden, er beruht auf purer Meisterschaft.

Feurio! Ich habe in den letzten neun Jahren gelernt, wie man mit Büchern fachgemäß umzugehen hat. Dieser Koch kann gut lesen, so heißt es bei uns. Ich darf von mir sagen: Ich lese ganz anständig. Das bedeutet: Bei mir brennt eine

Seite schön nach der anderen, und sie brennt lichterloh – sodass meine Kunden begeistert sind. Derweil das Fleisch brutzelt, die Augen glänzen, und die Kasse stimmt.

Bücher sind wie Pferde, wild und eigensinnig, solange man nicht den richtigen Zugang findet. Ich komme ohne Peitsche und ohne Sporen aus. Mit Liebe, nichts als Liebe ... Bücher sind für mich mehr als nur Brennholz, wie man in unserer gastronomischen Untergrundgemeinschaft gern dazu sagt. Das Buch ist eine Welt für sich – die, zugegeben, der Vergangenheit angehört. In dieser Hinsicht bin ich Romantiker. Ich habe einen Geisteswissenschaftler zum Vater, einen Stomatologen zum Großvater, einen Rechtsanwalt zum Urgroßvater, einen Rabbi zum Ururgroßvater. Eines weiß ich genau: Wenn du ein Buch wirklich liebst, wird es dir alle Wärme spenden, die in ihm wohnt. Und ich liebe die russische Klassik, auch wenn ich keinen einzigen Roman weiter als bis zur Hälfte gelesen habe. Und es wird mir nie und nimmer einfallen, ein gutes Steak über einem zweitrangigen Autor – sagen wir: Gorki – zu grillen. Die ganze Klassik kennen wir in- und auswendig, mein gescheiter Floh und ich: die Romanhandlung ebenso wie die Biografie des Verfassers, in allen Details – bis hin zum Datum, an dem das Scheit auf den Markt gekommen ist. Ein Koch muss das wissen, selbst wenn er Analphabet ist, was unter uns leider immer häufiger vorkommt. Obwohl: Um ein Buch ordentlich zu lesen, muss der Koch es nicht unbedingt gelesen haben. Dies ist ein Paradoxon des 21. Jahrhunderts. O tempora, o mores!, wie mein seliger Herr Vater, der Professor, zu sagen pflegte. Als Kind dachte ich, er spräche von Tempura, was es beim Japaner um die Ecke gab. Anscheinend ist schon damals der Gourmet in mir erwacht.

Jedenfalls hat mir die Literatur in diesen neun Jahren ein hübsches Sümmchen eingebracht. Und nicht irgendeine: die russische! Ihren flammenden Seiten ist es zu danken, dass ich den steinigen Weg vom gewöhnlichen Koch in den Schnellküchen des Hongkonger Untergrunds zum Drei-Sterne-Mietkoch gegangen bin und es mir nunmehr leisten kann, allein von Gastspielen und Tourneen rund um die Welt zu leben. Ihr – und der Erfahrung, natürlich. Aus Fehlern wird man klug – und mit den Jahren immer klüger ... Der Zufall stand mitunter Pate, die Intuition.

Das Buch muss man lieben. Mein alter Lehrer Zokal, der für sein legendäres Nachtbüfett in der Athener Nationalbibliothek lebenslänglich bekam, hat nicht umsonst immer gesagt: »Ein Buch ist das beste Geschenk!« Zum Vierzigsten haben wir, damals noch kleine Kochlöffel, ihm die Erstausgabe des *Dr. No* zum Präsent gemacht – da er gerade eine Riesen-Familiengrillparty auf Ian Flemings Gesammelten Werken für einen amerikanischen Milliardär plante, der, so wusste man, verrückt nach James Bond war.

Allzeit das rechte Buch in den Flammen – es lebe hoch!

Die heute aufgetafelte Klassik war in diesem Sinne überaus korrekt: eine Ausgabe Fjodor Michailowitsch Dostojewskis zu Lebzeiten.

Der Kunde – ein reicher Deutscher aus Berlin. Sieben Gäste verschiedenen Geschlechts. Das Menü zu 100 % russisch, versteht sich: Kaviar, Wodka, *pirozhki* – und als einziger Hauptgang der Stör auf Dostojewski in meiner Ausführung.

Alles lief bestens. Die Lesung geriet ideal – nicht zu langsam und nicht zu schnell, beinahe gänzlich ohne Rauch. Klassik eben. Ich war in Form. Das Vermögen, die Seiten einzeln ins Feuer zu blättern, um es gleichmäßig am Brennen zu halten, ist in dem Job eine Grundvoraussetzung. Dafür gibt es ein spezielles Werkzeug: Das metallene Blatt hat etwas von einem Schwert, in unseren Kreisen sagt man Excalibur dazu. Jeder Koch besitzt sein eigenes, das er sich extra anfertigen lässt. Nach der letzten Razzia in Palo Alto gebrauche ich ein neues: Klinge aus Titan, Heft aus Elfenbein.

Mein Schwert hat mich auch diesmal nicht im Stich gelassen.

Acht Spieße mit appetitlichen Störhappen, kredenzt auf silbernem Tablett, ohne Grünzeug und Garnitur – das ist die Reinheit des Genres. Dazu einen Roederer, den Jahrgang meiner Mannbarwerdung.

»Bon appétit!«, wünschte der Hausherr seinen Gästen kurz und knapp.

Die bis dahin geführte Unterhaltung – profaner Small Talk, halblaute Kommentare zu meinen Verrichtungen über dem Grill, hie und da ein Einwurf, Ausruf des Erstaunens – erstarb im Augenblick, sobald ein jeder seinen Teller mit dem Spieß vor sich hatte, an dem der Schaschlyk leise zischelte: 5000 Pfund das Menü + eine drohende fünfjährige Haftstrafe dazu. Die beiden Zahlen standen in den Pupillen der Gourmands zu lesen. Das bernsteingelbe Störfleisch, umhüllt von goldbrauner Kruste, dampfte.

In vollkommener Stille fanden die acht Pokale tönend zueinander. Man nippte vom Champagner und griff nach dem Besteck. Ein leises Knirschen der Messer, und die Gabeln beförderten die ersten Bissen des dampfenden Störs in die Münder.

Das andächtige Kauen zu vernehmen, bedurfte es schon eines feinen Gehörs.

Die Damen und Herren kauten etwas Verbotenes.

Was da hineinklang ins angespannte Schweigen – es ist mit nichts zu vergleichen. Musique concrète; Cage würde uns beneiden darum. Eine unsichtbare Auszeichnung, die mit Geld und Risiko nicht aufzuwiegen ist.

Alles Nachfolgende dann im Rahmen des Erwartbaren: Seufzen und Frohlocken, nervöse Witzchen und Lob an meine Adresse, der ich in weißer Kluft hinter dem Grill stand:

»Maestro, Sie haben sich selbst übertroffen!«

»Susanne, kannst du die Hunderttausend riechen, die Nastasja Filippowna ins Feuer geworfen hat?«

»Liebster, wie viel hast du denn heute für mich verbrannt?«

»Barbara, wir beide sind kriminell, was sagst du dazu?«

»Hach, aus diesem Fisch schmeckt der Aberwitz!«

»Thomas, ich geb es ungern zu, aber Stör esse ich auch zum ersten Mal!«

Die gute alte Bourgeoisie, immer etwas schlicht, der Mode hinterherhechelnd ... Der am meisten gesittete, berechenbare Teil meiner Kundschaft.

Nachts: im Bleibtreu-Klub; Tequila on the rocks nach einem leichten Dinner + einer Zigarre Arturo Fuente Opus X.

An sich rauche ich nicht und trinke wenig. Aber nach einer gelungenen Lesung kann ich es mir leisten, ein paar Schnäpschen zu kippen + eine dominikanische Zigarre zu paffen. Tequila on the rocks ist ein harmloses Gesöff, das aufmuntert und erfrischt. Und dominikanische Zigarren sind bei Weitem angenehmer zu rauchen als die kubanischen ... Relax, relax, Book 'n' Grill Chef.

10 000 Pfund für den Abend, das ist kein schlechter Schnitt. Damit liege ich bereits über dem, was das Buch gekostet hat. Das spricht für Qualität. Und je mehr man nimmt, desto tiefer die Befriedigung. Der Status – Meisterkoch für Book 'n' Grill –, darauf kommt es an. Ich kann zufrieden sein, im großen Ganzen. Beruflich wie auch im Leben. Selbst wenn da nicht immer alles glattlief. Schrammen sind für unsereinen normal.

Ich paffe meine Zigarre und ziehe das hübsche Bündel englische Banknoten mit dem blasierten Königsgesicht aus der Tasche, nehme eine und falte einen Stier daraus. Den setze ich in den Aschenbecher und zünde ihn an. Mein Dankopfer an die digitale Welt, die uns mit Arbeit versorgt. Ein Ritual, das ich nach jedem erfolgreichen Abend vollziehe. Die Geldscheine von heute brennen jämmerlich, man muss ewig neu anzünden ... Würden die Menschen heutzutage immer noch Bücher drucken und lesen, stünde ich bestenfalls in einem Ferienhotel hinterm Grill und briete Doraden – oder rührte in den Fast-Food-Stuben von Budapest, wo ich herkomme, im Spaghettitopf. Ein Chefkoch wäre nie aus mir geworden: Ich bin nicht fähig, Leute anzuleiten. Doch Feurio! – die Druckmaschinen der Welt sind zum Stillstand gekommen und rosten vor sich hin. Die Gutenberg-Epoche ist passé, die Elektrizität hat den Sieg davongetragen.

Nur eins noch wird in unserer Welt gedruckt: Geld. Selbst die Briefmarken sind im Orkus verschwunden. Das Papiergeld lebt.

Aber im Unterschied zu Büchern brennt Geld nur sehr schlecht. Deshalb taugt es auch nicht zum Grillen.

Eigentlich erstaunlich, dass das Bargeld bis heute im Umlauf ist. O heilige Lappen! Wie unerhört widerstandsfähig ihr doch seid in der Flut der elektronischen Blitze.

Und dennoch: Es lebe die Literatur!

Als die Menschheit aufhörte, Bücher zu drucken, und nur die besten der vorhandenen in den Rang von Museumsstücken erhob, war das die Geburtsstunde des Book 'n' Grill. Wir greifen nun mal gern nach verbotenen Früchten. Neunzig Prozent der von der Menschheit gedruckten Bücher landeten im Altpapier oder auf den Müllhalden, weil in den Wohnungen kein Platz mehr für sie war. Die übrigen zehn Prozent aber, die in Museen und Bibliotheken Eingang fanden, riefen in exklusiven Teilen der Gesellschaft eine erstaunliche Leidenschaft wach. Zwölf Jahre ist es her, dass in London das erste Steak über *Finnegan's Wake* gegrillt wurde, welches zu diesem Zweck aus dem British Museum entwendet worden war. Vier bedeutende Männer bereiteten das Mahl und verzehrten es: ein Psychoanalytiker, ein Florist, ein Börsenmakler und ein Kontrafagottist. So kam das Book 'n' Grill auf die Welt. Es war der Beginn einer großen Passion, aus der in diesen wenigen, ungestümen Jahren bereits eine nicht minder große Tradition erwachsen ist ... Die Briten, muss man sagen, waren zu jener Zeit der Welt voraus. Das Quartett von Gentlemen, das die neue Mode begründete, nannte man die neuen Beatles, denn drei von ihnen trugen die Vornamen der alten: John, George und Paul. Dazu kam Gregor, der Kontrafagottist. Und wie ihre Namensväter platzten auch sie mit ihrer Kunst in ein Nachkriegseuropa hinein, wo die Leute mit einem Mal eine unbändige Lust auf das Lesen überkam. Fingerfertige Einbrecher drangen in die Bücherdepots vor, Gourmets und die Jeunesse dorée zog es in die ersten Untergrundlesesäle. Später strömten auch die Philister da hinein. Was waren das für Zeiten! ... Wer damals am rechten Ort war, konnte ordentlich Kohle machen: Manch zweitklassiger, aus einer Eckkneipe dahergelaufener Koch verdiente sich eine goldene Nase dabei. Wäre ich nur fünf Jahre früher geboren ... In jener verrückten Zeit war das Volk noch so fasziniert von dem Vorgang an sich, dass es keinerlei Qualitätsansprüche hegte. Man las damals »diagonal«, so hieß das: mit Qualm, Rußflocken, Dunstschwaden. Von einem niveauvollen Mahl konnte keine Rede sein. Irgendwelche geldschweren Deppen, unter der Hand zu Feinschmeckern geworden, schlangen trockenes Christusfisch-Filet auf *Alter Mann und das Meer*, verbrutzelte Arracherra-Steaks auf Dos Passos und halb gares Schwein auf dem *Schwejk* ... Aber schon nach einem halben Jahr, als die Diebstähle in

Museen und Bibliotheken allerorts in die Schlagzeilen gerieten, sah die Menschheit sich genötigt, Book 'n' Grill als Verbrechen nicht nur gegen die Kultur, sondern gegen die Zivilisation im Ganzen zu erklären. Den Köchen, Bücherdieben und -hehlern, aber auch den Gästen, die einfach nur neugierig waren, Hammelschulter auf *Don Quichotte* oder Thunfischsteak auf *Moby Dick* gegrillt zu bekommen, drohte nun das Gesetz. Die ersten Gerichtsprozesse erregten viel Aufsehen und endeten folgerichtig in drakonischen Urteilen: Die Menschheit wollte ihr Kulturerbe schützen. Ihr aufgeklärter Teil war erschrocken und argwöhnte, ohne das museale Buch müsste der Homo sapiens endgültig zum Affen mit iPhone in der Klaue degenerieren. So kam das Buch ins Rote Buch.

Und das war prima! Der Preis für ein Book 'n' Grill verzehnfachte sich auf einen Schlag. Dilettanten blieben auf der Strecke. Das Lesen wurde zur Sache der Profis. Es entstand eine ganz eigene Gastronomie, mitsamt Tradition, Ritualen, Hierarchie, Finanzwesen und Sicherheitsdienst. Aber auch das Risiko nahm zu. Die verhängten Gefängnisstrafen waren krass, die Köche im Untergrund wurden amtlich dem internationalen Terrorismus zugeschlagen. Das war fraglos übertrieben, doch es sorgte dafür, dass der Ruch des Kriminellen nachhaltig an uns haften blieb. Davon, meine Herren, werden wir uns nimmer reinwaschen können – wir, die Kometen des Book 'n' Grill, für die es kein Zurück gibt. Aus eigener Erfahrung kann ich sagen und gebe es gerne zu: Wer einmal ein zischendes Rumpsteak über den lodernden Shakespeare gehalten, den zu erwerben man zuvor in die Mündung einer Pistole geblickt; wer einmal unter der schneeweißen Kochmütze hervor den konzentriert kauenden Geldsäcken, Aristokraten, Politikern, Banditen und Schauspielern ins Gesicht gesehen; wer zuletzt für seine Arbeit das prall gefüllte Kuvert entgegengenommen – er wird sich nie wieder in einem gewöhnlichen Restaurant an den Herd stellen. Und über all dem Luxus schwebt, es sei noch einmal betont, das Schwert des Gesetzes. An dessen kalter Klinge sich der Dampf von den brutzelnden Steaks niederschlägt, er tropft dir warnend auf den Kopf, tropf, tropf, tropf: 6 Jahre. 9 Jahre. Lebenslang ... Mich schrecken diese Tropfen schon lange nicht mehr, sie disziplinieren mich nur. Ich bin ein ausgebuffter Hund. Achte auf meine Form, blicke mich oft genug um, halte die Nase in den Wind, gehe Umwege, verwische meine Spuren. Risiko! Was wäre ein Leben ohne das? Müsli mit Marmelade, mittelmäßiges Gehalt für mittelmäßige Arbeit, Rente, Siechtum, Grab ...

Der Rauch der Zigarre, die gute Musik + ein paar ansehnliche weibliche Rundungen im Halbdunkel lösen einen Schwall von Erinnerungen in mir aus. Ich denke zurück an meine erste Grillparty. Warschau nach dem Krieg, Feldküche auf dem blanken Beton, ein Tisch, gedeckt für drei, der halbkreisförmige Schlund des Grillbeckens, auf dem Rost drei aufgeklappte Wachteln; ich trug weiße Handschuhe, als ich die *Aufzeichnungen eines Jägers* aus dem Futteral zog; an meiner Seite der alte Zokal, ein aufmunterndes Blitzen aus seinen tränenden Augen: Wird schon, mein Junge! – bevor er mich ins tiefe Wasser warf. Das war meine Diplomprüfung als Book 'n' Griller.

»Junger Mann, Sie sind der erste Russenkoch, der mir begegnet«, sprach eine Dame mich an, deren schmales Gesicht ich nie vergessen werde.

»Hoffe, Sie nicht zu enttäuschen, Madam«, erwiderte ich im Geiste meines geliebten Jeeves, obwohl ich inwendig bibberte.

Das Buch war einem Lemberger Antiquar entwendet worden, wobei die Diebe nicht hatten vermeiden können, ihm ein wenig den Schädel einzuschlagen. Zum Glück überlebte er; auf Büchern zu grillen, an denen Blut klebt, gilt als unschicklich.

Das Glück war mir damals hold: Der Turgenjew brannte vorzüglich, mein erstes silbernes Excalibur funkelte und blitzte, die Wachteln brutzelten inniglich, die Kundschaft genoss das Spektakel. Letzteres ist in unserem Beruf nicht minder wichtig als das Ergebnis. Die Kunden wollen eine Show: viel Feuer, wenig Qualm und Brodel. Wie Zokal uns gelehrt hat: »Was auf euerm Grill abgeht, ist Jupiters Fahrt im Feuerwagen über den Morgenhimmel – dafür müsst ihr sorgen, denkt daran!«

Die Hälfte meines ersten Dollarpakets übergab ich meinem Lehrer, für die andere Hälfte richtete ich, wie es Sitte war, eine Fete aus für all die übrigen Kochlöffel aus Zokals Stall. Wir hatten für ein paar Groszy eine alte Rostbarke gemietet, stellten einen Tisch an Deck, packten reichlich Speisen und Getränke darauf, buchten zwei Akkordeonisten und schipperten die Weichsel hinab. Von den sieben Jungköchen war ich der einzige »Russe«. Drei grillten auf englischer Literatur, zwei auf Franzosen, einer war auf

Spanier geeicht. Ich mit meinen Russen wurde ein wenig gehänselt, doch nicht ohne Respekt: Ich riskierte durchaus etwas, der Russengrill war damals noch nicht in Mode, Mohno und Rubinstein, die großen Meister des Fachs, standen noch ganz am Anfang ihrer Karriere. Doch Zokol in seinem Scharfsinn hatte mich zielstrebig auf diese Fährte gesetzt. Russische Literatur sollte es sein. Er setzte sich durch gegen mein Sträuben, und das auf die väterliche Tour: Ein paar Ohrfeigen zeigten Wirkung. Der Mythos der russischen Literatur bezwang meine Angst. Und ein Koch fand seinen Weg zu den drei Sternen.

Apropos, in jener sternenreichen Nacht auf der Weichsel betrank ich mich barbarisch und kotzte in den Fluss ...

Ein Mädchen mit vier Brüsten, Honigmelonenkopf, langem Hals und vielen Tattoos setzt sich neben mich und bietet an, mir meine Einsamkeit zu verschönen; ihr Englisch hat einen thailändischen Akzent. Ich sage ihr, ich stünde mehr auf Klassik.

Wortlos räumt sie das Feld, ihre Leuchthüfchen klappern. Sogleich rücken zwei Normalo-Eingeborene nach:

»*Na Süßer, so einsam? Brauchst du Gesellschaft?*«*

»*Warum nicht? Setzt euch doch, Mädels.*«

Sie setzen sich. Eine legt mir die Hand in den Schritt.

»*Wie gehts deinem Yul Brynner?*«

Das ist Berliner Stil, sehr unverblümt. Mir gefällt das.

»*Ganz gut. Er wartet auf euch.*«

Von der Sprache Nummer eins auf dieser Welt abgese-

* dt. im Orig.

hen, spreche ich leidlich Französisch, Deutsch und Bayrisch, außerdem ziemlich gut Ungarisch und Polnisch und kann mithilfe meines Flohs noch zwölf weitere Sprachen fließend lesen. Mit dem mündlichen Russischen habe ich Probleme. Was kein Wunder ist, da man heutzutage kaum noch jemandem begegnet, der Russisch spricht. Aus der Kindheit sind mir die Russen erinnerlich, die nach Budapest kamen, um Arbeit zu finden. Sie hatten es nicht einfach – ihre Titanic, getauft auf den Namen Postsowjetrussland, war gerade am Sinken. Damals hörte ich einen betrunkenen Russen eine Art Beichte ablegen. Er verglich die Russen mit den Juden: Die hätte der Herr um ihr Land gebracht und in der Welt verstreut, weil sie Christus ans Kreuz geschlagen hatten; die Russen hätten dasselbe dem Menschen angetan und dafür die gleiche Strafe erhalten. »Wir haben uns selber gekreuzigt in uns, jawohl!«, rief er. »Dafür wird Russland vom Schwarzen Loch aufgesogen!« Ich gebe zu, dass ich damals nicht wusste, wovon er sprach. Später wurde es mir klar. Doch da die Russen nun einmal ihrer alten Ordnung verlustig gegangen waren, fanden sie sich in die neue Lage schnell hinein – und arrangierten sich nicht schlechter als andere, das muss man ihnen lassen: drei berühmte Book-'n'-Grill-Meisterköche, die ausschließlich auf englischen Romanen grillen – unter ihrem russischen Namen. Vor einem von ihnen – Leo Wolkoff – knie ich bereitwillig nieder. Der Bursche ist zehn Jahre jünger als ich und schon ein absoluter Star in unserer Küche. Sein vorjähriges Weihnachtsmenü auf Virginia Woolf war einzigartig:

eine Serie feinster Bouquets, komponiert aus den Filets diverser Flussfische und Wildenten, Gemüse und Obst, geschmort in virtuoser Meisterschaft. Als Leo unter den Klängen von Brittens *Hymn to the Virgin* den *Orlando* abfackelte, hätten die anwesenden Damen geweint, heißt es. Daran muss man sich messen lassen.

Aber einen Schritt seitwärts der Gipfel zu tun ist immer möglich.

Wie sagte Zokal so schön? Auf Trivialitäten zu grillen komme vor im Leben und sei verzeihlich – nur nicht auf minderwertiger Literatur. Ein paradoxer Leitsatz, und nichtsdestoweniger weise! Unser Lehrer nahm es sehr genau.

Was meint Trivialitäten?

Trompeter/Fiedler auf dem Dach, sein spitzes, stolzes Profil vor glutrot untergehender Sonne; trauriger/fröhlicher Clown, dessen echte Tränen/Lächeln nie einer zu Gesicht bekommt; junge/alte Heldin, in die Fenster eines ein-/ausfahrenden Zuges starrend, unentwegt, wie im Fieber vor sich hin murmelnd: »Er ist also doch gekommen/gefahren.«

Und minderwertige Literatur ist was?

Barkeeper, massig und unerschütterlich wie ein Fels, mit dem unvermeidlichen Zahnstocher im Mund, der Steven einen Zehndollarschein hinhält mit den Worten: »Hau ab, Scheißkerl, kauf dir was zu fressen«; hässlicher Typ, der sich nackt vor dem Spiegel einen runterholt und flüstert: »Warum hast du mich verraten, du Miststück?«; Mädchen mit Jungsfrisur, einen Koffer geräuschvoll über das Pflaster zur Bushaltestelle zerrend und wutentbrannt zischend: »Oha, eines Tages komme ich zurück, aber nur, um auf eure Gräber zu spucken!«

Ich ordere den beiden Hübschen einen Cocktail und verhandle über den Preis. Wie der überwiegende Teil der Leseköche bin auch ich unverheiratet. Die verbreitete Meinung, alle Book 'n' Griller seien schwul, ist viel zu banal, um wahr zu sein. So reden die Philister schon seit dreihundert Jahren über Balletttänzer daher. Schwule sind bei uns nicht häufiger als in jeder anderen männlich dominierten Korporation.

Ich für meinen Teil bevorzuge Vietnamesinnen. Aber heute tuns auch Europäer.

Eine halbe Stunde später liegen wir schon im Hotelbett, wo die Frauen mir guttun und in harter britischer Währung dafür entgolten werden.

14. MÄRZ

Morgens: Zuerst ein Bad, dann gefrühstückt. Material einkaufen gewesen. Das Holz wird mir angeliefert – wohin, bestimme ich. Als ich noch ein Koch unter vielen war, musste ich mich selbsttätig auf den illegalen Märkten umtun. Bei der Gelegenheit habe ich mir auf dem Büchermarkt in Padua zwei Kugeln im Schulterblatt eingehandelt. Die melden sich zuverlässig, wenn das Wetter danach ist. Heute ist mein Status ein grundlegend anderer, der mir vieles erlaubt. Ich treffe meine Wahl, dann liefern Zusteller das Buch an den gewünschten Ort. Ich habe gute Antiquare, mit ihnen arbeite ich schon seit zwei Jahren. Das erste Stück fahre ich mit der U-Bahn, dann winke ich mir ein Taxi und steige noch mal in ein anderes um. Bisschen sehr oldschool vielleicht. Relikt aus meiner Vergangenheit, als ich die gekauften Bücher noch selbst beförderte. Das waren wüste Zeiten ...

In puncto Anfahrt sollte man lieber sichergehen. Ich

gehe überhaupt gern auf Nummer sicher. Nach den zwei Kugeln – dazu noch drei Haussuchungen, zwei Schusswechseln, drei Falsifikaten, vier Abreibungen ...

Vorsicht ist besser als Nachsicht.

Kreuzberg. Ein Untergrundparkhaus. Ebene minus vier. Keine Autos.

Die klugen Flöhe sind mir eine Hilfe. Ich habe drei davon: einen roten, einen blauen und einen grünen. Der rote ist der wichtigste, er lenkt mein Psychosomo + synchronisiert mich + macht mich klüger; ein teures Spielzeug, Version 7.0; für hunderttausend Neue hat er vor einem halben Jahr den Pons in meinem Hinterhirn geentert. Der blaue, der mich navigiert, steckt irgendwo in meinen Haaren. Der grüne, zuständig für Information und Kommunikation, haust in der Ohrmuschel. Mit Gripsen und sonstiger weicher Apparatur gebe ich mich schon lange nicht mehr ab. Der Satz Flöhe mit allem Drum und Dran hat mich anderthalb Jahreseinkünfte gekostet. Aber ihnen habe ich es letztlich zu verdanken, dass ich bis zum heutigen Tag wohlauf und am Leben bin. Außerdem habe ich jetzt sozusagen ALLES im Kopf. Mit dem Floh im Ohr könnte ich aus dem Stand einen Vortrag über die neueste Dunkelfeldtheorie halten, mich lang und breit auslassen über alle bekannten apokryphen Teile des Evangeliums, ich könnte Schrödingers Theorie zur heisenbergschen Unschärferelation unter Zuhilfenahme der Kameyama-Formel widerlegen oder eine erschöpfende Aussage treffen zur Produktionstechnologie von schlauem Teig oder – nun ja – Flöhen. Selber bin ich kaum mehr in der Lage, 17 × 19 im Kopf zu rechnen, und habe keinen blassen Schimmer, was Interferenz ist. Das liegt wohl daran, wie sie es uns in der Schule eingepaukt haben, was will man machen. Kurzum, das Beste in meinem Leben als Gastronom verdanke ich diesen Tierchen: Sie soufflieren, alarmieren, hauen mich raus. Sie achten nicht bloß auf Menschen in meiner Umgebung, selbst Insekten entgehen ihrer Wahrnehmung nicht. Des Öfteren haben die Flöhe mich vor ihren realen Artgenossen gewarnt oder vor Läusen, wie degoutante Gäste sie in einem Restaurant hinterlassen. Seit Ende des Krieges grassiert das Viehzeug in Massen. Neulich in einem Athener Hotel haben sie mich vor Bettwanzen bewahrt.

Jetzt aber flöten sie mir zu: Die Luft ist rein.

Noch keine Minute ist vergangen, da taucht der weiße Jeep der Antiquare auf. Der schwarze Security-Jeep gleich hinterher. Mein blauer Floh identifiziert sie: Alles sauber, piepst er. Ich trete hinter der Betonsäule hervor. Die Security-Garde kommt herausgesprungen, bringt die Gripse in Anschlag, bis auch sie piepsen. In den alten Blockbustern ziehen die Wächter an der Stelle ihre Pistolen, das kommt einem heute lustig vor. Der weiche Freund in der Hand lässt jede Pistole alt aussehen ...

Die Antiquare sind zu zweit: Marcel und Valid. Marcel ist Marokkaner, Valid Ägypter. Mit russischem Holz handeln sie seit ungefähr fünf Jahren. Und haben in der Zeit kräftig zugelegt. Das hat mit der Mode zu tun ... Wenn Meister wie Rubinstein, Matsuzawa und Wolkoff sie bestimmen, hat man mit solcher Ware gute Karten. Und auch ich bin nicht irgendwer. Marcel und Valid verdienen nicht schlecht an mir. Verlässliche Antiquare werden von mir großzügig bezahlt. Sie sind es wert. In unserer Branche legt man besser noch etwas drauf.

»Bonjour, Géza!«

»Salut, les mecs!«

»Ça va?«

»Nickel!«

Ich rede französisch mit ihnen. Marcel ist stämmig und trägt Glatze. Valid ist schmal und ebenfalls glatzköpfig. Sie sind gut gekleidet, achten auf sich. Wortlos öffnen sie den Kofferraum ihres Jeeps. Dort lagern zwei Metallkoffer. Ich ziehe weiße Handschuhe an. Die bunt tätowierten Finger der Antiquare betätigen die Schlösser, die klickend aufspringen.

»Voilà!«

Heute enthalten die Koffer Tschechow und ... Tschechow. Tschechow! Das ist es. Zweimal Gesammelte Werke + verschiedene Einzelausgaben von Erzählungen in papiernen Einbänden. Letztere ideal fürs schnelle Lesen: Garnelen, Froschschenkel, Schweinsohren ... Auf Tschechow grille ich für mein Leben gern. Ein Autor der leichten Muse. Zu seiner Zeit ein Massenautor, erschien er in Ausgaben mittlerer Dicke auf billigem Papier. Damit gibt es keine Probleme, es brennt weder zu langsam noch zu schnell. Für Fleischgerichte geeignet. Aber Gesammelte Werke zu erwerben, hatte ich nicht vor. Das ist der Stil der beiden: Sie kommen dir mit irgendeiner Novität, um dich zu frappieren, und versuchen es dir anzudrehen – obwohl etwas ganz anderes bestellt war. Sie sind immer für Überraschungen gut.

»Was kostet die Steppe?«, frage ich und greife danach. Erstausgabe von 1908.

Wie sie duftet, mein Gott! Welch Vergnügen, so ein Scheit aufzuklappen, den Geruch des Bleisatzes zu schnüffeln. Eine auf ewig versunkene Welt ... *Letztes Herbstlicht. Tschechow/Tschaikowski, Levitan*, wie ein Dichter schrieb und der Floh mir sogleich offeriert. Schade eigentlich, dass über Lyrik zu grillen sich nicht schickt: Wie gern feuerte ich ein klassisches Bankett auf dem frühen Pasternak ab!

»Zweitausend.«

»Und das Schwedische Zündholz?«

»Fünfhundert.«

Wir werden handelseinig. Ich kaufe *Die Steppe* (da passt ein gutes Steak drüber, Solobankett für einen Amerikaner) und vier Einzelbände Erzählungen (geeignet für Gastspiele in Paris). Nach meiner Bestellung frage ich nicht. Im Umgang mit Antiquaren braucht es Geduld und Zähigkeit. Für den, der es eilig hat, klettern die Preise steil in die Höhe.

Also sage ich ein Weilchen nichts.

Valid und Marcel wechseln einen Blick. Dann ziehen sie noch einen weiteren, kleineren Koffer hervor. Das Schloss schnappt auf. Na also, da sind sie ja – die *Toten Seelen*. Erstausgabe. Seit vier Monaten warte ich darauf. Ich nehme das Buch in die Hand. Es ist in gutem Zustand: Pappband, gelbes Velinpapier. Das ideale Scheit für Ribeyesteaks und jedweden Fisch. Eine Lesung der *Toten Seelen* bringt gut und gerne 15 Tausender ein. Aber ruhig Blut. Nur keine Eile und auch kein falsches Spiel. Meine Antiquare sind Profis, die lassen sich nicht bluffen. Und als Erstes gehört sich ein Lob:

»Fantastisch, Jungs! Ein tolles Buch! Das hat Arbeit gemacht, schätz ich mal?«

Zufrieden sehen die beiden einander an.

»Ja, ohne Arbeit ist so ein Schätzchen nicht an Land zu ziehen!«

Beim Lächeln bleckt Valid die blendend weißen Zähne.

»Ein halbes Jahr haben wir angesessen«, ergänzt Marcel – als läge in dem Koffer ein ussurisches Tigerweibchen. Aber es ist ja wahr: ein Tiger im schnöden Pappband, eingetragen in die Roten Bücher sämtlicher Bibliomuseen der Welt.

Ich blättere und sage: »Hoffentlich diesmal ohne Körperverletzungen?«

»Mach dir keine Hoffnungen, Géza!«, lachen die beiden.

»Ach. Ist wieder Blut geflossen?«

»Ein paar Nierenschläge, das ist alles.«

»Tz-tz. Musste das wieder sein ...«

Erstaunlich, dass es immer noch einzelne Leute gibt, die das Buch hochhalten. Die nicht bereit sind, ihre Raritäten den Museen anzuvertrauen, sie bei sich behalten auf eigenes Risiko. Und die Antiquare sind offen zu mir. Ich frage lieber nicht weiter, sonst bin ich um meinen Nachtschlaf gebracht.

»Wie viel solls denn kosten?«

»Fünfzehn.«

Zum Schachern habe ich Talent. Die jüdischen Gene.

Ruhig bleiben, tief ausatmen. Meine Finger wandern gemächlich durch die hauchzarten teerosenfarbenen Seiten.

»Leute, dieses Buch ist nicht fünfzehn, sondern ... (Pause:) zwanzig Tausender wert. Hättet ihr zwanzig verlangt und ich hätte sie in der Tasche – sie wären euer. Ohne zu feilschen. Das ist ein obergeiles Scheit. Die Sache ist nur: Ich hab momentan nicht mehr als dreizehn locker. Die Saison lässt sich mager an, geb ich zu. Außerdem hatte ich ein paar Sonderausgaben ... Dreitausend bin ich für den Tschechow zu geben bereit. Das ist Schwarzbrot, für die schnelle Feldküche. Bleiben zehn. Oder ich verzichte auf den Tschechow und stecke alles in den Gogol. Oder ich lecke mir die Lippen und verzichte ganz.«

Sie überlegen.

»Heute Abend gehe ich auf Europatour«, stoße ich nach. »Für die nächsten vier Wochen hab ich noch genügend Holz auf Lager. Überlegt es euch.«

Marcel setzt zum Gegenschlag an.

»Géza. Jackson oder Borisław legen für die Toten Seelen fünfzehntausend auf den Tisch, ohne mit der Wimper zu zucken.«

»Kann schon sein«, pariere ich. »Aber Jackson steckt gerade mit der Lyoner Bibliothek in Argentinien fest, und Borisław liest seit zwei Wochen für drei französische Familien den gesammelten Tolstoi. Das kann dauern. Er ist ein langsamer Leser, wie ihr wisst. Die alten Hasen sind beschäftigt, und die Jungen grillen auf dem Silbernen Zeitalter: Sologub, Bely, Mereschkowski ... Das ist preiswert und floriert, da brennt der Grill auch ohne Gogol. So ein

Scheit kann die Jugend nicht locken. Überlegt es euch gut, Jungs.«

Nun sind sie sprachlos. Nicht mal mehr anschauen müssen sie sich.

»Vierzehn, Géza.«

»Okay, dreizehn, und topp.«

Ihre Kiefer mahlen, aber es dauert nicht mehr lange.

»D'accord.«

Ich drücke Valid die Hand, übergebe das Geld. Marcel traktiert sein Grips, und nach wenigen Minuten rollt der gepanzerte Hummer der Zusteller herein. Die Wache steigt aus, Gripse piepen. Nach ihnen der Bote. Es ist beinahe jedes Mal ein anderer, das Postnetz ist global angelegt.

Heute ist es ein untersetzter junger Mann, Typ Mexikaner. Gesicht nichtssagend. Diese Leute arbeiten zuverlässig – das müssen sie auch, ihr Geschäft hängt komplett von uns Köchen und Antiquaren ab. Ihre gnadenlose Strenge gegenüber Buchpiraten ist legendär. Einem Rumänen, der bei sich im Keller eine »Erstausgabe« des *Don Quichotte* fabriziert hat, zogen sie die Haut bei lebendigem Leibe ab und banden ein Buch damit ein, das sie dem Unglücksraben im Sarg unter den Kopf legten. *Anathema Maranatha* stand auf jeder Seite des Buches geschrieben. Kurzum: Mit ihnen legt man sich besser nicht an.

Mein Floh prüft derweil die an unsere Küche herangetragenen Kundenwünsche; in Sekundenschnelle ist ein Kunde für die *Toten Seelen* gefunden; Ort und Zeitpunkt der Grillparty werden augenblicklich festgelegt. So kann ich dem Mexikaner Ort und Zeitpunkt der Lieferung mitteilen.

Ich habe vier Monate Planungsvorlauf. (Der große Wolkoff ist schon für die nächsten zwei Jahre ausgebucht.) Zusteller arbeiten nach festen Tarifen, sodass man nicht zu feilschen braucht.

»Ein Tausender + Wegegeld.«

»D'accord.«

Das Ritual schreibt vor, dass ich den Zustellern mein »Paket« im Beisein der Antiquare zu übergeben habe; dabei müssen die Antiquare mit erhobenem grünem Grips hinter mir stehen. Genauso geschieht es. Den Inhalt des Behältnisses bekommen die Zusteller niemals zu sehen. Der silberne kleine Koffer mit den *Toten Seelen* geht in mexikanische Hände über. In zehn Tagen wird er in Transsylvanien wieder auftauchen.

Ein letzter Händedruck, bevor sich unsere Wege trennten.

Nein, wie das riecht! ... Der Geruch der *Steppe* hat sich mir ins Hirn gefressen. Ein Mix aus vielen Zutaten. Was der Floh im Einzelnen identifiziert: gerissenes Rotholz, Pfeifentabak, Werg, Kerosin, Lakritze, Wachs und – weiß der Schinder, wieso – gedörrten Haifisch + den üblichen Apfelgeruch (Folge des Zellulosezerfalls – danke, lieber Floh). Der Geruch von Büchern ist überhaupt ein Kapitel für sich. Wer die Nase ans Scheit hält, nimmt seinen Beruf mutmaßlich ernst. So wie gute Köche ihr Filet beschnüffeln, bevor es auf den Rost kommt.

Alte Bücher riechen verschieden. Der grüne Floh sammelt diese Gerüche. Meist sind sie kompliziert, nur manche sind simpel. Deutsche Märchenbücher beispielsweise riechen stets nach Vanille, Jules-Verne-Romane nach Moschus. Kafka riecht nach Eichenbrett und Blei. Dickens nach Rost und Hühnerdreck. Die Nietzsche-Erstausgabe sondert den Geruch von Eselfell ab. Die *120 Tage von Sodom* riechen nach Seetang und Terpentinöl. Die *Venus im Pelz* duftet nach Roggenbrot. Was die russische Literatur angeht, die ich als Grillkohle verwende – ihr Geruch ist, bei aller Verschiedenheit, durchweg angenehm. Die früheste Turgenjew-Gesamtausgabe riecht nach eingelegtem Obst. Der Gesammelte Dostojewski nach Teer, Tolstoi wiederum nach Apfelpastillen, mit Bärengalle versetzt.

Mittags: Lunch in der Sushibar des Hotels. Ich bestelle ein Taxi und fahre zum Flughafen.

Berlin gefällt mir seiner Geräumigkeit wegen und weil ihm die normale urbane Aggressivität abgeht. Nach allen Seiten offen und dennoch ein ruhiger Ort. Der alle Kriege überlebt hat. Seine Ruhe ist mit der von Budapest vergleichbar, doch herrscht eine ungleich größere Vielfalt: Es gibt türkische, arabische, russische und chinesische Viertel. Schon an die vierzig Mal habe ich hier gelesen, und immer mit Erfolg. Das Publikum ist vornehm und gesetzt.

Dabei sind Zwischenfälle in unserer Branche eher die Regel, wir sind auf alles gefasst. In Guangzhou legte ein Pärchen die Kleidung ab, während sie den von mir auf der *Lolita* bereiteten Cheeseburger verzehrten, dann begannen sie auf dem Tisch zu kopulieren. Einen Kollegen traf es angelegentlich einer *Madame Bovary* in Marokko noch ärger: Man vollzog eine amour à trois. Nicht zu reden von jenem traurig berühmten Fall, wo ein Kunde während der Lesung von *Verbrechen und Strafe* seine schwangere Frau sowie deren Mutter tötete. Dieses durchgeknallten axtschwingenden Idioten wegen ging der betreffende Koch für fünfzehn Jahre in den Knast.

Auch der Berliner Flughafen weckt ein Gefühl von Raum und Ruhe ...

Flughäfen, Hotels, Bahnhöfe, Autoverleihe sind für unsereinen sehr von Belang. Sie mit einem Wohnzimmer zu vergleichen wäre vielleicht übertrieben, aber eine Art Diele sind sie schon. Seit neun Jahren habe ich keinen festen Wohnsitz, nenne lediglich ein paar Koffer mit Kleidern und Ausrüstung mein Eigen und ziehe damit unstet durch die Welt. So ist das Leben eines Book-'n'-Grill-Meisterkochs beschaffen. Sechs Pässe auf unterschiedliche Namen, meine Finger vermögen ihre Abdrücke zu wechseln wie einen Handschuh, wenn Sie den Kalauer gestatten. Die drei Flöhe sind meine getreuen Begleiter, wachsam wie Hunde. Dieser Lebensart habe ich es zu verdanken, dass ich noch auf freiem Fuß bin. Was an ein Wunder grenzt. Und so ein Wunder wird nicht ewig andauern. Also berappe ich für meine Sicherheit so einiges, Hightechausrüstung ebenso wie Wahrsager, Astrologen, Talismane, Mönchsgebete und gekaufte Polizeibeamte in der Abteilung Book-'n'-Grill-Kriminalität.

Der grüne Floh wispert mir was von wegen Check-in, schickt den Wetterbericht für Tokio, kümmert sich um die Anschlüsse. Der blaue piepst mich durch den Sicherheitskorridor, bezeugt die gewogene Konstellation der Planeten. Während der rote im Hirn mir einfach guttut.

Der Flieger ist halb leer. Anscheinend geht die große Völkerwanderung nach der Zweiten Islamischen Revolution und dem anschließenden Krieg nun doch ihrem Ende zu. Das wäre großartig, denn es erleichtert uns Köchen die Arbeit. In Zeiten von Krieg und Revolution steht den Leuten der Sinn nicht nach erlesenen Köstlichkeiten – sie wollen was zwischen die Kiemen, egal was.

Ich bestelle mir einen gespritzten Apfelsaft, aus Tradition. Im Bullauge der hohe Himmel über dem Wolkenmeer, das aussieht wie die Hirnmasse Gottes. Ob ich an ihn glaube? Schwer zu sagen ... Eher glaube ich wohl an die Hakenschläge meines Schicksals, wie sie unter dem Einfluss äußerer und innerer (nämlich meiner) Kräfte zustande kommen. Die äußeren Kräfte haben mitunter etwas Weißleuchtendes an sich. Nennen wir es Fatum. Über dessen Natur bin ich mir bis jetzt nicht im Klaren, doch ich spüre es. Vielleicht besteht es aus jener Dunklen Materie, auf die jetzt gern alles geschoben wird. Selbst die Islamische Revolution wollten ein paar Esoteriker mit dem Einfluss der Dunklen Materie erklären. Die Politiker gaben darauf allerdings nicht viel; gegen den Einfluss der Dunklen Materie setzt die Menschheit immer noch am liebsten Bomben ein.

Einstweilen glaube ich an die Vorsehung und an meine drei Flöhe.

Mein Lebensweg hatte viele Kurven. Geboren bin ich vor dreiunddreißig Jahren in Budapest als Kind eines belarussischen Juden und einer polnischen Tatarin. Meine Eltern waren beide auf der Flucht: Vater vor den christlich-orthodoxen Fundamentalisten, Mutter vor den islamischen.

Diesen und jenen bärtigen Finsterlingen also, die der Bevölkerung Liebe und Verständnis abverlangten und deswegen gnadenlos Bomben warfen, Brände legten, abstachen und hinrichteten. Meine Eltern lernten sich in einem ungarischen Flüchtlingslager kennen und ließen sich später in Budapest nieder, das zu ihrem Glück von den Amerikanern besetzt war. So war Budapest für meine Eltern der Inbegriff des Glücks – wo sie vor den Verfolgern Schutz fanden, einander lieben und ihr Erstgeborenes zur Welt bringen konnten, eine Insel sorglosen Lebens. Das Sziget Festival, wo sie eng umschlungen tanzten. Wohl darum gaben sie mir auch den ungarischen Namen – Géza. Obwohl Mutter später erklärte, es habe einfach nur schön geklungen. Vater konnte nichts mehr dazu sagen.

Der Nachname meines Vaters – Jasnodworski – geht nicht auf irgendwelche polnischen oder russischen Adelsgeschlechter zurück, sondern auf das litauisch-belarussische Örtchen Jasen Dwor, in dem unsere jüdische Sippschaft drei Jahrhunderte lang ansässig war. Zwei Mal mussten sie von da fliehen: das eine Mal 1906, nach den Pogromen gegen die Juden, und dann 1941, als es galt, sich vor den Einsatzkommandos der SS in Sicherheit zu bringen. Aber jedes Mal kehrte man wieder heim in sein nettes Jasen Dwor, wo, nach den Worten des Urgroßvaters, »alljährlich im Frühling die Apfelbäume so dufteten und die überlaufenden Jauchegruben so stanken, dass man daran irre werden konnte«.

Mein Vater war ein landesweit bekannter Anthropologe, der frühzeitig zu einem altslawischen Thema habilitiert hatte und auf dem besten Weg zum Professor gewesen war. Wäre er etwas weniger stur gewesen, hätte er nicht weglaufen müssen vor »diesen bärtigen Knallköpfen«, in Ruhe seinen akademischen Faden spinnen können, zumal der Gegenstand seiner Forschung sich durchaus mit deren Ideologie vertrug; so aber brachte sein Vortrag auf einer Pariser Konferenz »Über die gotischen Wurzeln der Weißrussen« die Anthropologengemeinde in Wallung und rief Stirnfurchen beim Orthodoxen KGB in Minsk hervor. Man nahm ihn sich gelinde zur Brust, legte ihm nahe, auf der Nachfolgekonferenz in Lübeck die eigenen Ansichten zu widerrufen. Dazu konnte er sich jedoch – »aus rein wissenschaftlichen Gründen« – nicht entschließen. Also fuhr mein Papa, damals noch ledig, gar nicht erst bis Lübeck, stieg vorher aus dem Zug und schlug sich bis zur ungarischen Grenze durch. Warum er nicht in Preußen blieb? Schlüssig erklären konnte mein Vater das nicht, zog sich immer mit einem Scherz aus der Affäre: Um deiner Mama zu begegnen, war die Antwort. In Wirklichkeit war es wohl so, dass er beim Rektor der Budapester Universität einen Stein im Brett hatte und sogleich eine Professur am anthropologischen Lehrstuhl angeboten bekam. Seine Vorlesungen hielt er auf Englisch. Zu Hause wurde hingegen ausschließlich polnisch gesprochen. Das Russische und Belarussische benutzte mein Vater zum Fluchen. Ungarisch konnte er allenfalls ein paar Worte. »Nem tudom*, das macht mich fromm.« So wurde ich in einen zweisprachigen Raum

* (ungar.) Ich weiß (es) nicht.

hineingeboren. Ging vier Jahre in eine ungarische Schule, aber dann wurde der berüchtigte Transsylvanische Frieden geschlossen, die Amerikaner verließen die Stadt, und die zweite Welle der Zweiten Islamischen Revolution kam über Osteuropa und uns geschwappt. Wieder waren wir auf der Flucht. Landeten diesmal in Bayern, das osteuropäische Flüchtlinge aufnahm. Ein halbes Jahr irrten wir umher, bis mein Vater schließlich eine mickrige Anstellung als Dozent an der Universität Passau ergatterte und meine Mutter in der dortigen Professorenkantine Arbeit fand. Sie konnte, nebenbei erwähnt, fantastisch kochen, mein kulinarisches Talent habe ich von ihr. Während mein Vater nur zwei Gerichte zustande brachte: Spiegelei und Pellkartoffeln.

In den drei Jahren meiner Passauer Jugend lernte ich Deutsch und Bayrisch sprechen, Basketball, Blub, Red Lizard und Dйdыl spielen, Panzer fahren, Minen legen und wieder entfernen sowie das Schießen mit Pistole, Gewehr, Maschinenpistole und Maschinengewehr. Zu meinem vierzehnten Geburtstag machte Vater mir und meiner Mutter das »Geschenk«, sich in eine Kollegin zu verknallen, die acht Jahre älter war als er und mit der er bald darauf ins schöne Australien entschwebte. Meine Mutter nahm das sehr mit, sie fing an zu trinken, obwohl Alkohol ihr früher nie etwas bedeutet hatte. Sie war eine gemäßigte Muslimin aus einer Familie krimtatarischer Intellektueller, die sich Anfang des Jahrhunderts, nachdem die Krim von den Russen besetzt worden war, in Kraków angesiedelt hatte; das Alkoholverbot hatte sie nicht tangiert. Am meisten verbittert schien sie darüber, dass Vater mit einer »alten Akademikermähre« durchgebrannt war. »Hätte er sich eine Junge genommen – ich hätte es ihm verziehen«, sagte sie. »Aber die?«

Mama gab sich die Kante mit einem fiesen Cocktail, der sie binnen eines halben Jahres zur Alkoholikerin machte: Orangensaft mit bayerischem Himbeergeist gemixt. Dieser ruchlose Geist durchwaberte meine frühe Jugend. Gewiss hatte Mama allen Grund zu trinken: Schauspielerin im dramatischen Fach, vom Gatten im Ausland sitzen gelassen mit halbwüchsigem Kind, muss als Köchin arbeiten gehen. In Warschau hatte sie Theater gespielt, Nebenrollen, ein Star war sie nicht. In Budapest musste sie den Beruf aufgeben, sie konnte ja kein Ungarisch. In Bayern dann waren die Zeiten fürs Theater ohnehin zu rau, nur ein Mal bekam sie eine Rolle und spielte sich selber, Umsiedlerin aus dem Osten in einem Propagandafilm. Nach Vaters Abgang ward Mama von allem Glück verlassen, fand auch keinen neuen Mann, obwohl sie eine sehr charmante Frau war; die bayrischen Männer schienen einen Bogen um sie zu machen. Schließlich warf ein früh ergrauter serbischer Kriegsveteran aus dem Betriebsschutz der Universität ein Auge auf sie – das einzige, das er hatte; sie begannen sich zu treffen, doch dann kam heraus, dass er verheiratet war. Mama war davon nicht sehr erschüttert; zu trinken hörte sie allerdings nicht auf. Kam sie um Mitternacht nach Hause, nahm sie eine Dusche, schlüpfte in ihren blauen Hauskittel und ließ sich mit einem Glas ihres geistigen Getränks in die Hologramme sinken wie in eine Badewanne. (Eine solche hatten wir in Passau leider nicht.) Ihr besoffenes Gesicht im leuchtenden Gemenge aus Celebrities, Palast-Interieurs und tropischen Landschaften ist eine nachhaltige Kindheitserinnerung, die werde ich im Leben nicht mehr los. Mir fehlte der Vater sehr, weshalb ich mich an der Mutter schadlos hielt, ein gehässiger, notorisch aufsässiger Pubertierender. Schrie sie mich an, parierte ich kühl: »Lauter, Mama, lauter!« Drohte sie: »Ich schmeiß dich raus!«, packte ich demonstrativ meinen grünen Rucksack. Sperrte sie mich in die Besenkammer, »damit du über dein Verhalten nachdenkst«, meldete ich mich fünf Minuten später: »Mama, im Dunkeln kommt man auf Gedanken ... Soll ich dir sagen, was mir eingefallen ist?« Und als ich einmal aus irgendeinem Grund Gripsverbot hatte – früher hat man Kindern bei solcher Gelegenheit Süßigkeiten vorenthalten –, nahm ich einen Klumpen Knete, setzte mich ihr gegenüber und daddelte darauf ein, als wäre es mein geliebtes Red Lizard. Einmal beim Mittagessen nannte sie mich einen Schmarotzer. Augenblicklich schob ich mir zwei Finger in den Rachen; sie hat den Vorwurf nie mehr wiederholt. Es kam vor, dass ich sie fertigmachte nach allen Regeln der Kunst, was ich mir bis heute nicht verzeihe. Doch all meinen Eskapaden zum Trotz erhob meine Mutter kein einziges Mal die Hand gegen mich.

»Géza, wenn du so weitermachst, wird ein Idiot aus dir!«

»Komme ich da nach Papa oder nach dir?«

Zu meinem Fünfzehnten war Mama an der Reihe, mir ein »Geschenk« zu machen: In einer stillen Nebenstraße unweit der Universität wurde sie von einem Jeep überrollt. Dabei war sie stocknüchtern; besoffen war der Fahrer des

Jeeps. Nur kurz kämpfte sie in der Klinik um ihr Leben, zumal die bayrischen Ärzte sich bei Umsiedlern nicht viel Mühe gaben. Es fand sich keine neue Leber für Mama. Ich saß in der Intensivstation an ihrem Bettende und empfand – nichts. Was geschehen war, erschien mir wie ein logischer Bestandteil unseres gewohnten, sinn- und glücklosen Lebens. Beim Begräbnis hatte ich keine Tränen für sie. Als Einzige heulte eine dicke Bayerin, die Mamas Küchenkollegin war. Der einäugige serbische Galan stand da wie ein Klotz. Vater kam selbstredend gar nicht erst aus seinem Australien herüber, kaufte sich mit einer bescheidenen Geldsumme frei. Der Passauer Friedhof, auf dem sie verscharrt wurde, hatte akkurat gezirkelte Grabreihen. Die Tränen überkamen mich erst am Abend zu Hause, als ich in ihr altes Grips ging, rührendes Vorkriegsmodell, das wie ein Quarkkeulchen aussah und klebrig war von ihrem geliebten Cocktail. Ich rief ein Hologramm auf und fand mich unversehens in Mamas seelischer Komfortzone wieder. Es handelte sich um eine polnische Serie, gleich nach dem Krieg produziert: *Die neue Familie*. 65 Mal von Mama gesehen, wie das Grips treuherzig rapportierte. Offenbar hatte sie darin gebadet. Die Geschichte einer Beziehung: er ein polnischer Franzose, Major, beide Beine verloren im Bukarester Kessel, Kriegsheld, von seiner Frau verlassen – einst Playboy, jetzt Hahnrei, Alkoholiker, Querulant, Billardspieler; sie Perserin in Frankreich, geflohen, früher eine Schönheit, hat bei einem britischen Bombenangriff ihr halbes Gesicht eingebüßt und ihre ganze Familie, arbeitet nun in einem Massagesalon, trägt Maske, lebt ganz in der Vergangenheit, spart eifrig Geld für ein neues Gesicht. Beide sind sie verstümmelt in der Nachkriegswelt gestrandet, vom Karussell des Lebens gestürzt: Er unternimmt den ungeschickten Versuch, einen Keller mit Spielautomaten auszurauben, flieht (holpert im Zickzack davon auf seinem Wägelchen, denn er hat nicht einmal das Geld für Prothesen, geschweige für neue Beine); irrt durch das Languedoc, verdingt sich als Wächter in einer Imkerei; derweil muss sie sich eines Kunden erwehren, besoffener Leutnant, der sie vergewaltigen will, entmannt ihn und muss gleichfalls fliehen, kommt in einer Wäscherei für schlaue Laken in der Nähe von Brno unter. Er verteidigt also tagsüber Bienenstöcke gegen arabische Habenichtse, sie wäscht schlaue Laken, aber nachts haben beide viel Zeit, stoßen im *Spinnnetz* auf das polnische Rollenspiel NOWA RODZINA – Neue Heimat 4 und steigen ein, lernen sich hier kennen, heiraten, gründen eine Familie. Ihr Gesicht ohne Maske zugegeben eindrucksvoll: eine Hälfte makellos schön, die andere horribel, der Splitter einer schlauen Bombe hat ihr das Jochbein weggefetzt. In dem Spiel sind sie natürlich sie selbst, das ist ja sein Zweck: er ohne Beine, sie mit halbem Gesicht. Beide spielen sie, jeder für sich, um etwas zu gewinnen; nur dafür »gründen« sie einen Haushalt, führen ein Familienleben, erklimmen immer neue Levels. Tagsüber leben sie ihr reales Leben: Sie klammert schlaue Laken an die Leine und singt dazu traurige Lieder in ihrer Muttersprache; er rollt missmutig mit der Knarre vor der Brust zwischen blauen Bienenstöcken hin und her. Dargestellt von einem klasse Schauspieler. Sie ist der frauliche Typ, rührend und schutzlos, mit dem hübschen Namen Leila. Tolle Szene, wie er des Nachts in der Imkerei von drei kleinen arabischen Stromern heimgesucht wird, er schnappt sie, hält sie fest. Die Kinder geben an, sie hätten den Honig kosten wollen, was natürlich gelogen ist, gekommen sind sie in der Absicht, die kompletten Waben zu klauen und auf dem Basar loszuschlagen. Er weiß, dass sie lügen, doch als er sie im Wachhäuschen eingesperrt hat, übermannt es ihn auf einmal: Er zieht eine Wabe aus dem Kasten, streift ein paar anhaftende Bienen behutsam mit der Gänsefeder ab, kehrt sodann ins Büdchen zurück, schneidet die Wabe in Stücke, gießt Milch in drei Gläser, säbelt drei Kanten vom provenzialischen Brot und reicht es den Dieben mit den Worten: »Eure Väter haben mir die Beine weggeschossen, und dafür geb ich euch zu futtern. Haut rein, ihr Rangen!«

Die Jungen schlecken den Wabenhonig, trinken Milch, und er schaut ihnen dabei zu, pafft eine billige Zigarre. Fürwahr eine rührende Szene ...

Einige Zeit vergeht, und nach den Regeln des Spiels muss die neue Familie eine letzte Prüfung bestehen, um ins Finale zu gelangen und dort abzusahnen. Sie muss ein Kind zeugen, aufziehen und ins Heim der Organisation *Neue Familie* geben. Also gibt es zwischen ihnen jetzt die erste Bettszene. Die zugehörigen Dialoge sind Spitze.

»André, tut man das so?«, fragt sie, auf ihm sitzend, unter ihrer Maske hervor.

»Ja, Leila, manchmal tut man das so«, erwidert er.

Dann ist das Kind gezeugt. Nach neun Tagen Schwangerschaft gebiert sie einen Jungen, der Major leistet Geburtshilfe, zerschneidet die Nabelschnur, zerrt die Plazenta hervor, wäscht den Kleinen. In weiteren zehn anstrengenden Tagen ziehen sie den Jungen zu einem Zehnjährigen heran, lehren ihn lesen und schreiben und das Grips gebrauchen, Schach spielen, mit Pistole und MPi schießen. Alles geht glatt, der Junge erzielt die höchstmögliche Punktzahl. Glücklich erreichen sie das Finale. Was ihnen nun bevorsteht, ist real: eine Klinik in Rom aufsuchen, und das binnen vierundzwanzig Stunden, ausschließlich zu Fuß oder mit eigenem Transportmittel. Er mietet sich irgendein klappriges Invalidengefährt, sie leiht sich einen Scooter. Er langt an, sie hingegen gerät in einen Unfall und landet in einem Spital für Umsiedler, wo sie ihr, wie zuletzt häufig geschehen, kurzerhand das Bein amputieren, um nicht den dreifachen Bruch verarzten zu müssen. In der Zwischenzeit bekommt er die neuen Beine, die er sich verdient hat. Zigarre paffend verlässt er nach drei Monaten die Klinik auf eigenen Füßen. Kehrt als Held in seine alte Einheit zurück, doch schon am nächsten Tag verprügelt er im Suff seinen alten Frontkameraden. Achtkant und für alle Ewigkeit fliegt er aus der Armee, säuft, geht zu Huren, randaliert in Kneipen und Billardstuben. Einmal in einem Augenblick der Ernüchterung denkt er plötzlich an sie. Hat keine Ahnung, was mit ihr ist. Weiß nur, dass sie nicht nur nicht rechtzeitig, sondern überhaupt nicht in der Klinik ankam. Er denkt an sie nun öfter, sie nistet sich in seinen Gedanken ein, und er beschließt, nach ihr zu suchen. Erfährt, was sich zugetragen hat. Inzwischen arbeitet sie in einer gewöhnlichen Wäscherei. Er macht sie dort ausfindig, wartet um die Ecke, bis ihr Arbeitstag zu Ende ist. Sie kommt im Rollstuhl zur Tür heraus, trägt immer noch dieselbe Maske, das linke Bein fehlt. Sie fährt die Straße lang, er läuft ihr hinterher. Sie kauft Lebensmittel ein, ist auf dem Nachhauseweg, es drängt ihn, sie anzusprechen, aber etwas hält ihn davon ab. Er verfolgt sie bis in ihr Elendsquartier, zu dem Schuppen, in dem sie haust. Kann sich immer noch nicht entschließen, auf sie zuzugehen. Geht stattdessen in eine Kneipe und säuft. Nach seinem Gesichtsausdruck zu urteilen, hat er mit sich zu ringen. Spät in der Nacht dringt er in ihre Bude vor, betäubt sie mit einer Maske und trägt sie auf der Schulter hinaus, kapert den Motorroller und fährt mit ihr in eine PSG-Klinik. Dort unterbreitet er den Ärzten einen Deal: Sein linkes Bein möchte er hergeben für ihr Gesicht, sein rechtes für ihr linkes. Die Beine sind von Vulcanus, also etwas wert. Die Klinik geht auf den Handel ein: Man amputiert ihm die teuren Beine, ihr Gesicht wird wiederhergestellt und ein neues Bein angenäht. Als sie aus der Narkose erwacht, kommt er im Rollstuhl mit einem Strauß Tulpen ins Zimmer gefahren. Sie ist erschüttert und bringt kein Wort heraus. Er legt ihr die Tulpen aufs Bett. Nach der langen Narkose wähnt sie sich mit ihm noch in jener Bonusklinik, wo sie beide in Ordnung gebracht werden sollten. Sie fasst sich an das neue Gesicht, schaut zu ihm und fragt:

»André ... Wieso hast du noch keine neuen Beine?«

»Das Glück liegt nicht in den Beinen, Leila«, erwidert er.

Und an der Stelle, als dieser bescheuerte Satz fiel, schluchzte ich auf einmal los, die Tränen flossen auf

Mamas nach Himbeergeist stinkendes Grips und wollten nicht aufhören zu fließen ...

In jener Nacht weinte ich mir die Kindheit restlos aus dem Leib.

Anderntags packte ich meinen grünen Rucksack und lief zum Bahnhof. Mitten auf der Brücke zog ich Mamas Grips hervor und warf es in die Donau.

So fing mein Nomadenleben an. Das bis zum heutigen Tag andauert. Zu Papa habe ich seither keinen Kontakt mehr, obwohl ich mehrfach in Australien gelesen habe.

Ich klappe meine Sessellehne nach hinten und sinke in den Schlaf, der durch das sanfte Betreiben des roten Flohs herbeigeführt wird. Ich habe schlichte, schöne Träume bei ihm bestellt. Nostalgiefrei und ohne Himbeergeist.

Erholsamer Schlaf während des Fluges ist auch eine Voraussetzung in unserem Beruf.

15. MÄRZ

Morgens: Bedeckter Himmel über dem Flughafen von Narita. Ich bin wunderbar ausgeschlafen und bereit zu neuen Schandtaten im Namen von Pyromanie + Gastronomie. In Japan lese ich bereits zum zwölften Mal, wie der grüne Floh mir mitzuteilen beliebt. Die russische Prosa ist im Land der aufgehenden Sonne schon so lange in Mode, dass es angemessener scheint, von Tradition zu sprechen. Und die Japaner sind eine wahrlich dankbare Leserschaft – das Trinkgeld beinahe immer üppig, ein Liebhaber von Garnelen auf *Onkel Wanja* schenkte mir gar ein Sortiment japanischer Spitzentees.

Die heutige Lesung verspricht aufwendig zu werden. Ein Triple-Grill: Dostojewskis *Grüner Junge*, Platonows *Tschewengur* und ein Erzählungsband von Soschtschenko. Demgemäß ein Steak aus Kobe-Rind, Baby Calamari und ein Seeteufelsteak. Da heißt es die Ärmel aufkrempeln. Aber Ansprüche dieser Art inspirieren und mobilisieren mich.

In Narita steige ich um in einen bequemen kleinen Jet, den der Kunde geschickt hat, mich abzuholen. 24 min Flugzeit, flötet mir der blaue Floh ins Ohr. Na fein. Wir heben ab. Die bezaubernde Stewardess im lindgrünen Kostüm serviert ein japanisches Frühstück: Reis, gedünstetes Gemüse, Tee, Krabbenfleisch und Natto, das sind sauer eingelegte Sojabohnen. Meine Leidenschaft! Mit Senf und Sojasauce weckt Natto am Morgen die Lebensgeister und hellt die Stimmung auf. Überhaupt gehört die japanische Küche zu meinen Favoriten.

Ich bin noch kaum fertig mit dem Frühstück, da wird schon die Landung angekündigt. Ich sehe aus dem Fenster: Wir fliegen über dem Meer. Der Sinkflug beginnt. Nichts als Wasser zu sehen. Ich werd doch nicht in ein Flugboot gestiegen sein? Aber nein, jetzt taucht vor uns ein winziges Eiland auf. Darauf eine schmale Betonpiste, auf der zu landen dem Piloten wunderbarerweise gelingt.

Die Stewardess öffnet die Tür, mit einer Verbeugung bittet sie mich zum Ausstieg. Der Sicherheitsfloh meldet vollständige Kongruenz. Ich atme würzige Seeluft, steige hinab auf die Piste. Das Wetter ist auch hier trübe, feucht und windig. Graue, tief hängende Wolken, Wind peitscht die Palmen. Eine Limousine wartet auf mich, der Chauffeur im roten Jackett, Schirmmütze, weiße Handschuhe. Er nimmt mein bescheidenes Gepäck entgegen, öffnet die Tür. Ich sinke ins beige Leder. Kurze Fahrt quer über die Insel, wir passieren ein Tor, rollen auf ein Gelände mit Rasen und Beeten, bis vor ein Haus: großflächig, eingeschossig, klassischer japanischer Stil. Ich steige aus. Ringsum grünt und blüht es: *Gingko biloba*, *Zelkova serrata*, *Betula japonica*, *Celtis sinensis*. (Mein grüner Floh liebt die Natur, kennt sich aus in Flora und Fauna.) Vor dem Haus ein großer Steinblock, dezent umspült von einem kleinen Wasserfall, hübsche Sukkulenten darum gruppiert. Eine junge Frau im Kimono wartet auf der Schwelle des Hauses, bittet mich mit einer Verbeugung ins Innere. Ich trete ein und suche mein Zimmer auf. Hier herrschen Sauberkeit und Stille.

Die Zeit bis zum Job verbringe ich mit fein portionierter Datenkost; im Liegen, die Augen halb geschlossen, melke ich meinen blauen Floh. Er spendet mir dicke Netzmilch. Dann werde ich zum Essen gerufen. Die Speisung des Kochs vor der Arbeit gehört zum Ritual. Man kredenzt die gleichen Vegetabilien wie zum Frühstück im Flieger, dazu Sashimi, Krabbensuppe und Buchweizennudeln.

Es bleiben noch vierzig Minuten, in denen ich mich ankleide und in die Küche begebe. Darunter versteht man hier einen großen Saal; da stehen die drei Grillbecken und ihnen gegenüber ein schlanker Tisch mit drei Stühlen, Gedecke für drei Personen. Was schon einmal eine Überraschung ist – abgemacht war ein Dinner for one. Es wird sich aufklären ... Neben den Grills stehen die drei angelieferten Metallkoffer und drei Wägelchen mit den jeweiligen Zutaten. Ich öffne die Koffer und berge das Holz. Alles ist, wie es zu sein hat. In jedes Becken kommt das betreffende Buch. Die Gänge werden nacheinander bereitet: zuerst die Baby Calamari, dann der Seeteufel und hernach das Beef. Ich lege bereit, was für die Prozedur nötig ist: Streichhölzer, Excalibur, Zange, die Roste. Nichts Überflüssiges. Alles soll einfach sein und sichtbar das, worauf es ankommt: das Feuer, das Grillgut und die Hände des Kochs.

Apropos. Manche Leute sind so naiv zu glauben, Book 'n' Grill sei ein von kriminellen Kochgangs in die Welt gesetzter Mythos, um Geld zu scheffeln; es brauche dafür keine besonderen Fertigkeiten, jeder halbwegs versierte Koch könne ein Steak auf den *Nackten und den Toten* braten. Diese Meinung lässt mich an den jungen finnischen Eisrennfahrer denken, der mir erzählte, er habe mit einem Taxifahrer, zwanzig Jahre im Beruf, am Tresen einer Bar gesessen und sich anhören müssen, wie verächtlich der über seinen Sport herzog: Dafür sei gar keine spezielle Fahrtechnik vonnöten – »Ich fahre jeden Winter auf Eis!« –, jeder Berufsfahrer bringe das zuwege. Daraufhin habe er den Mann auf die Piste zu einem Eisrennen eingeladen. Der Taxifahrer kam, setzte sich hinters Lenkrad – und flog aus der zweiten Kurve.

Nicht anders erginge es euch, meine Herren. Probiert es ruhig aus! Und wenn ihr dann hustend vor Qualm und aschewedelnd, auf die »Scheißschwarte« fluchend, das verkohlte und trotzdem halb kalte Steak vom Rost nehmt, gedenkt des arabischen Sprichworts: Ein leichtfertiger Mensch gleicht einem Esel, der mit einem Kamel durch die Wüste zu ziehen beschließt.

Ein Gong ertönt, zwei pergamentbespannte Türflügel öffnen sich, und ein vertrackt gebauter Behindertenrollstuhl kommt in den Saal gefahren. Darin, halb liegend, ein Japaner im Frack, offensichtlich unter multipler Sklerose leidend. Das Gefährt stoppt in zwei Metern Entfernung vor mir.

Der Mann ist unglaublich dürr, weißhaarig, mit jugendlich wirkendem Gesicht, dessen Züge jedoch ein für alle Mal verrutscht sind. Flatternde Augen, leblos hängende Arme, mit vielen durchscheinenden Sensoren besetzt.

»Herr Koch, ich grüße Sie!«, tönt eine Stimme durch den Saal.

Ich neige das bemützte Haupt.

»Ich darf Ihnen kundtun, dass ich Ihre Kunst und Meisterschaft in vollen Zügen zu genießen entschlossen bin!«

Ich wiederhole meine Verbeugung.

»Ist Ihrerseits alles bereit?«

Ich nicke.

»Dann könnten Sie ja ans Werk gehen.«

»Ein Zeichen von Ihnen genügt, Sir.«

»Beginnen Sie.«

Ich verteile die Calamaretti auf dem Rost, reibe ein Streichholz an. Der Sitz des Rollstuhls bewegt sich aufwärts. Anscheinend möchte der Kunde das Geschehen lieber von oben verfolgen. Ich frage mich, wie er wird essen wollen. Kalmare sind schnell zubereitet. Soschtschenko hat jede Menge Kurzerzählungen geschrieben, aber das *Himmelblaubuch* ist nicht ganz klein – die 1935er-Ausgabe, grobes Kaliko von der Farbe des Stalinhimmels. Ich schlage es auf, entzünde das Titelblatt. Und die Sache kommt in Gang.

Gelesen wird möglichst flott.

Die Seiten rascheln. Das Excalibur blitzt. Die Leiber der zarten kleinen Geschöpfe zischen über den Flammen.

Der Kunde schwebt in der Luft, seine Augen hängen am Grill. Nach dreizehn Minuten zügigen Lesens werfe ich die fertigen Kalmarenkindlein auf einen Teller und spritze Zitronensaft darüber.

Drei junge Japaner in schwarzen Anzügen betreten den Saal, kommen herüber und setzen sich zu Tisch. Ihre Gesichter sind unbewegt. Der Kunde auf dem in der Höhe schwebenden Sessel rührt sich nicht. Nur seine Augen scheinen zu verschlingen, was vor sich geht.

Nun weiß ich wenigstens, wer hier an seiner statt essen wird. Die Japaner sind ein wortkarges Völkchen, aber ich bin nicht schwer von Begriff. Trete zum Tisch und platziere die Servierplatte. Vor den drei Essern stehen schon Gläser mit weißem Wein. Die drei beginnen zu speisen. Vielleicht sind ihre Münder oder gar die Mägen mit Sensoren ausgerüstet, die den Geschmack an den Hausherrn übertragen. Aber dann müsste ihm der Speichel aus dem hängenden Mund rinnen. Nein, er wirkt physiologisch ausgeglichen. Es geht also nur um die Betrachtung des Vorgangs. Ja, so wird es sein. Er dreht jetzt seinen Sessel, sodass er die Esser im Blickfeld hat. Während sie sich gütlich tun, studiere ich sein Gesicht. Bei aller Verzerrtheit finde ich Züge von Klugheit darin. Die drei essen geruhsam, nippen zwischendurch vom Wein.

Derweil salze ich das rosa Fischfilet, aber nur von einer Seite. Ich verwende Meersalz.

Steak, liebes Steak. (Dem Umriss nach an einen großen Nachtfalter erinnernd.) Lass mich nicht dumm dastehen, bitte.

Alles geht gut ab, wenn auch nicht ohne Komplikationen. *Tschewengur*, das Papier aus Jelzin-Zeiten, nicht gerade hochwertig zu nennen, ich muss mein Excalibur schwingen und sogar ein paarmal Rauch absaugen: Das verdammte Kaliko + die Gaze vom Vorfalz qualmen. Ich habe alle Hände voll zu tun, und sie tun das Rechte. Ersticken die Rebellion auf dem Schiff im Keim.

Das fertige Steak schneide ich in drei Teile, träufele Zitrone, drehe die Mühle mit dem weißen Pfeffer genau zwei Mal.

»Seeteufelsteak auf *Tschewengur* von Andrej Platonow«, gebe ich bekannt und serviere.

Nebenbei gesagt: Die Intonation eines Book 'n' Grillers sollte auch ihr Niveau haben.

Das Kreischen der Messer. Dreimal Pokerface. Sie kauen und sagen kein Wort. Schweigen im Walde. Wie ein Cezanne: *Seeteufelesser (auf Tschewengur)*. Der Rollstuhl des Kunden fährt an sie heran, der Sitz zugleich nach vorn. Das verzerrte Gesicht nähert sich den Essenden wie eine TV-Kamera. Gesammelt kauen sie weiter. Er starrt ihnen ins Gesicht.

Hm ... Dergleichen, geb ich zu, hatte ich in meiner Praxis noch nicht. Aber Staunen ist bei uns nicht angesagt, ein Profi darf sich das nicht leisten. Mein Wohlwollen ist nicht zu erschüttern, ganz der unsterbliche Jeeves.

Weiter im Programm.

Kobe-Beef auf *Grünem Jungen*. Die Scheibe ordentlich dick, das ist was anderes als Arracherra. Das Buch hat einen Schutzumschlag. Innen feinstes Lübecker Papier aus dem späten 19. Jahrhundert. Das Lesen muss schnell gehen, sozusagen diagonal. Diese Art Lektüre ist die höchste Schule.

Die wahren Meister lieben es, auf Dünndruckausgaben zu grillen, denn das hat einen ganz eigenen Verlauf. Es kommt darauf an, das optimale Tempo zu finden, in dem man die Seiten abbrennt; man findet es rein intuitiv. Die gewagteste Art zu lesen! Die Kunden anlodern, sagen wir dazu. Aber man kann es auch übertreiben, dann ist das Buch am Ende abgefackelt und das Fleisch noch ganz roh. Das gibt Ärger! Ehe man sichs versieht, rollt da ein Kopf in weißer Mütze ...

Hier komme ich anzulodern nicht umhin, im buchstäblichen Sinne: Der Kunde hält das Gesicht so nahe ans Grillbecken, dass die Flammen in seinen Pupillen lohen. Meine Hände verrichten ihr Werk, ohne zu zucken. *Der grüne Junge* gibt seine Hitze an das große, dicke, von weißen Fettadern marmorierte Steak ab. Der Duft gebratenen Fleisches erfüllt den Saal. Zugluft ist ja doch Gift für unser Gewerbe: Der geringste Windhauch von oben, und alles ist womöglich im Eimer. Darum gehört zu einem Book 'n' Grill nun einmal diese hellblaue Wolke. Sie Rauch zu nennen sträubt sich die Zunge – es ist eine Wolke. Aus ihr werden die Meisterwerke der Untergrundküche geboren. Da braut sich etwas zusammen, das riecht kriminell. Und am Ende liegt das fertige Steak auf dem weißen Porzellan.

Ich mache die Ansage.

Während der abschließende Gang verzehrt wird, sehe ich, dass dem Kunden Tränen aus den Augen rinnen. Als die Esser mit dem Steak fertig sind, stehen sie auf, verbeugen sich und gehen schweigend aus dem Saal.

Wir sind wieder allein miteinander, mein reglos weinender Kunde in seinem Rollstuhl und ich.

In Erwartung von Lob + Kritik + Fragen + Anmerkungen + Honorar stehe ich da.

Der Kunde schweigt. Lautlos rinnen ihm die Tränen über das Kinn.

Das Schweigen zieht sich hin. Dann auf einmal höre ich ihn fragen: »Waren Sie schon einmal in den Sieben Samowaren?«

Russisches Restaurant in Tokio, unterrichtet mich der Floh. Gerechnet habe ich mit Fragen über Literatur, zu Büchern und Autoren. Über Soschtschenko und Dostojewski hätte ich mich auch ohne Floh auslassen können, nur Platonows *Tschewengur* ist immer noch ein Buch mit sieben Siegeln für mich. Den Versuch, es zu lesen, habe ich gemacht und bin nicht weit gekommen. Die Geschichte spielt in der russischen Steppe, wo in einem fort Menschen, Pferde, Projektile und Lokomotiven aufeinanderprallen.

»Nein, in dem Restaurant bin ich noch nicht gewesen.«

»Gehen Sie bloß nicht hin.«

Ich sehe ihm ins Gesicht. Schwer zu sagen, was er früher einmal gewesen ist. Geschäftsmann wohl am ehesten. Oder ein genialer Physiker? Gen-Ingenieur? Vielleicht hat er das viele Geld auch einfach nur geerbt. Mein Floh hat bislang noch nichts über ihn in Erfahrung gebracht.

»Ist es dort so mies?«

»Ja. Sie sind Russe?«

»Nein.«

Immerhin hat er altmodische Ansichten: dass Beruf und Nationalität zusammenpassen müssen beispielsweise.

»Es ist paradox: Wohin Sie in der Welt kommen, in jeder

Metropole gibt es genau zwei russische Restaurants: ein mittelmäßiges und ein schlechtes. Warum ist das so?«

»Schwer zu sagen ...«

»Warum ist die russische Literatur in der Welt so beliebt und die russische Küche nicht?«

Darüber habe ich, ehrlich gesagt, noch nie nachgedacht.

»Schlechte Werbung?«, schlage ich vor.

»Ach was!«

»Die russische Küche ist nicht die gesündeste. Viel Fett, viel Mehl.«

»Das ist bei der griechischen nicht anders. Oder bei der chinesischen.«

Er hat recht. Mir ist es nur noch nie in den Sinn gekommen. Für derlei Fragen fehlt mir die Zeit ... Für mich, wie für jedweden Europäer auch, besteht die russische Küche in Wodka + Kavier + *pirozhki*. Borschtsch vielleicht noch. Au nein, pardon: Borschtsch ist ein ukrainisches Gericht.

»Als ich noch gesund war und einmal in der Uralischen Republik zu Gast, luden die Beamten mich in ein prächtiges russisches Restaurant. Die Einrichtung war komplett alt, aus Dostojewskis Zeiten. Damals habe ich verstanden, warum die russische Küche in der modernen Welt nie eine Chance haben wird.«

»Ach ja? Warum nicht?«

»Sie ist verschlossen. Während bei uns Transparenz gefordert ist.«

»Verschlossen in welcher Hinsicht?«

»Sie werden nie erfahren, woraus ein Salat Olivier besteht, was eine Soljanka enthält, womit die Piroggen gefüllt sind und was die Kulebjaki in sich haben. Eine verschlossene Welt.«

Das trifft zu. Originell und präzise formuliert.

»Und so eine verschlossene Welt schreckt den modernen Menschen ab, meinen Sie?«

»Natürlich. Darum will er Sushi essen, in die kann man reingucken.«

Nicht zu bestreiten.

»Es geht um Transparenz, sagen Sie?«

»Jawohl. Besonders heute, nach all den grässlichen Kriegen und Erschütterungen.«

Eigentlich geht mich die russische Küche nichts an. Aber ich frage nach:

»Übt das Verborgene nicht auch einen Reiz aus?«

»Nur auf Außenseiter.«

Dem ist nichts hinzuzufügen. Und die *Sieben Samoware* werde ich meiden.

Er sagt nichts mehr, so schweige auch ich. Bei den Japanern sind die Emotionen immer auf Sparflamme, zumindest äußerlich. Dieser Mensch im Rollstuhl hat eine äußerst skurrile Veranstaltung hinter sich, und doch wirkt er gelassen. Und sein wie Reispapier geknittertes Gesicht ist ausdruckslos wie zuvor.

Ich warte auf mein Honorar. Der Japaner scheint es zu spüren.

»Ich danke Ihnen«, sagt er.

Die Tür geht wieder auf, die Dienerin im Kimono kommt herein, vor sich ein Tablett, darauf das Kuvert. Mit einer Verbeugung streckt sie es mir hin. Ich nehme das Kuvert und erwidere die Verbeugung, wie ein Sumoringer sich nach dem Kampf verbeugt. Der Rollstuhl vollführt eine rasante Drehung und fährt meinen Kunden aus dem Saal.

Finito.

Dusche.

Massage.

Flieger.

Abends: Weiterflug nach Oslo. Der blaue Floh kümmert sich um die Verbindung, der grüne piepst 100 % Sicherheit, der rote lässt Ruhe und Freiheit einziehen in mich ...

Das geht alles schon viel zu lange reibungslos seinen Gang. Wie sagte doch der alte Zokal: »Es läuft so gut, dass es schon wieder schlecht ist.« Denn dann ist der nächste große Anschiss eine Frage der Zeit. Das letzte Mal hat mich die Hygiene (so sagen wir bei uns in der Küche zum Amt für Book-'n'-Grill'-Bekämpfung) vor sieben Monaten heimgesucht. Meine Absteige in Palo Alto, genauer gesagt. Wieder mal hat der grüne Floh mich rechtzeitig gewarnt, und es gelang mir zu verduften (die Spaghetti abzugießen, um im Jargon zu bleiben), zehn Minuten bevor sie vor der Tür standen. Alles musste ich im Stich lassen, selbst mein Excalibur. Die Stahltür hatten sie in Sekundenschnelle aufgefräst. Brachen ein mit ihren eisernen Hunden. Aber ich war nicht mehr da ...

Die Hygiene hat mich seit Langem auf dem Kieker, so viel ist klar. Gegen mich liegt einiges vor. Aber die Security der Großen Küche ist auch nicht auf den Kopf gefallen. Mich kostet das drei Tausender Schmiere monatlich, die in die

Taschen der Beamten fließen. Kein Kleingeld. Und trotzdem, bin ich mir sicher, nehmen sie einen hoch, wenns drauf ankommt, da helfen keine Pillen. Bislang ist es immer noch zu meinem Floh durchgesickert, wenn etwas anrollte, das ist für den Moment beruhigend. Man darf sich allerdings nicht einbilden, dass das Schmiergeld sie davon abhält zu handeln. Im Amt lassen sie das Personal rotieren: Da wo gestern noch ein Partner saß, hockt heute ein hungriger junger Wolf, der nach Sternen auf den Achseln giert – und nach dem Fleisch der Köche.

Kurzum: Watch your back, Mister Book 'n' Griller.

In Norwegen war ich bis jetzt nur selten lesen. Vier Mal, um genau zu sein.

Ein kauziges Land ist das, mit einem kauzigen Volk. Das sage ich nicht, weil sie der russischen Literatur so wenig Ehre erweisen. Nicht bloß Turgenjew, das ganze Book 'n' Grill lässt die Norweger kalt. Auf Maupassant und dem alten Hem wird auch nicht öfter gegrillt als auf Turgenjew. Es berührt sie nicht, was in der Welt gerade angesagt ist. Geizig sind sie auch, klar, so wie alle Nordländer, aber das ist nicht der Punkt. Es liegt an der Mentalität. Schon vor Austreibung der Salafisten hatten sie diese unterkühlte Natur, seither sind ihnen die Rüben vollends eingefroren. Eine Lesung skurriler als die andere. Das letzte Mal war Hering auf Tschechows *Steppe* an der Reihe. Als ich in die grauen, nichtssagenden Gesichter meiner Bratheringesser schaute, die den innewohnenden Rauch der russischen Steppe und tschechowscher Melancholie mit viel Aquavit und Gletscherwasser runterspülten, fiel mir eine Äußerung meines Vaters über die Norweger ein: Dies sei eine Nation, die das Gefühl für Raum und Zeit auf ewig verloren habe. Der Satz war freilich nicht geeignet, das Rätsel der norwegischen Seele zu knacken. Da half es auch nicht, dass ich als Sprössling aus gutem humanistischem Hause Grieg gehört, Munck gesehen und holografische Fjordpartien unternommen hatte. Geholfen hat letztlich – und beileibe nicht zum ersten Mal – die Kochkunst. Die Lesung nahm meine grauhäutige Kundschaft so für mich ein, dass ich das nächste Mal zum Lutefisk-Festival geladen wurde. Das findet alljährlich zu Weihnachten statt und hat großen Zulauf von Leuten, die auf ein absonderliches Mahl erpicht sind: gedörrten Stockfisch, drei Tage und Nächte in Natronlauge geweicht und dann gespült. Der Geruch dieses Gerichts lässt an die städtische Kanalisation denken, der Geschmack daran, dass wir alle sterblich sind. Bestellt man Lutefisk im Restaurant, wird es unter einem Deckel serviert, um die übrigen Gäste zu schonen. Während des Festivals geriet ich in ein großes volkstümliches Lokal, wo zweihundert Leute ausschließlich Lutefisk verzehrten. Das den Saal beherrschende Odeur kann man sich ausmalen. Ich habe im Leben schon so manches probiert und bekam doch nur die Hälfte der mir angebotenen Portion herunter, dabei hatte der Fisch eine ansehnliche, beinahe appetitlich zu nennende durchscheinende Konsistenz. Ich goss Aquavit nach, aß viel Roggenbrot mit Zwiebel und war hochzufrieden: Endlich hatte ich dem Norweger in die Tiefen der rätselhaften Seele geblickt. Da waltet die pure Metaphysik. Ich war beeindruckt. An die Norweger hatte ich von nun an keine Fragen mehr. Mit Blick auf meinen unabgegessenen Teller suchten mich die Graugesichter mit der Erwähnung eines isländischen Nationalgerichts zu trösten: fermentierter (oder unumwunden gesagt: im eigenen Saft vor sich hin gammelnder) Haifisch, konserviert in bombierten Weißblechdosen, die zu öffnen sich nur auf dem Klo und unter dem Schutz einer Plastiktüte empfiehlt. Den dergestalt gelierten Hai streicht man aufs Brot und isst das Ganze unter Zuhilfenahme nämlichen Aquavits ... Um die Metaphysik scheint es also auch in Island (wo ich noch nie las) zum Besten zu stehen.

Derweil halten wir Kontinentaleuropäer an unseren Traditionen fest: Frischfisch, Feuer und die flackernden Seiten eines großen Romans ...

Schlafen gehen.

Dazu bestelle ich beim roten Floh einen gehaltvollen, Beruhigung verschaffenden schönen Traum:

Ich stehe bis zum Gürtel in einem wunderschönen See mit Wasserfall. Das Wasser ist rein und klar, Sonnenlicht spielt in ihm. Handtellergroße Elfen schwimmen darin, mit goldenem Haar und goldenen Schuppen, Augen blau, Lippen rosenrot und prall. Wie Fische im Meer so flink und gewandt schnellen sie umher. Ich fange ein paar mit dem Kescher und setze sie in den Plastiksack, den ich geschultert habe. Die Elfen zappeln im Kescher, sie geben ein putziges Zwitschern von sich. Welch eine Freude, Elfen im lichterfüllten Wasser zu fangen! Welch ein Spaßvergnügen! Der Sack füllt sich allmählich, immer mehr Elfen wandern hinein. Sie zappeln und zwitschern, zwicken mich in den Rücken. Und je mehr es werden, desto weniger weiß ich anzufangen mit dem zappelnden und zwitschernden Sack auf meiner Schulter. Ich muss lachen. Fange Elfen und lache mich scheckig dabei. Keine Ahnung, wozu. Aber ich mache weiter, immer weiter. Lache Tränen. Und als ich nicht mehr lachen kann, lasse ich mich fallen mitsamt dem Zwitschersack ins warme, sonnige Wasser.

17. MÄRZ

Mittags: Abholung vom Hotel. Zuvor ausgespannt vom langen Flug, sogar noch Zeit für einen Stadtspaziergang gefunden und einen Teller Fischsuppe an der Promenade. Sonnenwetter, windig. Friedvoll summende Gripsflöhe, der Liebe zur Schönheit ergeben ... Ein Mercedes, wie der nordische Himmel so grau, fährt mich aus der Stadt und durch die karge Landschaft, wo allenfalls erste Anzeichen von Frühling zu bemerken sind. Nackt stehen die Bäume, schroff aufragende Felsmassive beiderseits der Straße, kaltes Funkeln in fahler Sonne. Aus Nippons Wärme in den rauen Norden. Nachher zurück nach Süden und anschließend wieder in den Norden herauf. C'est la vie! Heute bläst mir der Nordwind in die Ohren, morgen zaust mir der tropische Monsun das Haar.

In den neun zurückliegenden Jahren habe ich das klimatische Wechselbad vertragen gelernt. Mein Doc, der rote Floh, hat ein Programm zur psychosomatischen Adaption intus. Krank darf ich nicht werden. Erkältungen – ganz ausgeschlossen. Meinem Körper ist ein straffes Korsett aus Daten und Lokalitäten aufgeschnallt. Ich muss jederzeit in Form sein, ganz wie Jeeves:

»What would you prefer, Sir?«

»Rindermark auf Verstand schafft Leiden.«

»Certainly, Sir.«

Auf Versepen wird übrigens doch hin und wieder gegrillt. Einmal habe ich ein Täubchen auf Achmatowas *Poem ohne Held* für zwei belarussische Lesben gebraten. Stöhnend und seufzend nahmen sie es zu sich, nackt auf einem Bett aus Blütenblättern weißer Chrysanthemen ...

Aber normale Lyrikbände sind nicht im Schwange. Das ist erklärlich, wiewohl zu bedauern: stand doch die Dichtkunst in Russland zu allen Zeiten hoch im Kurs. In drei Jahrhunderten sind zahllose Bände erschienen, die meisten im Taschenbuchformat, Leicht- oder Halbleichtgewichte, eigentlich wie geschaffen für die schnelle Lesung: Nachtigallen auf Puschkin, Pferdenüsse auf Majakowski, Kalbsnüstern auf Pasternak.

Leider, leider: Der Markt diktiert uns seine Gesetze. Er ist unerbittlich.

Der Mercedes fegt dahin, wechselt elegant die Spuren. Die Straße führt weg von aller Zivilisation. Wald, Felsen, Findlinge. Schließlich ein rustikales schmiedeeisernes Tor (auf alt getrimmt oder wirklich alt?), das sich vor uns auftut. Wir fahren auf ein Waldgrundstück. Zuletzt treten die Kiefern zurück und öffnen den Blick auf ein klassizistisches Anwesen mit Säulenportal.

Unter der Freitreppe erwartet mich ein livrierter Bediensteter. Er verbeugt sich, während er mir die Tür öffnet. Ich steige aus, und er verbeugt sich abermals. Er trägt einen Rock mit langen Schößen, sackartige Hosen, Stiefel und einen Rauschebart.

»Ich darf bitten, der Herr!«

Ich gehe die Treppe hinauf. Drinnen erwartet mich ein greiser Hausdiener, herausgeputzt à la 19. Jahrhundert. Er geleitet mich durch eine Flucht von Gemächern mit antikem Mobiliar. Klavierspiel ist zu hören.

Wir nähern uns einer weißen Tür, die Musik kommt von dort, irgendetwas Klassisches. Ich gebe zu, dass ich mich mit klassischer Musik nicht auskenne, sie sagt mir nichts. Ich habe auch kein Gehör dafür, da hilft kein Floh. Und daran wird sich wohl nichts mehr ändern.

Die weiße Tür tut sich auf. Ich betrete einen geräumigen Salon mit alten Möbeln und einem Flügel. An ihm sitzen drei Personen: Ein bärtiger Mann und eine Dame spielen zu vier Händen, eine weitere blättert die Noten um.

»Eure Exzellenz, der Koch ist da!«, kündet der Diener mit kräftigem Organ.

Die Musik bricht ab. Der Mann steht auf und sieht mir entgegen, dabei schiebt er die Hand hinter den Riemen, mit dem sein langes, kragenloses hellgraues Hemd gegürtet ist. Irgendwoher kenne ich ihn ... Auch die Damen sehen stumm zu mir herüber. Sie sind jung, ihre Gesichter erscheinen liebreizend und intelligent.

Der Kunde kommt auf mich zu und reicht mir die freie Hand zum Gruß.

»Tolstoi.«

Ja, natürlich! Ich drücke seine große, entspannte kühle Hand. Er sieht ihm außerordentlich ähnlich: der Bart, die breite Nase, die buschigen Brauen. Und der kluge, durchdringende Blick.

»Meine Frau Sofja Andrejewna, meine Tochter Tanja«, stellt er mit einer Geste die Damen vor.

Ich verbeuge mich. Die Damen lächeln und nicken. Mir kommen sie wie Zwillinge vor. Um die dreißig, dem Anschein nach.

»Sind Sie müde von der Reise?«, fragt der Kunde.

»Durchaus nicht, Graf. Danke der Nachfrage.«

»Nun, denn ...« Er schaut auf die große Standuhr. »Zu Mittag wird bei uns um fünf gegessen. Auch heute um fünf, Sonetschka?«

»Um fünf, Ljowuschka. Tanja und ich spielen nur noch rasch die Sonate zu Ende.«

»Gut. Afanassi wird Sie auf Ihr Zimmer bringen. Ruhen Sie aus von der Reise.«

»Am liebsten würde ich mir erst noch das Buch ansehen, Graf.«

»Ah ja, richtig ... Kommen Sie.«

Während die Damen ihr Spiel fortsetzen, verlässt der Kunde den Salon, durchschreitet forsch die Enfilade, ich folge ihm.

»Eigentlich ist dieser Beethoven ein unmöglicher Komponist«, spricht er im Laufen. »Ein Mensch ohne Gehör mag imstande sein, eine schöne Melodie zu erfinden, doch wird er ihr nie die vollendete musikalische Form verleihen. Und dieses Unvermögen macht den Mann rasend, er drischt und hämmert und nervt, ergeht sich in Reprisen. Aus irgendeinem Grund applaudiert ihm unser Publikum dafür. Die Herren und Damen sind nicht gescheit. Hauptsache, es ist Mode ... Zwei Männer hat sich le public éclairé hierzulande zu Lieblingen erkoren: Beethoven und Shakespeare. Aufgeblasenes Mittelmaß, in beiden Fällen.«

Brüsk wendet er sich um: »Sagen Sie doch: Wären Sie in der Lage, mit verbundenen Augen zu grillen? Wie ein Blinder?«

»Das hab ich, ehrlich gesagt, noch nicht probiert.«

»Sehen Sie ...« Er winkt ab und geht weiter. »Aber Beethoven, dieser taube Puterich, musste unentwegt Klaviersonaten stemmen, eine nach der anderen.«

Wir betreten das Arbeitszimmer des Kunden. Er muss mir ja noch das Scheit aushändigen, das Leseexemplar. Und das Menü ist zu besprechen. Der Fall ist extraordinär. Für gewöhnlich kommt das Holz per Boten, und der Speiseplan wird vorab vereinbart. Aber hin und wieder geschieht es auch so. Zumal der Preis hierfür um fünfzig Prozent höher liegen darf.

»Das Buch, das Buch ...« Er steht über seinen mit Papier überladenen Schreibtisch gebeugt, die Linke steckt im Gürtel wie zuvor. »Buch ist das falsche Wort dafür.«

Die Ähnlichkeit mit Tolstoi ist wirklich frappierend. An sich nicht verwunderlich, schließlich kann heutzutage jeder aus sich machen, was ihm beliebt. Doch die Detailfreude der Ausführung ist beeindruckend. Es dürfte nicht billig gewesen sein.

»Hier ist es!« Der Kunde zieht aus dem Haufen einen

dünnen Stapel gelblichen Papiers, mit einer weiten, flüchtigen Handschrift beschrieben, hält ihn mir hin.

Ich greife zu. Wahrlich kein Buch, ein Manuskript. Eine Erzählung, dem Umfang nach. Vierunddreißig Seiten. Was soll man darauf grillen?

»Lesen Sie erst mal. Dann reden wir übers Menü.«

Ich lese den Titel.

Lew Tolstoi
TOLSTOI

Ich schaue auf, der Kunde kommt meiner Frage zuvor:

»Ist gestern erst fertig geworden. Nicht mal Sonja hat es schon gelesen. Setzen Sie sich.«

Er deutet auf ein kleines Lederfauteuil. Ich nehme mit dem Manuskript dort Platz.

»Derweil erledige ich anderes«, sagt er und zieht sich in eine Ecke des Kabinetts zurück, nimmt eine Lederschürze vom Haken, bindet sie um.

Erst jetzt bemerke ich den in der Ecke stehenden Schusterleisten, auf den ein Stiefel gespannt ist, den Schemel davor und das beistehende, mit Werkzeug beladene Tischchen. Tolstoi lässt sich auf dem Schemel nieder, greift zum Hammer, fingert ein paar kupferne Schusternägelchen aus einer Büchse und steckt sie sich zwischen die Lippen, setzt eines auf der Sohle des Stiefels an, treibt es hinein mit einem Schlag. Als er gewahr wird, dass ich ihm dabei zusehe, dreht er sich um und zwinkert mir bedeutungsvoll zu.

Ich beginne zu lesen.

Wie immer kam der Frühling überraschend für die Menschen, die an des Stromes rechtem Ufer lebten, ein unverhofftes Geschenk – obwohl er schon geraume Zeit als Flor in der Luft gelegen, auch die Reste von nassem, mürbem, grauem Schnee rochen danach, Vögel hatten ihn in den Flügeln, strichen unruhig umher, und die Bewohner des Dorfes, wenn sie einander begegneten, nahmen das frische, freudvolle, so sehr herbeigesehnte Wort immer öfter in den Mund, so als könnte das sein Kommen beschleunigen.

Die Leuten wussten, wer der Frühlingsbringer war: ein Großmensch vom linken Ufer. Seine Ankunft überraschte jedes Mal, obgleich alle damit rechneten, so wie man im Herbst den ersten Schnee erwartet, den Regen in Dürrezeiten, nun also die Wärme und das Erwachen der Natur, die des Winters leid ist. So spähten die Leute auch heuer im März zum Flusse hinüber, auf dem das alte Eis sich plusterte, witterten in die feuchte Luft und sprachen den Namen des Mannes aus.

Und der Mann kam – vom linken Ufer wie gewöhnlich, in der Mitte des Tages, da die Sonne im Zenit stand und ihre schon recht annehmliche Wärme der vom Schnee bedeckten Erde spendete, ihr und den Menschen, dem Vieh, den Bäumen und den Vögeln, allen, die den Frühling so sehr begehrten. Und wie immer waren es die Bauernkinder, die ihn als Erste sahen – lauthals und ungestüm wie ein Schwarm junger Dohlen stoben sie an die Uferkante, und ihre Stimmen tönten durch die frische Luft:

»Tolstoi ist da! Tolstoi ist da!«

Die Erwachsenen hörten die Kinder rufen, ließen ihre

Arbeit liegen und eilten zum Flusse. Frauen und Männer, Alt und Jung, Arm und Reich vergaßen ihre Ämter und Pflichten, all das, was sie im Leben trennte, abstieß, entzweite oder anzog, verband und vereinte; einträchtig gingen sie den in den Schnee getrampelten Pfad hin zum Ufer, blinzelten in die Sonne und freuten sich, wie ein Mensch sich nur freuen kann, wenn ein Festtag anbricht.

Sehr bald war die Steilkante des Ufers von Menschen dicht gesäumt. Sie standen und schauten hinab auf den Fluss, über den ein Großmensch gegangen kam. Zuerst war er nur als Punkt am anderen Ufer zu sehen gewesen; die Kinder hatten ihn zuerst ausgemacht. Auf den ersten Blick hätte es ein gewöhnlicher Mensch sein können, der den Fluss von links nach rechts zu queren vorhatte. Ein gewöhnlicher Mensch indes wäre nicht über die Eisschollen gegangen, er hätte, wie alle Bewohner der beiden linksseitigen Dörfer, den Hohlweg gewählt, der seit Langem durch das Eis gebahnt war, nun aber schon die zweite Woche randvoll unter Wasser stand, sodass man ihn nicht anders als in Fischerstiefeln oder auf Stelzen begehen konnte. Deshalb beging man ihn gar nicht mehr, geschweige dass man mit dem Schlitten hindurchzufahren wagte, da man Löcher und kippelnde Schollen fürchten musste; der Eisgang konnte jeden Augenblick einsetzen. Über die Schollen zu gehen, ohne das tauende Alteis zu fürchten, brachte nur einer fertig. Der Punkt wurde größer mit jedem Schritte, und bald schon zweifelte niemand mehr: Er war es.

»Tolstoi! Tolstoi!«, brüllten die Kinder.

»Er kommt, er ist da«, raunte es in der Menge. Bauern,

junge und alte, Bettler, Kaufleute und Sattler, Fisch- und Kornhändler, Witwen und Bräute, Russen und Somalier, Georgier, Tataren und Tschetschenen, gar zwei greise Äthiopierinnen, gebeugt von der Zeit, alle drängten sie sich überm Hang, schirmten die Augen gegen die grelle Mittagssonne und spähten nach der nahenden Gestalt. Die mit jedem Schritt wuchs. Das Eis um sie her glänzte in der Sonne, zahllose Lichtfunken umtanzten die über den Winter gewachsenen Blöcke, als wollten sie sie entzünden und den darunter schlummernden Fluss von ihnen befreien.

»Da kommter, der Gutste, hattuns nich vergessen«, mümmelte eine der äthiopischen Greisinnen mit großem, zahnlosem Mund und wischte sich die Tränen mit der dunklen schwieligen Hand.

»Er denkt an uns ... beehrt uns ... lässt uns nicht im Stich«, bestätigten die Frauen mit anhaltendem Nicken, das wie eine Verbeugung vor dem Ankömmling war.

»Gleich gehts hier los!«, lallte ein dicker, besoffener Händler mit offen stehendem Pelz und puffte die Weiber neckisch in die Seiten.

»Wieder mal auf den Punkt!«, versetzte der hagere Fischhändler begeistert, ruckte mit dem Kopf, riss den zahnlosen Mund auf, hieb mit der Hand in die Luft.

»Fürwahr, er kommt allezeit pünktlich, man kann die Uhr nach ihm stellen!«, sprach anerkennend ein vornehm gekleideter georgischer Kaufmann mit schönem, klugem Gesicht und gesetzter Miene, der purpurne Saffianstiefel trug und eine Goldkette vor dem Bauch.

Sechs dunkelhäutige Albaner standen beisammen, die

erst seit reichlich zwei Monaten im Dorfe lebten, schauten mit blitzend schwarzen Augen zum Fluss hinab und kommentierten, was sie sahen, in ihrer Sprache, ihr Mundwerk ging wie geölt. Ein Stück entfernt standen zwei albanische Frauen, die eine jung, die andere etwas älter. Letztere war schön, mit blasser Haut, schwarzen Brauen, schwarzen Augen und unübersehbar schwanger; sie schien mürrisch, offenbar unzufrieden, dass sie von einer wichtigen Verrichtung abgehalten wurde. Der Jüngeren hingegen stand die Erregung ins weniger schöne Gesicht geschrieben, Vorfreude auf das Wunder, das, selten genug in dem harten, entbehrungsreichen dörflichen Leben, aufflammen würde wie ein Regenbogen nach Gewitter und ebenso schnell und unerklärlich wieder verschwinden, kaum dass die Leute Zeit hatten, es zu bemerken und sich darüber zu freuen. Seht zu, dass ihr es nicht verpasst!, so sprach das Leuchten in ihrem Gesicht.

Das Wunder aber lag schon darin, wie der Mann, der da den Fluss überquerte, über sich hinauswuchs mit jedem Schritt. Dass es ein unnormal großer, ein Großmensch war, ließ sich von Weitem erkennen. Die sonnenheiße Luft flirrte und flimmerte um seine wachsende Figur, die Eisschollen blitzten und schillerten im gleißenden Licht. Bald schon war er auch zu hören – ein gewichtiger Schritt, von dem das Eis um ihn her erbebte. Das anschwellende Geräusch seines steten, mächtigen, schwerfüßigen Gangs ließ die Menge verstummen. Selbst die Kinder, die bis dahin unermüdlich gelärmt, Arme und Mützen geschwenkt hatten, zogen die Köpfe ein und schauten nunmehr mit offenem Munde, schienen seine Schritte zu zählen. Von denen ein jeder den Mann, der da ging, noch größer, noch stärker erscheinen ließ. Die Menschen am Ufer schauten, sie lauschten seinem Gang.

Der Mann schritt dahin.

Er hatte eben die Mitte des Flusses erreicht, da krachte es. Die Menge am Ufer ächzte auf. Die Menschen bekreuzigten sich, murmelten, jeder in seiner Sprache, Gebete. Denn auf diesen Moment hatten sie gewartet. Wieder ein Krachen, wieder und wieder. Und noch zu hören war, dass sich etwas rührte, in Gang kam – als würde der Fluss gebären. Die Geburt von etwas Großem, dessen sie alle bedurften.

Die in der Sonne blitzenden Eisschollen setzten sich in Bewegung.

»Das Eis geht auf!«, rief der Kornhändler, riss die Mütze vom Kopf und wischte mit ihr so heftig durch die Luft, als müsste er dem Eisgang das Startsignal geben.

»Auf! Auf!«, jubelten die Kinder.

»Da geht es hin!«, nickten die alten Frauen.

»Es geht auf, heilige Muttergottes, es geht auf!«, psalmodierten die alten Äthiopierinnen und schlugen das Kreuz auf katholische Art.

»Daidsra! Daidsra!«, krächzten die Georgier in der Menge und lachten laut.*

Aufgeregt bekakelten die Albaner es auf ihre Weise, ein gedehntes E-e-ep! E-e-ep! stach daraus hervor; die schwangere Schöne schielte von unten herauf nach dem Fluss und schnalzte missbilligend mit der Zunge, während die Un-

* (georg.) Es ist losgegangen

schöne reglos stand vor Freude, ihr Mund offen, die Augen das Geschehen begierig einsaugend.

Das Eis barst und krachte, und es rückte an vielen Stellen zugleich mit beängstigender Entschiedenheit vor. Was den darüber hinwegschreitenden Mann nicht im Geringsten zu bekümmern schien – er legte nicht einmal einen Schritt zu; seelenruhig ging er seines Wegs, tat sein Werk, brach sich Bahn quer zum Fluss, zum abgehenden Eis und zum viel zu lang schon währenden Winter. Gemessen war sein Gang, selbstsicher. Hinter ihm brach das Eis, ruckte an, spliss, schob sich übereinander. Spalten taten sich um ihn auf mit jenem dumpfen Getöse, das so nur ein Mal im Jahr zu hören war. Das Eis kroch dahin wie lebendig, es tönte unvergleichlich. Bald war der ganze Raum über der Flussaue erfüllt von diesem Geräusch, die frische, scharfe Frühlingsluft eins mit ihm.

Der Fluss floss wieder.

Die Menge am Ufer geriet immer mehr außer sich. Mützen flogen in die Luft, Jungen pfiffen ungeniert, Begrüßungsrufe, männliche und weibliche, schollen dem Ankömmling entgegen.

»Morgenstern!«

»Du mein Recke!«

»Väterchen, geliebtes!«

»Mshindi wa barafu umefika!«*

»Wohltäter!«

Binnen Kurzem jedoch verschmolz die Glossolalie zu

* (swah.) Der Sieger über das Eis ist gekommen!

einem Chor, denn alle erinnerten mit einem Mal denselben Satz und mochten ihn im Schrittmaß des Eintreffenden deklamieren:

»Tolstoi ist da, das Eis geht auf! Tolstoi ist da, das Eis geht auf!«

Das schmetterten sie mit so viel Innigkeit, als wäre es ein viele Male im Leben gesprochenes Festtagsgebet.

»Tolstoi ist da, das Eis geht auf!«

Bub und Maid, Mann und Weib und erst recht die Alten – gegen die Sonne blinzelnd, freudetrunken, Tränen in den Augen – repetierten es unaufhörlich:

»Tolstoi ist da-a, das Eis geht a-a-auf!«

Die Albaner gaben sich Mühe einzustimmen, brachten es nicht gleich fehlerfrei hin, probierten es wieder, lächelten düster und frivol in einem, wie nur sie es konnten. Russen, Äthiopier und Kaukasier riefen wie ein Mann – einer, der hier am hohen Ufer stand und einen anderen, ihm entgegenkommenden begrüßte. Dieser nun schritt unbeirrt wie zuvor, hatte die Mitte des Flusses schon hinter sich, seine Schritte prasselten gewaltig, der eskalierende Eisgang toste in seinem Rücken, und mit jedem seiner Schritte wurde den Augenzeugen klarer: Da naht ein Riese. Für das Volk ein Grund, ihn noch lautstärker zu begrüßen, noch harmonischer. Als wäre da oben ein unsichtbarer, aus vielen Menschen zusammengesetzter Mensch, hochgestimmt nicht nur ob des Wanderers Ankunft, sondern auch, weil dieser Wanderer größer war als gewöhnliche Menschen und weil er mit seinem Schritt den schlafenden Fluss vor ihren Augen geweckt und weil er, nicht achtend das berstende Eis, seinen Weg fortsetzte, und das nicht zum Spaß, sondern weil die Menschen, die an diesem Flusse wohnten, ihn angingen, viel mehr angingen als alles berstende schwarze Eis, es gab etwas zu tun für ihn, um dessentwillen er den gefahrvollen Weg beschritt, ein gutes Werk, ein nützliches Werk für die Menschen.

»Tolstoi ist da-a, das Eis geht a-a-auf!«

Nun war der Riese schon vor ihnen. Das ufernahe Eis war zu dünn, um sein Gewicht auszuhalten, krachend brach er ein bis zum Halse, dass das Eis unter ihm zu Grus zerbröselte. Die Menge ächzte auf, doch der Hüne war nicht zu beeindrucken: Gestützt auf seinen gänzlich eintauchenden Wanderstab, entstieg er dem Fluss, der ihm erst noch bis zur Brust ging, dann bis zur Hüfte, gemächlich wie zuvor, endlich ganz, ans Ufer hinaus. Seine letzten Schritte waren untermalt vom allgemeinen Jubel: Der Riese hatte den Fluss durchschritten und ihn erweckt. Hinter ihm das Eis war in der ganzen Breite des Flussbettes in Bewegung gekommen, kroch knirschend und krachend voran. Schollen schoben sich übereinander und platzten, manche richteten sich auf, als wollten sie an Land klettern, kippten krachend um und zerschellten. An den Bruchkanten und in den Wasserspritzern funkelte die Frühlingssonne.

Jubelnd stürzte das Volk den Hang hinab, dem hohen Gast entgegen. Männer, Frauen, Kinder, Somalier und Albaner schlitterten abwärts durch den nassen Schnee, stürmten auf den Hünen zu. Zurück blieben nur zwei alte Frauen, ein alter Mann und die schwangere Albanerin.

Er hatte unterdessen auf festen Boden gefunden, kam breitbeinig daher. Als Erste waren die Kinder bei ihm. Und sogleich wurde offenbar, wie riesig dieser Mann war – die Knirpse reichten ihm nicht mal ans Knie. Tolstoi war dreimal größer als ein ausgewachsener Mann. Er verharrte nun, beide Hände auf seinen Stab gestützt. Nach den Kindern langten auch die Erwachsenen bei ihm an und verneigten sich.

Tolstoi war noch außer Atem von der Anstrengung, er keuchte vernehmlich. Blickte herab auf sie aus exorbitanter Höhe. Gekleidet war er in grobes, faseriges Sackleinen, darüber eine Art Fischerkutte aus altem, in den kaspischen Winden verschlissenem Segeltuch mit geflochtenem Ledergürtel und einer riesigen kupfernen Schnalle. Wasser troff von dem Gewande. Auf dem Rücken trug Tolstoi eine Kiepe aus breitem Bast. Den Stock, auf den er sich stützte, hatte der Mann eigenhändig aus einem jungen, mitsamt der Wurzel aus dem Boden gerissenen Ahornbaum geschnitzt.

Tolstois Kopf war eigentümlich: Man hätte einen granitenen Findling darin sehen können, jahrtausendelang von Gletschern über Land gewälzt, bis er wunderbarerweise menschliche Züge angenommen hatte, grob und märtyrerhaft in einem. Gänzlich haarlos das Gesicht; Wangenknochen, Nase, Mund und Kinn wie gegeneinander verschoben, die kahlen Augenbögen vorstehend, darunter zappelnd in ihren Höhlen die dunklen, immer feucht glänzenden Augen. Ein Findling mit Namen Tolstoi von solchen Ausmaßen, dass kein Mensch auf Erden ihn hätte anheben, geschweige wegtragen können.

Umrahmt war das Gesicht von einem pelzigen rötlichen Haarschopf, aus dem die gigantischen Ohren hervorrag-

ten. Heillos verwittert, von tiefen Rissen gefurcht die groben Lippen, die nun auseinandergingen, und ein kräftiger Bass rollte donnergleich über die Köpfe der Anwesenden hinweg:

»Grüßt euch, meine lieben Kinder!«

Die Antwort von unten her kam diesmal uneins, aus vieler Menschen Munde:

»Guten Tag, Gevatter!«

»Sei gegrüßt, mein Lieber!«

»Hello, mtu mkubwa!«*

*»Gamardschoba**, Teuerster!«*

Schwer atmend senkte Tolstoi, der bisher starr vor sich hingesehen hatte, als wäre ihm einzig die Linie des Horizontes kenntlich, den Blick seiner tief liegenden Augen zu den Menschen hinab, sodass er sich traf mit den Blicken derer, die zu ihm hinaufsahen. Sein Findlingsgesicht riss auf. Der grobe, schartige Mund zog sich zu einem Lachen breit – schief und auf kindliche Weise hilflos, eine Grimasse, als wollte er losheulen. Zackige gelbe Zähne kamen zwischen den Lippen hervorgerutscht wie die Hauer eines vorsintflutlichen Tieres.

Gestützt auf seinen Stab, sah Tolstoi die Menschen an, keuchte und lächelte. Hinter seinem nassen, in der Sonne dampfenden, mit Kiepe beladenen Buckel wälzte sich ächzend der von ihm erweckte Fluss. Tolstoi sah sich noch einmal nach ihm um, nickte heftig und machte sich auf ins Dorf. Die Leute bildeten für ihn eine Gasse; dann folgten sie ihm, rannten ein Stück nebenher, fielen zurück. Nicht so die Kin-

* (swah.) Hallo, großer Mann!

** (georg.) Guten Tag!

der, die dahinfegten wie der Blitz, aus vollem Halse schreiend. Tolstois Gangart war breitbeinig-betulich, wodurch sein Schrittmaß nur noch größer und beängstigender wirkte; man spürte die Erde unter seinen Füßen beben. Tolstoi trug hohe Fellstiefel, die sibirische Altgläubige ihm aus vier Bärenhäuten genäht hatten. Bei jedem Schritt glitschte ein Schwall Flusswasser daraus hervor, gerade in die Gesichter der Mitlaufenden, die das lustig fanden und lachten, in den Wasserperlen funkelte das Sonnenlicht. Es war, als hätte der Großmensch nicht nur den Fluss, sondern auch die Menschen aufgeweckt. Darüber waren sie froh, denn zu erwachen hatten sie seit Längerem vorgehabt.

»Tolstoi! Tolstoi!«, krähten die Kinder.

»Er ist da, er ist da!«, sagten sich die Erwachsenen immer wieder, lachten und freuten sich.

Derweil hatte er in fünf Schritten den Uferhang bewältigt und die Dorfumfriedung erreicht, setzte über den Flechtzaun mit dem dahinter angewehten Schnee, übersprang eine ausgedehnte Pfütze und war wenig später auf der Dorfstraße. Die Hofhunde, sowie sie den Riesen witterten oder gar seiner ansichtig wurden, kriegten sich nicht ein, ihr Gebell verschmolz mit dem Gebrüll der Leute. Tolstoi verharrte, auf seinen Stock gestützt, durchmaß die von Häusern bestandene Straße mit langem Blicke.

»Ein Glück!« – so sprach er.

Sein Kopf neigte sich, mit ihm sackten die Schultern. Es war eine Verbeugung – so tief, dass seine Hand den Schneebrei auf der Straße streifte. Und die Leute aus dem Dorf erwiderten sie.

Als Tolstoi sich wieder aufgerichtet hatte, ließ er den Blick durch die Runde gehen, lächelte und sprach: »Wo haben wir denn mein Bänkel?«

»Da! Siehst du, Gevatter, dort vorne!«, rief alles durcheinander, die Leute fuchtelten, schwenkten ihre Mützen in Richtung der Speicher.

Tolstoi schaute, und es fiel ihm wieder ein. Er schritt aus, sein Stab bohrte sich tief in den schon kräftig angetauten Boden. Die Menge eilte ihm nach.

»Ach, iss das gut ... Ach, iss das schön«, brummte der Riese im Gehen vor sich hin, dabei schnaufte er wie eine Lokomotive.

Vor den Speichern befand sich ein Platz, der schon beizeiten vom Schnee geräumt worden war. Inmitten dieses Platzes stand eine aus Bohlen gezimmerte Sitzbank, so hoch wie ein ländliches Badehaus. Dieses war die »Tolstoi-Bank«, die alleweil im Frühjahr darauf wartete, von ihm benutzt zu werden.

»Da isses ja, das Bänkel!« Tolstoi ging hin, trieb seinen Stab mit einem Hieb in den Boden, ließ die Hände sinken und schaute sich um. Die Dorfbewohner umstanden ihn im Kreis.

»Warm isses«, sprach Tolstoi, und seine Stimme klang so tief und hohl, dass ringsum alles still wurde.

»Wa-arm«, wiederholte er, nun schon beinahe flüsternd, wie zu sich selbst, im Ausatmen.

Die Leute standen stumm. Bub und Maid, Mann und Weib, Alt und Jung blickten den Riesen an. Es war nicht das erste Mal, dass sie einem Großmenschen begegneten – öfter kam einer durch hier, auf dem Jahrmarkt in Astrachan hatte es immer welche, ein paar von ihnen wohnten dort sogar mit ihren Großfrauen, die ihnen Großkinder gebaren, in riesigen Domizilen. Aber dieser hier war nicht wie jeder andere. Er war Tolstoi.

Aus der Kiepe auf seinem Rücken drang ein seltsamer Laut – wie das Grunzen eines Ebers. Dieser Laut riss Tolstoi und die Umstehenden aus der Versenkung. Die Leute begannen wieder zu lärmen und zu lachen. Tolstoi setzte sein weinerlich-düsteres Lächeln auf, zerrte sich die Kiepe vom Kreuz. Wieder ertönte das Grunzen.

Behutsam setzte Tolstoi die Kiepe auf dem Boden ab. Dann ließ er sich auf die Bank fallen. Die Bohlen knackten unter seinem Gewicht. Die Kinder, die vor den Erwachsenen Aufstellung genommen hatten, wagten sich näher heran, ihre im Vergleich zu Tolstois Pranken unfassbar winzigen Händchen begannen an Kiepe und Fellstiefeln zu zupfen. Tolstoi knöpfte die nasse Kutte auf, und alle sahen seinen großen, auf den Knien ruhenden Bauch. Dieses mächtigen Bauches wegen war er zu seinem Spitznamen Tolstoi gekommen.

Das Grunzen und Scharren in der Kiepe wuchs sich aus. Die Kinder quiekten, als sie es hörten.

»Kanns nich erwarten, der R-racker«, ließ Tolstoi den Bass rollen, während seine Hände nach der Kiepe griffen. »Iss r-reineweg ver-r-rückt auf euch! Schimpft wien R-r-rohrspatz!«

Die Kinder lachten.

Tolstoi zog den mächtigen Holzkeil aus der Birkenrindenschnalle der Kiepe. Die Hände des Riesen waren trocken und rissig, mit Schrammen übersät, an der Linken fehlte der Zeigefinger. Den hatte er sich schon als Junge abgehackt, als er Tagelöhner bei einer jungen chinesischen Witwe im Ural gewesen. Die Hände eines Menschen sind nicht weniger aussagekräftig als sein Gesicht, sie berichten aus seinem Leben. Oft sieht man ihnen an, um was für einen Menschen es sich handelt: Ist er geizig oder gierig, gelassen oder ständig auf der Hut, offen gegenüber anderen oder verschlossen, sich verbarrikadierend gegen die Welt, in die er geworfen ist. Nicht anders als Gesichter haben Hände ihren unverwechselbaren Ausdruck, der nichts zu tun haben muss mit dem Berufe, der Position in der Gesellschaft. Dieser Ausdruck offenbart sich insbesondere dann, wenn ein Mensch dem anderen die Hand zum Gruße entbietet oder sonst etwas tut, was nicht ihm, sondern anderen zugutekommt.

Auch Tolstois Pranken drückten etwas aus. Zumeist waren sie offen, selten zur Faust geballt. Auf die Welt gekommen, gewachsen und zu Kräften gekommen waren sie, um zu geben. Komm her und nimm dir!, schienen diese Hände zu sagen.

Tolstoi hatte den Keil herausgezogen und den Deckel der Kiepe aufgeklappt. Nun senkte er die Hand hinein und hob in ihr wie in einer Baggerschaufel ein kleines Mammut heraus – nicht größer als ein Hund.

»Hops raus, Struppi!«, brummte Tolstoi, und die Kinder hüpften und schrien und klatschten in die Hände.

Das Mammut schob den Rüssel zwischen Tolstois Finger und trötete. Die Erwachsenen lachten, die Kinder waren außer sich.

Tatsächlich hatte das Tier die Größe eines Schäferhundes,

das Fell war dicht, wollig, rotbraun; in den Proportionen glich es einem ausgewachsenen Mammut, höchstens war der Buckel noch etwas mehr gekrümmt, und der haarige Schwanz baumelte fast bis zum Boden, während auf dem Kopfe, welcher den Rumpf deutlich überragte, die Wolle so üppig wucherte, dass es komisch aussah. Auffällig des Weiteren, dass nicht zwei, sondern drei Stoßzähne unter dem Rüssel prangten – ein normal ausgebildeter, zum Halbkreis geschwungener und zwei verkümmerte, schief gewachsene. Die kleinen Äuglein funkelten gereizt und unzufrieden; der Rüssel fuhr, während er die frische Frühlingsluft einsog, wedelnd auf und nieder, als wollte er nicht nur riechen damit, sondern die Leute verscheuchen.

Irgendwann hatte das Mammut sich genug geschüttelt, und alle, Kinder und Erwachsene, waren wie auf Kommando still.

Das Mammut schnaubte kurz – und begann auf einmal mit zitternder, unvergleichlicher Stimme zu singen.

»Love me tender, love me sweet, never let me go ...«

Das Publikum raste vor Entzücken.

Tolstoi hob das Mammut auf und stellte es auf den Kiependeckel. Das Mammut sang sein Lied zu Ende und grunzte.

»Pr-r-ima, Struppi«, grölte Tolstoi, breitete die Pranken aus und ließ sie zusammenfahren. Es knallte so heftig, dass Frauen und Kinder erschrocken aufjuchzten.

»Wie gehts, wie stehts, meine lieben Kinder?«, wurden die Dörfler nun von Tolstoi gefragt.

»Gut, Gevatter! Wir können nicht klagen«, ertönte die Antwort.

»Das Gute buttert ihr?«

»Das buttern wir, jawoll!«

»Das Böse triezt ihr?«

»Das triezen wir, und ob!«

»Und lasst die Seele sprechen?«

»Die Seele, aber ja!«

»Und seht die Welt mit Wohlgefallen?«

»Mit Wohlgefallen!«

Da ließ er einen langen, durchdringenden Blick über die Umstehenden hingehen und sprach mit einer Erleichterung, als wäre ihm eine ungeheure Last von den mächtigen Schultern abgefallen:

»Dann ist es ja gut.«

Und plötzlich kam Bewegung in den Riesenkopf, das schrundige Gesicht: Die Lippen zitterten ihm, das massive Kinn zuckte, er begann zu weinen. Was die Menschen nicht zu irritieren schien. Tolstoi weinte des Öfteren, und das zumeist aus Freude, darum waren seine Tränen kein Grund zur Betrübnis oder Besorgnis, im Gegenteil: Der Anblick des weinenden Tolstoi wärmte ihnen das Herz, sie verstanden, dass diese Tränen nötig waren und ein ebenso gebührender Bestandteil dieses edlen und guten Menschen, der da jedes Frühjahr in ihr Dorf kam, wie seine guten, schwieligen Hände, die donnergleiche Stimme, das schiefe Lächeln und die geräumige Seele, die die ganze Menschheit in sich aufzunehmen bereit war.

Das Mammut auf dem Kiependeckel grunzte vor sich hin und wedelte mit dem Schwanz.

Allmählich fasste Tolstoi sich wieder, er schniefte ohren-

betäubend, und ohne sich die Tränen zu wischen, die ihm in zwei sonnenglänzenden Rinnsalen aus den Augen und übers Gesicht liefen, sagte er:

»Dann ist es ja schön.«

Sein Gesicht hellte sich schlagartig auf und wurde ernst. Eine Weile war er still, sah hinab auf die Leute um sich her, dann hob er wieder zu sprechen an.

»Sät Gutes, wässert Gutes, zieht Gutes, mäht Gutes, trocknet Gutes, mahlt Gutes, schüttet Gutes, lagert Gutes, poliert Gutes, rührt Gutes, backt Gutes, brecht Gutes, teilt Gutes, esst Gutes. Und euch wird allen gut. Das Gute ist kein Tier, kein Dompfaff, kein Dornröschen, kein Loch im Asphalt, keine Föhre im Wald, keine Wolke im Himmel, kein blühender Schimmel, kein Stein an der Straße, am Fuß keine Blase, kein schlaues Grips, kein bunter Schlips, kein lauer Wind, kein blindes Kind, kein trunkener Ritt, kein Fensterkitt, keine lichtscheue Dommel, keine schadhafte Trommel, kein alter Eunuch, kein Großmutterbuch, kein schwebender Faun, kein morscher Zaun, kein warmes Bett, kein enges Korsett. Das Gute ist uns gegeben, um dem Bösen zu widerstehen, die Kraft des Guten ist bodenlos wie ein Fluss nach viel Regen, der Unbändigkeit Segen, wie Abendrot, wie die Würze im Brot, wie das Grün im Revier, es ist immer mit dir.«

Die Leute lauschten, was Tolstoi ihnen zu sagen hatte. Die Hände gegen die Brust gepresst, fuhr er fort:

»Gutes tun! Wie denn auch sonst? Es auch wollen, wie denn sonst? Sich drum mühen, wie denn sonst? Gutes mögen, wie denn sonst? Gutes mehren, wie denn sonst? Es begeh-

ren, wie denn sonst? Beim Namen nennen – wie auch sonst? Das Gute ist kein Stacheligel, wohnt nicht hinter Schloss und Riegel, von uns hängt ab, wohin es weht, ob die Tür ihm offen steht, herzen wirs an Ort und Stelle? stoßen wir es von der Schwelle? schicken wir ihm böse Geister wie ein fieser Hexenmeister? halten knapp wirs, schütteln ab wirs? – oder lassen wir es zu, auf dass das Gute Gutes tue?«

Tolstoi musste Atem schöpfen, er wischte sich mit der Hand über den Mund, ließ den Kopf sinken und murmelte wie zu sich selbst:

»Warum tun die Menschen sich Böses, wo es doch so einfach wär, einander Gutes zu tun? Einer wie der andere tut es, und der Dritte macht es ihm nach. Weiß es selber, hört doch nicht auf damit! Und nix in ihm regt sich, ächzt nicht, schwillt nicht, schwankt nicht, barmt nicht: Ach-ach, warum nur wills mir nicht gelingen, Gutes zu tun? Warum stell ich fieser Voodoomann in einem fort nur Böses an?«

Tolstoi strecke die Hände aus, als wollte er die Antwort von den Umstehenden hören:

»Bin ich selber Feind mir oder einfach nur blöde?«

Die Leute schwiegen. Er aber fuhr fort:

»Seht die Vögel, die Bäume, die Tiere im Wald, die Bienen und Würmer. Ein jedes tut tapfer sein gutes Werk Tag für Tag, so lange das Leben währt. Eines flicht sein Nest, ein anderes legt Eier, das dritte sammelt Honig, das vierte schafft Aas beiseite, das fünfte gräbt eine Höhle, das sechste nagt sich durch die Rinde, das siebte lässt die Eicheln keimen, das achte raschelt im Wind. Ist der Mensch denn wirklich so viel schlechter als sie? Warum, fieser Yoha-woha, bist Übles zu

tun du gewohnt? Was hindert dich an guter Tat? Wer raubt die Güte dir? Wer schädigt dich? Wer aast in dir?«

Wieder verstummte er und besah sich seine Hände. Dann hob er das ergrimmte, darob nur noch mehr an einen Fels gemahnende Antlitz, bedachte die Menge mit einem Blicke, der immer noch von Tränen feucht war.

Die Leute schwiegen. Die Kinder standen wie erstarrt, mit offenen Mündern. Nur ein paar Vögel, die frühesten unter den Sängern, waren zu hören aus dem nahe gelegenen Wäldchen.

Plötzlich riss Tolstoi den Arm nach vorn, sein Zeigefinger wies in die Menge.

»Du schadest dir selbst!«, erscholl seine Stimme noch grollender als zuvor. »Sudelst dich ein! Stellst dir ein Bein! Fällst in den Arm dir! Spuckst dir ins Malzbier! Stiehlst dir dein Fett! Scheißt dir ins Bett!«

Als Erste brach die alte Äthiopierin in Tränen aus. Zwei Mädchen taten es ihr nach. Tolstoi stand vor ihnen mit ausgestrecktem Arm: das Gesicht vollkommen düster nun, die nassen Kleider dampfend, die dunklen Augenhöhlen auf die Menge gerichtet.

Noch ein paar Kinder hatten zu heulen angefangen, ein, zwei, drei Frauen fielen ein ins Geplärr, und bald darauf ergoss sich eine wahre Tränenflut, in der Luft ein einziges großes Weh und Ach. Davon wurden auch die Männer verlegen, schauten bedeppert drein. Nur der angetrunkene Kornhändler grinste töricht und schüttelte den Kopf, während der alte Fischer den zahnlosen Mund aufsperrte und Tolstoi kindlich unbekümmert in die Augen sah.

Dieser wiederum schien vollends zu Stein geworden. Sein kolossaler Körper wie erstarrt, der ausgestreckte Finger über der Menge schwebend; vom halb offenen Mund und den dunklen Augen ging Düsternis aus. Eine Minute verging, eine zweite und eine dritte. Tolstoi rührte sich nicht. Das war sonderbar. Und je länger diese Starre anhielt, desto stärker und anhaltender wurde das Weinen der Frauen und Kinder. Längst nicht mehr Tolstois bittere Worte waren der Anlass dafür, sondern seine Versteinerung, die immer beängstigender wurde. Dass dieses steinerne Gesicht den Weinenden jetzt gar nicht mehr düster erschien, nur hilflos und unendlich gut, war ein Grund, noch mehr zu weinen. Einige Frauen lamentierten bereits heftig. Das Wehklagen der Menge unter dem fahlblauen Himmel, in der grellen Sonne, vor der gigantischen Figur des versteinerten Sitzriesen, galt ihm, der gefälligst wieder lebendig werden und mit den Menschen reden sollte.

Und es geschah.

Kraftlos sank sein Arm herab. Prompt, wie auf Befehl, verebbten die Klagen.

Tolstoi atmete geräuschvoll aus, dann ebenso geräuschvoll wieder ein. Und er sprach mit ruhiger, leiser Stimme:

»Tut Gutes.«

Die Menge hielt den Atem an.

»Und ihr werdet gerettet sein.«

Die Menge seufzte auf in unbeschreiblicher Erleichterung. Die Spannung wich, Lärm und Bewegung setzten ein. Die Frauen konnten endlich Atem schöpfen, rieben sich die Tränen aus dem Gesicht. Das Schluchzen der Kinder ging in freudiges Kichern über. Unter den Männern begann es zu rumoren, einzelne Rufe sprangen hervor, die Zustimmung verhießen, so wie man es von Dorfversammlungen und Sportwettkämpfen kannte. Eine Weile lärmte und schrie die Menge durcheinander, bis sie schließlich in eins fand:

»Das machen wir! Das-machen-wir!«, skandierte sie.

Albaner, Russen, Somalier, Äthiopier, Tschetschenen und Georgier – alle riefen sie es, ein jeder, wie ihm der Schnabel gewachsen war, aber gemeinsam; lauthals und voller Freude riefen sie, was ihnen jetzt das Wichtigste war:

»Das-machen-wir! Das-machen-wir!«

Tolstoi saß da, Hände auf die Knie gestützt, und schaute sich an, was die Menge so trieb. Sein Gesicht war nun alles andere als steinern. Es war, als spiegelte sich die Menge darin wider. Und sein Seufzen klang leicht, wie ein Bauer nach einem schweren, gelungenen Arbeitstag seufzen mag.

»Dann ist es ja gut«, sprach er.

Die Menge grölte.

Tolstoi erhob sich.

»Iss einen Happen, Gevatter Tolstoi!«, rief der georgische Kaufmann.

»Ja, zier dich nicht, iss was!«, wurde die Aufforderung von der Menge bekräftigt. Tolstoi zog seinen Stab aus dem Boden, griff nach der Kiepe, steckte das Mammut hinein und ging los in Richtung Hauptstraße. Dort angekommen, blieb er stehen, setzte die Kiepe in den Schnee und hielt, gestützt auf seinen Stab, das Gesicht in die Sonne, schwieg und lächelte selig. Das Lächeln galt den Menschen, und es galt ihm selbst.

Die erwachsenen Dorfbewohner hatten es auf einmal eilig davonzukommen, zerstreuten sich in ihre Häuser. Nur die

Kinder blieben – konnten den Blick nicht abwenden von Tolstoi, dem Riesen, schlugen Lärm, wie es ihre Art war.

»Onkel Tolstoi, erzähl uns was!«, rief ein kleines Mädchen.

»Erzählen, erzählen!«, riefen die Kinder, hüpften und jubelten.

Auf seinen Stab gestützt, zog Tolstoi die Stirne kraus, dachte kurz nach und begann:

»Es war einmal ein klitzekleiner Floh, der lebte als Flohkind in einer Flohfamilie.«

Tolstoi führte die klobigen Spitzen von Daumen und Zeigefinger zusammen, um zu demonstrieren, wie klein der Floh gewesen war.

»Zusammen wohnten sie in einem alten Teppich, der in einer Bauernhütte an der Wand hing, grad über dem Bett, worin die Leute schliefen. Des Nachts krochen die Flöhe aus dem Teppich hervor und wechselten auf die Schlafenden hinüber, um Blut aus ihnen zu saugen. Flöhe leben nun mal von Menschenblut. Eines Nachts also brach die ganze Flohsippe, mit Ausnahme des jüngsten Flohkindchens, wie üblich zur Blutmahlzeit auf. Der Flohwinzling blieb im Teppich hocken und wartete, dass die Seinen wiederkamen. Er wartete und wartete, bis die Nacht vorüber war und der Morgen graute. Keiner kam. Der Tag brach an, der kleine Floh hockte in seinem Teppich und wusste nicht, was tun. Als er einen Blick aus dem Teppich wagte, schlug ihm die Sonne in die Augen, was höllisch brannte. Vor Schreck vergrub er sich tief in den Teppich. Der Hunger zwickte ihn. Blutsaugen konnte der kleine Floh noch nicht, nur an den Zitzen der Mama nuckeln. Die aber war nicht da.«

Tolstoi stand mit gesenktem Haupt, gestützt auf seinen Stab, und blieb eine Weile still. Die Kinder hatten die Köpfe zwischen die Schultern gezogen und wagten nicht zu atmen. Gebannt warteten sie darauf, dass die Geschichte weiterging.

»Der Floh wartete noch, bis es wieder dunkel wurde, und ging los, seine Mama zu suchen. Er ließ sich aufs Bett hinabfallen, marschierte über die Decke. Die aber schaukelte und schwankte, als täte die Erde beben. Der Mann unter der Decke schlief, unter seinen Atemzügen hob sich die Decke und senkte sich wieder, mit ihr hob und senkte sich der kleine Floh. Der rief, wie Flöhe zu rufen pflegen, nach seiner Mama. Doch die Mama antwortete nicht. Der Floh piepste sich die Seele aus dem Leib, dann fing er an zu weinen. Schrecklich einsam fühlte sich der kleine Floh, mutterseelenalleine. Auf einmal rief ihn jemand an: ›He, Kleiner, warum heulst du?‹ Der Floh schaute auf: Vor ihm saß eine Kleiderlaus. ›Ich suche meine Flohmama‹, erwiderte der kleine Floh. ›Ich habe Hunger.‹ – ›Deine Mama haben die Menschen letzte Nacht geschnappt und erschlagen‹, tat die Laus ihm kund. ›Und meine großen Brüder, wo sind die?‹ – ›Die hat es auch erwischt.‹ Da fing der kleine Floh zu weinen an, wie er noch nie geweint hatte. Die Kleiderlaus schaute sich das an und sagte: ›Heul nicht. Ich hab bei dem Mann hinterm Ohr grad eben ordentlich Blut gesaugt. Das ist eigentlich für meine Kinderchen, aber ich will dir was abgeben davon.‹ Und sie ließ ihn bei sich saugen. Der kleine Floh trank sich satt, kroch zurück in seinen Teppich und schlummerte ein. Von nun an kam Mutter Laus jede Nacht und gab ihm die Brust, obwohl sie selber sieben kleine Lausekinder zu versorgen hatte. Sie

tat es so lange, bis sie selber eines Nachts von den Leuten gefangen und unterm Fingernagel zerquetscht wurde. Aber da war der kleine Floh schon groß genug, dass er selber Blutsaugen gehen konnte. Die Laus hat ihn vor dem Hungertod bewahrt. Warum tat sie das, frage ich euch.«

Die Kinder äugten hinauf zu dem über ihnen aufragenden Tolstoi.

»Vielleicht, weil ... weil sie gut war?«, wagte ein Junge zu vermuten.

»Weil sie gut war, jawohl«, bestätigte Tolstoi in großem Ernste.

Unterdessen tauchten die Dorfbewohner wieder aus ihren Häusern auf. Körbe tragend, strebten sie auf Tolstoi zu. Einer nach dem anderen trafen sie ein und stellten ihre Körbe ab, die allerlei Köstlichkeiten enthielten. Tolstoi freute sich.

»Seid bedankt, ihr guten Leute!«, brummte er und verbeugte sich vor ihnen so tief, dass er mit der Hand den Boden streifte.

»Sehr zum Wohle, Gevatter, auf deine Gesundheit!«, rief eine junge Somalierin mit gellender Stimme.

Tolstoi nahm einen der mit ländlichen Fressalien gefüllten Körbe und setzte ihn an die Lippen, kippte sich den Inhalt in den Mund und begann zu kauen – würdevoll und ohne zu hasten, so als wäre das, was er hier tat, nicht nur ihm selbst, sondern auch all den anderen Leuten zu Nutz und Frommen. Den leeren Korb stellte er in den Schnee, nahm den nächsten und verfuhr damit wie mit dem vorigen. Dasselbe geschah mit einem dritten, vierten, fünften ...

Fasziniert beobachteten die Leute, wie sich die Körbe leer-

ten, wie betulich die mächtigen Kiefer mahlten. Es war eine Freude, Tolstoi beim Essen zuzusehen.

Dann war Tolstoi satt und rülpste, wischte sich mit der Hand über den Mund und verbeugte sich abermals vor den Leuten.

»Itzo wärs fein, ich tät mich mit dem Struppi eine Weil aufs Ohr legen.«

Das verstanden die Leute. »Tu das, Gevatter, ruh dich aus!«

Wussten sie doch, dass Tolstoi immer nach dem Essen ein Schläfchen zu machen pflegte. Was ich denk und was ich tue, hat Zeit bis nach der Mittagsruhe – das war sein Wahlspruch. Also verzogen sich die beiden in die größte Scheune, die im Dorf zu finden war, nämlich die von Chalilow & Co., worin kaum noch Heu war – das hatten die Viecher den langen Winter über so gut wie aufgefressen. Tolstoi zog in die Scheune ein, nahm das Mammut aus der Kiepe und steckte es sich in die Achselhöhle, dann machte er sich lang und schnarchte alsbald. Der mächtige Wanst hob und senkte sich so gewaltig, als wäre die Erde selbst am Atmen. Vom Schnarchen des Giganten zitterten die Scheunenwände.

Angeregt plaudernd gingen die Erwachsenen des Dorfes auseinander, ihr Tagwerk zu verrichten, während die Kinder sich weiter um die Scheune herumdrückten und durch die Ritzen spähten. »Guck mal, guck doch mal«, wisperten sie einander zu. »Tolstoi schläft!«

Ich bin am Ende der Erzählung angekommen und wiege sie in der Hand. Ein Leichtgewicht. Ein Scheitchen geradezu!

»Sind Sie durch?«, fragt der Kunde, den Stiefel vor sich. Ich bejahe. Erwartungsvoll schaut er mich an.

»Was soll ich darauf grillen?«

»Drei Möhrenfrikadellen.«

Ich lasse mir die Überraschung nicht anmerken.

»Die Frikadellen sind vorbereitet«, erläutert er. »Sonetschka hat sie heute Morgen geknetet. Das macht sie lieber selbst, weil sie der Köchin nicht traut.«

»Wo sind sie?«

»Im Eisschrank.«

Aha. Mir bleibt also nur die Performance überlassen. Es gibt jedoch ein technologisches Problem. Möhrenfrikadellen lassen sich auf dem Rost nicht grillen.

»Herr Graf, zur Verfertigung dieses Menüs benötige ich eine sehr dünnwandige, flache Pfanne.«

Der Kunde steht auf, nimmt die Schürze ab, stemmt sich die linke Hand ins Kreuz und wippt nachdenklich auf den Spitzen seiner weichen Stiefel.

»Dünnwandig, sagen Sie? So etwas haben wir wohl nicht. Wir ernähren uns nach Bauernart: schlichte, volkstümliche Kost. Die wird auf dem russischen Ofen bereitet. Unsere Pfannen sind dick und schwer. Schmortöpfe gibt es, Kessel.«

»Wenn es so ist ... findet sich vielleicht irgendein anderer dünner metallischer Gegenstand auf Ihrem Gut?«, frage ich nach.

Mein Gegenüber schaut mich an. Sein Blick ist konzentriert.

Kabinettstück: drei Möhrenfrikadellen auf einem Kosakensäbel aus dem 18. Jahrhundert gebraten und dabei die Erzählung *Tolstoi* zu Asche verwandelt. Schauplatz des Ganzen: die Veranda des Gutshauses. Der Kunde saß mit Frau und Tochter am großen Tisch, an den dreißig Personen passen. Der Diener hatte die Fenster geöffnet. Vor dem Essen las der Kunde die Erzählung den Frauen noch rasch vor. Nachdenkliche Gelassenheit in den Gesichtern.

Zu den Frikadellen wurden Sauerkraut, Meerrettich, Schwarzbrot und Wasser gereicht. Nach dem Servieren wollte ich das Grillbecken abdecken, damit der Wind, der durch die Veranda strich, die Asche nicht umherwehte; der Kunde untersagte es mir. Die Frikadellen wurden schweigend verzehrt; über dem Tisch trudelten schwarze Flocken. Draußen wurde es kühler, düstere Wolken schoben sich zusammen. Der Diener brachte drei Pelze und legte sie den Tafelnden fürsorglich um die Schultern.

Derweil stand ich, wie es sich ziemt, im weißen Kittel neben dem Grill.

Als der Kunde den letzten Bissen gründlich gekaut und geschluckt und Wasser nachgetrunken hatte, sprach er, vor sich hin blickend:

»Wie viel Essen braucht der Mensch?«

Die Frauen schwiegen.

»Wie viel Wasser braucht er? Wie viel Luft? Wie viel Kleider braucht der Mensch?«

Die Frauen saßen da wie erstarrt. Ihre nordischen Bleichgesichter verschattet vom Pelz um ihre Schultern, von Fetzchen verkohlten Papiers wie von Schmetterlingen umflattert.

»Wie viel Möbel braucht der Mensch? Wie viel Geld? Wie viel Schlaf braucht der Mensch?«, so ging es weiter. Die Fragen schienen sich an einen Unsichtbaren an diesem Tisch zu richten.

Dann trat eine lange Pause ein.

»Wie viel Liebe braucht der Mensch?«

Keiner von uns sagte etwas.

Auch der Kunde schwieg eine Weile, ehe er fortfuhr.

»Unter einer Brücke unweit des Hauses, in dem ich aufwuchs, hat einmal eine Zeit lang ein Landstreicher gelebt. Ich war vierzehn und ging ans Gymnasium. Mein Schulweg führte unter der Brücke hindurch. Und immer musste ich an dem Mann vorbei. Er erschien weder alt noch jung, alterslos wie die meisten seiner Art, mit ungewaschenem Gesicht, wildem Bart und verwahrloster Kleidung. Wenn er nicht gerade schlief, hockte er auf seiner dreckigen Matratze und schaute, wer vorbeikam. Vor sich einen Pappbecher mit Kleingeld. Sein Blick hatte nichts Bittendes, war ohne Anteilnahme, auch wenn er keinen der Passanten aus dem Auge ließ. Darin lag etwas Ungemütliches, mir war nicht wohl unter diesem Blick. Gewiss kein Vorwurf, kein Hass oder Neid, nicht der Wunsch, jemanden zu schröpfen. Einfach ein gerader Blick, mit dem er uns, die wir vorübergingen, ansah. Legte einer eine Münze in seinen Becher, nickte er nicht einmal, saß nur und schaute. Manchmal aß er etwas, manchmal schlief er, in seinen zerrissenen Schlafsack vergraben, manchmal telefonierte er auch. Er besaß ein Handy. Mit der Zeit lernte ich an ihm vorbeizugehen, ohne dass unsere Blicke sich kreuzten. Aber lange konnte ich nicht an mich halten. Unwillkürlich hob sich mein Blick, riss sich vom Boden los, sah nach ihm. Und schon war es ihm gelungen, mir in die Augen zu sehen. Natürlich hätte ich ihm ausweichen können. Mich einfach rechts halten, wenn ich aus dem Haus trat, statt nach links zu gehen. Aber es hätte einen weiten Umweg bedeutet, hin zur nächsten Unterführung. Das wäre dumm, geradezu dämlich gewesen, dämlich in höchstem Grade! War ich doch nach dem Frühstück aus dem Haus gegangen, um in die Schule zu gehen, ich hatte ein Ziel, musste auf die Uhr achtgeben – und mich links halten, unbedingt links, gar keine Frage. Nach rechts zu gehen bestand keine Veranlassung! So ging ich links, unter der Brücke entlang – wo er saß; bei jedem Wetter, gleich ob es regnete oder schneite, immer war dieser Bettler an seinem Platz. Schaute mich an. Ich aber wollte seinem Blick nicht begegnen! Denn wenn es geschah, so war es, als ginge mir im selben Moment unwiderruflich etwas verloren. Als nähme er mir etwas weg, und ich ging weiter im Gefühl des Verlustes. Ein Blick, und zack! – war es dahin, angeschmiert zog ich von dannen. Und er blieb da sitzen. Seelenruhig. Das war schon sehr ... sonderbar. Er bekam, und ich büßte ein. Wie oft betete ich, er möge doch krank werden, die Polizei möge ihn einsacken oder er möge beschließen, an einen anderen Ort umzuziehen, näher zum Basar hin oder zum Bahnhof, wo es seinesgleichen zur Genüge gab. Aber nichts dergleichen geschah. Er saß da und erwartete mich. Manchmal ging ich den Schulweg gemeinsam mit Kameraden; sie schienen ihn zu übersehen, so als wäre er ein Stein. Lachend und albernd liefen sie an meiner Seite, während ich, kaum dass ich da war – zack! – hinsehen musste. Eines Tages kam ich auf die Idee, ihm etwas zu geben. Stibitzte zu Hause eine Krone und warf sie im Vorbeigehen in seinen Becher. Er reagierte nicht. Ich ging weiter. Aber am nächsten Morgen war alles wie vorher: Ich kam, er saß da. Ich blickte ihm in die Augen, ging weiter und war leer, wie ein Federmäppchen, dem Füllhalter und Stifte entnommen worden waren. Das Ganze wuchs sich aus zum Alptraum. Ich begriff, ich konnte ihm noch so viel geben, er würde immer weiter dasitzen und mich ansehen. Mir kam der Gedanke, ihn zu töten. Ich wusste, wo Vater seinen Revolver aufbewahrte. Ich hätte ihn an mich nehmen können und mich abends bei Einbruch der Dunkelheit davonstehlen, anschleichen, schießen und wegrennen in Richtung Gymnasium, eine Weile durch die Stadt streunen, den Revolver in den Fluss werfen. Aber schnell begriff ich, dass ich dazu niemals in der Lage sein würde. Also blieb alles beim Alten: Ich ging an ihm vorbei, erlebte die Schmach und spuckte hinterher aus. Bis zu jenem denkwürdigen Tag ... Dazu muss man sagen, dass es an unserem Gymnasium durchaus gesittet zuging, hier lernten die Kinder der wohlhabenderen Schichten. Gras wurde geraucht, von ernst zu nehmenden Drogen konnte keine Rede sein. Ein paarmal hatte ich gekifft, wovon mich aber, im Unterschied zu den anderen Kids, nicht das große Kichern ankam; ich fühlte mich allenfalls ein bisschen ... freier. Mehr war nicht. Von Bier hielt ich mehr als von Gras. Wir tranken es auf der

Straße, aus der Flasche. Doch eines Tages brachte ein Junge drei Briefmarken mit in den Unterricht. Kleine Marken mit einem Zeppelin darauf. In der Pause lockte er mich und noch einen anderen Jungen auf die Schultoilette und sagte: Wenn ihr Spaß haben wollt, macht es wie ich. Er sperrte den Mund auf und klebte sich seine Marke auf die Zunge. Wir taten es ihm nach und gingen zurück in die Klasse, Erdkundestunde. Die Halluzinationen setzten sofort ein: Der Lehrerin wuchsen Flügel aus den Schulterblättern. Anstatt das Fenster zu öffnen und davonzufliegen, stolzierte sie jedoch weiter in der Klasse herum und erzählte etwas über Vermessungsdrohnen. Ich sah sie im Schwarm dieser Drohnen umhergondeln und schüttete mich aus vor Lachen, lachte so sehr, dass ich unter die Bank rutschte. Sie verwies mich des Raumes. Ich ging nach Hause. Alles um mich her sah anders aus – wie es eben ist, wenn man im Stoff ist. Einzig der Bettler war derselbe geblieben, mit demselben unerträglichen Blick. Und auf einmal wusste ich, was zu tun war. Als ich nach Hause kam, war zum Glück keiner da, selbst das Hausmädchen war ausgegangen. Ich ging, ohne den Mantel abzulegen, sogleich ins Arbeitszimmer des Vaters; nahm die marmorne Tolstoi-Büste von der Kommode, ging hinüber in Mutters Zimmer, öffnete den Kleiderschrank, entnahm ihm den Fuchspelzkragen und schlug die Büste darin ein; verließ damit die Wohnung und ging zur Brücke. Der in Lumpen gehüllte Bettler war anwesend. Ich ging hin und legte ihm die in den Blaufuchs gewickelte Tolstoi-Büste in den Schoß. Drehte mich um und ging meinen Freund besuchen. Er wohnte in der Vorstadt, normalerweise fuhr man mit der Stadtbahn dorthin. Aber ich ging zu Fuß. Vier Stunden später war ich da. Während des Marsches war die Wirkung der Marke verflogen. Das Ganze kam mir so bescheuert vor, dass ich gar nicht erst zu klingeln wagte, vor der Tür des Freundes kehrtmachte, zur Bahnstation ging und mit der nächsten S-Bahn zurückfuhr. Zu Hause herrschte helle Aufregung: Offenbar hatte ich beim Gehen die Tür zuzusperren vergessen, sodass das Hausmädchen glauben musste, ein Einbruch wäre verübt worden. Doch schien der Räuber gestört worden zu sein, sodass er nur zwei Dinge entwendet hatte: die Büste und den Pelz. Man kam zu der Ansicht, der Räuber müsse alkoholisiert oder im Drogenrausch gewesen sein, sodass er sich mit dem Erstbesten abfand. Vor lauter Aufregung nahm keiner recht Notiz von mir, alle glaubten sie, ich käme gerade aus der Schule heim. Gleich nach dem Abendessen fiel ich ins Bett. Wachte auf am andern Morgen, frühstückte, suchte meine Sachen zusammen und machte mich auf den Weg. Es war ein sonniger Herbsttag. Ich ging auf die Brücke zu. Schon im Näherkommen sah ich: keiner da. Auch seine Sachen waren weg. Wie ausgefegt! Den Bettler habe ich im Leben nicht wieder getroffen. Geschweige ihm in die Augen gesehen. Und nun frage ich euch: Warum opferte ich ihm ausgerechnet die Tolstoi-Büste? Außer ihr hat es in Vaters Arbeitszimmer ja auch noch Grieg und Nietzsche gegeben. Allesamt in Marmor, Erbstücke vom Ururgroßvater. Meinen Vater haben Grieg, Nietzsche und Tolstoi gleichermaßen kaltgelassen, er liebte Reggae, ging ins Kino, segeln, Golf spielen und zum Pferderennen. Er fasste kein Buch an.

Ich kannte Tolstoi damals nur vom Schullehrplan. Grieg kannte bei uns jeder. Von Nietzsche hatte ich allenfalls eine nebulöse Vorstellung. Warum also Tolstoi?«

Nach diesen Worten erhob er sich jäh, dass der Pelz ihm von den Schultern rutsche. Sein Bart zitterte.

»Warum?«, stieß er hervor.

Man wusste nicht, ob er im nächsten Moment losheulen oder einen Schreikrampf bekommen würde.

Die Frauen schwiegen angespannt. Ihre Bleichgesichter gänzlich versteinert. Der Diener mit dem Tablett verharrte reglos in der Ecke. Auch ich gab keinen Ton von mir.

Bedächtig atmete der Kunde aus, schüttelte seinen Bart, ging zum Serviertisch, packte den daraufliegenden Säbel. Die Frauen fuhren panisch in die Höhe. Der Kunde brummte etwas in seinen Bart, schmiss den Säbel zu Boden und rannte stracks aus der Veranda.

Nachts: Flughafen Gardermoen, Oslo. An der Bar. Leider hab ich mich in der Veranda des »Grafen« beim Anhören seines Monologs erkältet. Solange ich lese, kann ich jedweden Frost ertragen – das Feuer und die Performance spenden Wärme genug. Doch bei +4°, während die Rußflocken kreiseln, die Damen schweigen und der Kunde in Erinnerungen schwelgt, kriecht einem die Kälte tief in die Knochen ...

Nun ja. Nach dem zweiten Tequila mit Eis erste Anzeichen von Wiedererwärmung.

Wieso zum Teufel veranstaltet der seinen Lunch auf der kalten Veranda! Er hat einen Speisesaal im Haus, wie ich festzustellen Gelegenheit hatte. Essen in der Kälte – wozu das? Damit die Nerven feiner reagieren? Oder als Referenz an den *russki moroz*? Russische Metaphysik, wenn auch in lausiger Form? Den »Grafen« nährt sie anscheinend besser als jeder Möhrenklops.

Dass die Kälte in der russischen Kultur eine maßgebliche Rolle spielt, ist nicht zu bestreiten. Ich kann mich bis heute nicht an sie gewöhnen. Lieber plus dreißig als minus dreißig, wenn es nach mir geht. Ich hasse den Schnee, dessen Schönheit die russischen Dichter anbeteten, kann nichts Schönes finden an gefrorenen H_2O-Kristallen, und das Heulen des Schneesturms, das die bärtigen Klassiker zu beschreiben nicht müde wurden, ruft in mir einzig den Wunsch hervor, einen geschlossenen Raum aufzusuchen, Feuer im Kamin zu entfachen und einen guten italienischen Wein zu entkorken ...

Ich fingere aus dem vom Kunden erhaltenen Kuvert einen blauen Fünfhundertkronenschein, falte einen Stier daraus, setze ihn in den Aschenbecher, zünde ihn an. Nach Niederschlagung des »salafistischen Frühlings« ist in Norwegen neues Geld gedruckt worden. Darauf abgebildet ein Wikingerboot und König Halvdan, der Schwarze, wie mir der blaue Floh souffliert. Das war, erfahre ich, der Gründer des Norwegischen Reiches; mit Feuer und Schwert unterwarf er die angrenzenden Territorien, verleibte sie ihm ein. Damit es am Ende genug Lutefisk für alle gab. Die Details seines Lebens interessieren mich weniger, ich sage dem Floh, er soll sie für sich behalten.

Der Monolog des »Grafen« über den Obdachlosen hat

eine unliebsame Erinnerung in mir wachgerufen. Vor langer Zeit, sechs Jahre muss das her sein, lief ich in Paris vor der Tür zu einem Laden einem pittoresken jungen Bettler in die Arme: grünäugiger Lockenkopf mit sympathischem Gesicht, dessen Ausdruck keinen Zweifel an seiner Aufrichtigkeit ließ. Ihm fehlte die rechte Hand; in der linken hielt er einen Becher und bat um eine milde Gabe, nannte sich einen Flüchtling. Ich fragte ihn, woher er käme. Der Bursche erzählte eine herzzerreißende Geschichte der Flucht vor den mazedonischen Salafisten, die seine Eltern ermordet hatten und ihm die rechte Hand abgehackt, weil er damit Schach gespielt hatte. Wir kamen ins Gespräch; er gefiel mir. Ich gab ihm einen Zehnfrankenschein (damals eine erkleckliche Summe für einen Bettler) und ein paar gescheite Ratschläge dazu. Er sei mir dankbar fürs Leben und werde für mich beten, so sagte er. Wir schieden beinahe als Freunde. Ich betrat den Laden, kaufte eine Flasche Wasser. Als ich eine Minute später wieder herauskam, stand der Bursche noch da. Richtete seine ausdrucksvollen Augen auf mich, wies seinen Stumpf vor, dann den Becher und erzählte mir, als wäre es die normalste Sache der Welt, dieselbe herzzerreißende Flüchtlingsstory noch mal: Eltern, Salafisten, Schachspiel, das ganze Programm. Ich war so perplex, dass ich sie mir ein zweites Mal bis zu Ende anhörte. Erst dann drehte ich mich um und haute ihm eine in die Fresse.

Schlafen muss ich heute wohl oder übel im Flieger. Morgen habe ich einen Kunden in Kansas, der Lammkotelett auf dem *Oblomow* geordert hat. Heißer Monat, dieser März. Eine Lesung jagt die andere. Dafür werde ich im Mai drei

Wochen Urlaub haben. Nach Goa fliegen, eine Pfahlhütte mieten und mich dort mit zwei Vietnamesinnen einquartieren, eigenhändig mit einem alten Hirschfänger Kokosnüsse spalten und ihren Saft den Mädchen einflößen – wofür sie mir dann die ihren spendieren ...

»Und die Zeit wird für uns stillstehen, unser Glück wird e-e-wig währen.«

18. MÄRZ

Morgens: Nein, im Flug über dem nächtlichen Meer auszuschlafen war mir nicht beschieden. Das Leben eines Meisterkochs ist eben doch voller Überraschungen. Gerade wurden wir gestern Abend zum Besteigen des Airbusses aufgefordert, da fing mein Sicherheits-Floh zu summen an: *3333*. Vier Dreien, das heißt: Köche umgehend zum Konzil! Jeder hat seine anstehenden Gastspiele abzusagen und unverzüglich an festgelegtem Ort zu erscheinen. Das geschieht extrem selten, ich selbst erlebe es erst zum dritten Mal. Eine Ausnahmesituation, der man nicht entkommt und die etwas zu bedeuten hat: Außerordentliches muss passiert sein in unserer Gastronomie.

Reguläre Zusammenkünfte gibt es einmal pro Jahr, was längst zur Routine geworden ist. Die *3333* hingegen ist ein Eimer kaltes Wasser über den Kopf.

Beim ersten Mal herrschte Krieg mit ein paar Latinoköchen, denen es eingefallen war, Europa mit tonnenweise billigem Arrachera auf Dos Passos und Kaiman auf Borges zu überschwemmen. Entfacht und diskret finanziert worden war die Latinomode damals von drei italienischen Köchen, die auf den *Brautleuten* von Alessandro Manzoni einen steilen Erfolg gelandet hatten; in der Nachkriegszeit war diese Lesung eine Weile auf Hochzeiten viel gefragt. Durch die vielen Nullen im Saldo verloren sie offenbar den Verstand, samt Ehre und Gewissen. Die Latinos wollten es ihnen danken und ihre Nasen frisch vergolden, krempelten die Ärmel auf und gingen ans Werk. Sehr bald nach dem Gipfel erging es den dreien übel, sie landeten als Fischfutter im Ionischen Meer. Womit auch die Latinos zum Abschuss freigegeben waren. Es brauchte ein knappes Jahr, und Europa war gerettet.

Beim zweiten Mal bekamen die Deutschen ihre Abreibung. Die waren mit Kalbslunge auf dem *Zauberberg* und Würstchen auf dem *Untertanen* kräftig gegen die Wand gefahren, und anstatt etwas zu riskieren, am Menü zu feilen und ihre Bibliotheken zu schröpfen, spuckten sie den Köchen im übrigen Europa in die Töpfe, indem sie den Zustellern »Görings Antike-Bibliothek« in den Rachen schmissen, die sie in irgendwelchen alpinen Steinbrüchen gefunden haben wollten. Die gastronomische Elite war verblüfft von der Dreistigkeit und Ungereimtheit dieser Idee. Selbst unser alter Zokal meldete sich mit einem Brief aus dem Knast: »Eine plumpe Fälschung, Leute. Was soll Göring gelesen haben außer Mein Kampf und Karl May?« In der Tat hatte der Reichsmarschall, dieser vitale Klops, nichts als Flugzeuge, die Jagd und alte Gemälde im Kopf gehabt. Von einer Leidenschaft für altgriechische Manuskripte wusste niemand etwas. Aber das focht diese Simpel nicht an: Sie setzten das Gerücht in die Welt, es handele sich um einen Teil jener berühmten Bibliothek, die die Nazis aus dem besetzten Griechenland geraubt und dem dickärschigen Göring zu Füßen gelegt hätten. Beim Fälschen hatten sich die Deutschen viel Mühe gegeben; Fleiß und Gründlichkeit kann man ihnen bekanntlich nicht absprechen. Dorade auf Aristophanes, Oktopus auf Euripides, Hammelniere auf Aischylos – anderthalbtausend Pergamentrollen. Und sämtliche Lesungen fanden in Deutschland statt! Eine Logik, so schlicht und ergreifend wie Süßkartoffelchips auf dem braven Doktor Schweizer: Wers gefunden hat, darf lesen. *Ordnung muss sein!** Kunden aus aller Welt schnappten ihre prallen Brieftaschen und stürmten die Keller von Berlin, München und Köln. Von heute auf morgen wurden die Deutschen zu alten Griechen, ihre Preise gingen durch die Decke und brachten den übrigen Markt ins Rutschen. Auch uns Russen wurde übel mitgespielt: Sophokles verdrängte Tolstoi. Wir rüsteten zum Krieg. Auf einem außerordentlichen Konzil wurde den Deutschen ein Ultimatum gestellt. Und sie waren vernünftig genug, darauf einzugehen – die Hälfte ihrer gebunkerten Fälschungen wurden verbrannt, die Preise für den Rest gesenkt, andere durften teilhaben. Freilich musste man dabei über ein paar Leichen gehen, das bleibt nicht aus in dem Geschäft. Noch einmal möchte ich diesen Altgriechenwahn nicht erleben müssen …

* dt. im Orig.

Was mag es diesmal sein? Wenns bloß keinen Krieg gibt! Ich bin dafür, dass der Himmel über dem Grill friedlich bleibt.

Amerika fällt für mich jedenfalls aus. *Oblomow* im Arsch. Ob auch die Schweiz dran glauben muss? Das setzt Vertragsstrafen, Wutausbrüche beim Kunden. Es gibt Schlimmeres. Mit Verlusten muss man leben ...

Der grüne Floh kümmert sich um die Absagen, der blaue macht die Umbuchungen. Die Ortsangabe für das anberaumte Konzil ist einstweilen noch sehr vage: Südeuropa. Details und Koordinaten folgen im geschützten Modus. Meine Blaumeise piepst, das Ticket Oslo–München sei klar. Drei Stunden bis zum Abflug. Ich finde einen Massagesalon und übergebe mich den Händen eines jungen Thai. Dann sitze ich herum und trinke Ingwertee mit Berghonig.

Jedes Mal, wenn der Fahrplan sich ändert, versuche ich die Ruhe zu bewahren. Es gelingt mir immer weniger.

Ichbinganzruhig. Ichbinganzruhig.

Mittags: Auf dem Flughafen München bekommt der blaue Floh die Anfahrtsroute zugespielt. Ich miete ein Auto und fahre in Richtung Alpen. 41 Minuten währt die Fahrt auf steilen Serpentinen, bis ich auf einem Bergparkplatz neben einer Imbissbude anlange. Fichten und Kiefern, so weit das Auge reicht. Stellenweise liegt noch Schnee. Ich schaue mich um. Niemand zu entdecken. Auf dem Parkplatz stehen mehrere Wagen. Der Floh lotst mich weiter. Zu Fuß schlage ich einen Pfad ein, der in den Wald führt. Es geht bergan, ich gerate ins Dickicht. Vor mir eine riesige umgestürzte Fichte, moosbewachsen. Ich gehe darauf zu, blicke mich um. Nichts außer Bäumen. Ich hole eine Packung Camel-Zigaretten hervor, die ich extra auf dem Flughafen erworben habe. (Ich rauche ausschließlich Zigarren.) Ziehe eine aus der Packung und spreche laut und vernehmlich den Satz: *»Haben Sie Feuer?*«*

Augenblicklich kommt ein alter Mann aus der Deckung auf den Stamm der Fichte gesprungen: braune Steppjacke, bayerisches Pinselhütchen, Rucksack, Alpenstock und Bergschuhe. Schnurrbart mit aufgezwirbelten Enden. Am Handgelenk ein neuer *Predator*, der Tarnhologramme in den Wald stellen kann. Wortlos holt er ein altmodisches, abgegriffenes Messingfeuerzeug aus der Tasche, klickt damit ein ums andere Mal, ohne dass eine Flamme erscheint.

»Der Feuerstein ist abgewetzt«, sagt er. »Sie haben nicht zufällig einen bei sich, junger Mann?«

Mein Geldbeutel enthält ein straff verzipptes kleines Seitenfach. Zum dritten Mal in neun Jahren ziehe ich es nun auf. Darin liegen ein paar winzige Feuersteine, die aussehen wie althergebrachte Bleistiftstummel en miniature. Einen davon reiche ich dem Alten. Behutsam, mit der Fingerfertigkeit eines Uhrmachers nimmt er ihn entgegen und setzt ihn in sein Feuerzeug ein, wofür er den kleinen Schraubendreher seines Schweizer Offiziersmessers benutzt. Dann streckt er das Feuerzeug nach vorn und klickt. Die Flamme springt hervor. Zugleich öffnet sich am Körper des Feuerzeugs eine Klappe. Ich halte die Zigarette an die

* dt. im Orig.

Flamme und dabei meine Hand unter das Feuerzeug. Ein kleiner weißer Zylinder fällt hinein.

Ich versenke ihn mitsamt meiner Hand in der Hosentasche. Rauche nur einen Zug, dann werfe ich die Zigarette in den Schnee.

»Ich danke Ihnen.«

»Keine Ursache.«

Der alte Mann steckt das Feuerzeug wieder ein. Im nächsten Moment ist er verschwunden; auf dem liegenden Baumstamm nichts als Moos.

»Schön hier«, sage ich, für mich selbst unerwartet, während ich ins Sonnenlicht blinzele, das durch die Büsche schlägt.

»Kann ich nicht finden«, höre ich den Alten sagen.

Ich wende mich um und gehe zum Auto zurück, dabei muss ich über meine eigene Dummheit lachen. An sich bin ich ein Städter und gleichgültig gegenüber jeder Natur; Wald kann ich nicht ertragen. Was ist da soeben in mich gefahren? Immer wenn ich mich als Kind in den Wald verlief, wurde ich von irgendetwas gebissen oder gestochen, seien es Wanzen, Wespen oder Ameisen. Sich den Fuß zu verstauchen, dafür war der Wald ebenfalls gut. Bis heute fühle ich mich unbehaglich darin. Dem alten Mann scheint es genauso zu gehen. Zum Teufel mit dem Wald, der so finster und so kalt. Wie viel anders das Meer! ...

Egal. Weit kann es nun nicht mehr sein.

Wieder im Auto sitzend, schraube ich den Zylinder auf. Darin eine hauchdünne Folie mit einer handgezeichneten Wegskizze. Ihr muss ich nun folgen. Keinerlei elektronische Navigation mehr, keine Hologramme. Ich klebe mir die Folie in die linke Hand und setze die Fahrt fort.

Die Straße ist kurvenreich. Vor mir öffnet sich dichter Wald. Hundertjährige Fichten ragen auf wie dunkle Wände. Dann geht es abwärts, hinaus und sachte hinab bis an einen See. Der Skizze folgend, gelange ich an eine kleine Anlegestelle. Hier liegen vier identische Schnellboote. Ich stelle das Auto auf einem Parkplatz ab, wo schon neun weitere Fahrzeuge stehen. Es sind die meiner Kollegen, bin ich mir sicher. Der Ort ist betörend still und menschenleer. Ich gehe zu den Booten. Ein kräftiger Kerl in Pelzjoppe nimmt mich in Empfang, hilft mir an Bord, öffnet die Tür zur Kajüte. Ich trete ein und setze mich. Zügig legt das Boot ab, braust über den See. Er ist gesäumt von Wald wie von einer Mauer. Das Boot fegt dahin, rhythmisch mit dem Kiel auf das Wasser klopfend. Schließlich zieht es in einem Bogen nach rechts und bremst ab. Wir treiben auf ein Schloss zu, das direkt am Ufer zu kleben scheint. An einer steinernen Mole legen wir an; zwei kräftige Burschen mit Maschinenpistolen gehen dort auf und ab, dazu ein hochgewachsener Blonder mit filmreifem Heldengesicht. Den Mann kenne ich: Er gehört zu unserer Security, auf jedem Konzil ist er zugegen. Sein schönes Gesicht erscheint so höflich wie undurchdringlich. Ein Profi der Art, wie ich sie verehre. Die Hände tief in den warmen Jackentaschen, sehe ich mich um. Hier war ich noch nie. Jedes Konzil findet an anderem Ort statt, das ist Gesetz. Dem unter anderem wir es wohl zu verdanken haben, dass wir alle noch auf freiem Fuß sind ...

Das Schloss ist prächtig anzuschauen. Über dem Wachturm weht die karierte Bayernfahne mit dem Wappen in der Mitte; in den Schießscharten sind Maschinengewehrnester zu erkennen; über dem Tor das Stammwappen im Relief. Seit Bayern zur Monarchie wurde, hat die regionale Aristokratie einen deutlichen Aufschwung genommen. Aber während Book'n'Grill hier vor fünf Jahren noch populär war, ist diese goldene Zeit nun wohl vorbei – im letzten Jahr habe ich im Königreich Bayern ganze zwei Mal gelesen. Und das liegt nicht an der russischen Literatur. Lesen oder lesen lassen – man nimmt hier überhaupt ungern ein Buch zur Hand. Die Bayern zehren von der Realität und nicht von Fantasien. Es herrscht aufgeklärtes Mittelalter. Ein munteres Völkchen von zupackender Art: Bier, Schweinshaxe, die besten Kompaktflügel von ganz Europa und eine Richtstatt an zentralem Ort. Vielleicht sind sie deshalb früher als alle übrigen Europäer mit den Islamisten fertiggeworden ...

Der Recke vom Dienst bittet mich, ihm zu folgen. Wir gehen die breite Freitreppe hinauf und gelangen in ein großzügiges Vestibül mit Säulen und Gewölben. Hier gibt es eine Sicherheitsschleuse. Ich werde gescannt und über die Molekülkombis identifiziert. Meine zwei mobilen Flöhe werden einbehalten und in einer kleinen Klarsichtbox abgelegt. Davon stapeln sich schon etliche auf ihrem Tisch. Großer Aufmarsch!

Man geleitet mich in einen großen Salon, pompös ausgestattet mit altem Mobiliar. Hier treffe ich auf die Kollegen, die mit einem Drink in der Hand umherspazieren, auf Hockern und Diwanen oder in schweren Sesseln thronen. Lukas, Leo, James, Thomas, Mirko, Lee, Marcel ... Marcel,

Le Bretteur, ein Küken aus Zokals Nest. Unfassbar, was der anstellt mit seinem Excalibur!

»Marcel!«

»Géza!«

Ich laufe hin, ihn zu begrüßen. An sich ist es auf Konzilen üblich, Form und Zurückhaltung zu wahren, doch über diesen unseren Sprössling freue ich mich jedes Mal unbändig. Marcel ist ein Koch, der den Namen verdient, er gehört inzwischen zum Inneren Kreis.

An die dreißig Männer sind bereits versammelt. Zweiundvierzig ist das Quorum für ein Konzil.

Da sind ja auch Bill und Anzor, zwei von den Russen. Wortlos geben wir uns die Faust. Coole Typen, die beiden. Anzor grillt für eine sehr vermögende Klientel ausschließlich auf Bachtin – selten, aber auf den Punkt. Bill hat erst kürzlich auf einem Pariser Bankett mit Turgenjews Gesammelten Werken Furore gemacht. Dafür hat man ihm eine Feldküche berappt, sodass er seinen Auftrittsort nun selbst bestimmen kann. Feldküchen sind in der Branche überhaupt der letzte Schrei. Sie zahlen sich aus, sind aber hochriskant. Kutschst du um die Welt mit so einem Anhängsel, verdoppelt sich das Risiko. Denn hat die Hygiene erst einmal deine Küche in der Hand, kriegen sie dich unweigerlich auch. Drei sind auf die Art schon eingefahren. Eins-a-Köche, allesamt. Eine Feldküche kann sich zur Goldgrube auswachsen, aber genauso gut zum Mühlstein an deinem Hals. Kurzum: ein einträgliches Spielchen – jedoch ... Einstweilen bin ich zögerlich und gehe lieber traditionell, mit dem Handkoffer, auf Reisen.

»Wen seh ich denn da? Géza!«

Eine unförmige Gestalt im mangofarbenen Anzug kämpft sich aus einem der Sessel. Der dicke Henri. Französischer Klassiker, Legende zu Lebzeiten. Kaum älter als ich und sieht doch aus wie Ende fünfzig. Hat frühzeitig hinterm Grill gestanden und eine Menge im Leben erreicht. Wie viele Bände Hugo, Stendhal und Balzac unter seinen Händen zu Asche wurden, lässt sich nur ahnen. Bestimmt eine mittlere Schlossbibliothek.

»Salut, Henri!«

»Sacré Géza, toujours en forme?«

»Gott gebs, Henri.«

Ehrerbietig drücke ich die große, schwammige Hand mit dem eintätowierten Bockskopf, der eine blaue Rose in den Beißern hält. Der dicke Henri ist der Jüngste im Quintett. Das Quintett ist die weise Führungsriege unserer Bruderschaft.

»Was macht die Kunst, Russe?«, fragt Henri, während er aus einem kubischen Becher etwas rosa Geschichtetes schlürft. »Wie brennt es?«

»Wie Zunder.«

»Wie dreht sichs?«

»Wie ein Propeller.«

»Wie grillt sichs?«

»Wie die Katze auf dem Blechdach.«

»Wie wirds bezahlt?«

»Wie im Krieg.«

»Halt dein Holz trocken, Géza!«

»Halt dein Holz trocken, Henri!«

Alle Köche bei uns duzen sich und reden einander beim Vornamen an, unabhängig von der Hierarchie. Saubere Beziehungen, ohne Herleitung aus Stamm und Verwandtschaft. Auch unsere Flöhe halten Abstand, fraternisieren nie.

Henri gibt sich wie immer: heiter, voll lässiger Ironie. Doch nicht einmal er kann die Anspannung aus seinen Elefantenäuglein verbannen. Anstandshalber frage ich vor Beginn der Versammlung nicht nach, was sich Ungutes in unserem Küchenreich ereignet hat. Es ziemt sich nicht. Das Quintett wird berichten.

Während ich einen Gin Tonic mit einem Schnitz Limette ordere, umfasst mich wer sanft von hinten. Ich drehe mich um.

»Vladimir!«

Er lächelt sein amerikanisches Lächeln und sagt nichts. The Star of California. Hat eine steile Karriere auf Saul Bellow hingelegt. Die Hälfte seines hübschen Gesichts büßte er ein, als ihm ein paar Georgier aus Kansas Säure hineinschütteten; vorausgegangen war die Einladung zu einem faulen Lunch. Das ist noch gar nicht lange her. Aber die Chirurgen haben rasch wieder ganze Sache daraus gemacht.

Wir haben uns ewig nicht gesehen.

»Wie brennt es?«

»Wie Zunder!«

»Halt dein Holz trocken!«

Amerikaner sind gerade wieder in Mode. Für sie läuft es prächtig im Nachkriegseuropa.

»Muss sich ordentlich was verklemmt haben in unsrer Küche«, sagt Vladimir und nippt am bayrischen Weizenbier, ohne sein Lächeln abzulegen. »Mit solcher Miene hab ich den alten Abraham lange nicht gesehen. Düsterer als eine Gewitterwand!«

Erst jetzt bemerke ich Abraham, der weiter hinten auf dem Diwan unterm Bleiglasfenster sitzt. Er ist unser Ältester, ein Schüler des legendären Eusebios, den rumänische Möchtegernköche – wir sagen Grafomanen dazu – bei lebendigem Leibe am Spieß gebraten haben. Abraham liest ausschließlich auf Jiddisch, er hat seit Langem eine feste Kundschaft. Ein geschlossener Kreis, den zu erweitern er keinen Anlass sieht. Die Juden – und nicht nur sie – zahlen ihm exorbitante Honorare. Über Vorschmack und Hühnerleber auf Scholem Alejchem von seiner Hand sind Legenden im Umlauf. Jede seiner Lesungen untermalt er mit dem passenden Tanz und Gesang, Zitat und Lamento. Ein wahrer Künstler. In der Großen Küche ist er der Schatzmeister.

An Vladimirs Seite schlendere ich durch den Salon und begrüße weitere Köche. Drei sind eben hinzugekommen: Sebastian, Alvis und Anton. Ersterer ist Brite, Letzterer Franzose, während Alvis tapfer den schweren deutschen Boden beackert. Nach der Affäre um »Görings Bibliothek« ist die Zahl der Deutschen in unseren Reihen spürbar zurückgegangen. Manche von ihnen haben die Schürze gewechselt und sind nunmehr als Franzosen oder Iren in der Eliteküche unterwegs. Da wird zumeist auf Robbe-Grillet und Beckett gegrillt. Alvis hingegen ist hartnäckig ins deutsche 18. Jahrhundert vertieft: Goethe, Gottsched, Lessing.

Alle seine Lesungen basieren auf Erstausgaben. Ein teures Vergnügen und für den Koch ein Geduldsspiel, gefahrvoll obendrein.

Antonio kommt hereingestürmt – Meister des Schnitzels auf Giuseppe Tomasi di Lampedusa. Frohnatur. Eine Zeit lang stand er in der Großen Küche seines Abdriftens ins Fast Food wegen heftig in der Kritik. Damals buk er rund um die Uhr Barben auf Baricco und warb aktiv dafür, Book'n' Grill für ein kindliches Publikum zu öffnen. Doch das Quintett mochte der Idee nicht folgen. Auch ich bin kategorisch dagegen, vor Kindern zu lesen. Dabei geht es nicht vorrangig um die Moral (dass wir alle Zyniker und Geschäftemacher sind, steht außer Frage), nein, der Zusammenhang ist viel elementarer: weil nämlich ein Bub durch so eine Zurichtung Gefahr läuft, für den Rest seines Lebens an billigen Hühnerflügeln auf *Peter Pan* festzukleben, und sich die Chance vergibt, den Geschmack von wahrer Literatur kennenzulernen. Das wäre infantil! Vom Risiko ganz abgesehen. Sollen wir uns ernsthaft mit Kindern abgeben? Das Zwölfte Konzil belegte Antonio wegen Eigenmächtigkeit mit einem Bußgeld von fünfzigtausend. Er stand das tapfer durch, beglich die Schuld, wechselte nicht einmal die Schürze und zog ein neues Geschäft auf dem *Leoparden* von Lampedusa auf. Mit Erfolg, man kann es nicht anders sagen. Die alten Kalamitäten perlten von ihm ab wie Wasser vom Gänsekleid.

»Antonio! Wie brennt es?«

»Lichterloh! Wie man hört, Géza, hast du Babel in Angriff genommen?«

Nanu? Wo hat er das her?

»Kann sein.«

»Meinst du nicht, die Juden könnten neidisch werden?«

»Ich mach niemandem was streitig, Antonio. Babel ist ein sowjetischer Autor.«

»Ein jüdischer nicht minder. Abraham zum Beispiel könnte kiebig auf dich werden, schau.«

»Das wäre sein Problem. Ich wahre den Kodex.«

»Ach weißt du ... Als ich damals in Palermo die Kindermatinee auf Gianni Rodari verzapfte, da dachte ich auch: Mir kann keiner!«

»Themawechsel, Antonio.«

»Ich weiß doch, Géza, wie die jüdische Diaspora in der Großen Küche tickt. Die zicken unter Garantie!«

»Jetzt übertreibst du«, mischt Alvis sich ein, während er uns die rothaarige Faust gibt. »Hin und wieder les ich ein bisschen auf Feuchtwanger, bis jetzt hat keiner von unsern Juden sich beschwert.«

»Auf Feuchtwanger! Gott vergelts!« Antonio lacht schallend und klopft ihm auf die Schulter. »Aber eines Tages tun sies, wir sprechen uns wieder! Alle jüdischen Autoren beanspruchen sie für sich, da holen sie auch noch deinen Feuchtwanger heim.«

Noch zwei russische Kollegen, Alvizo und Beat, betreten den Salon. Der eine macht neunzehntes Jahrhundert, der andere zwanzigstes. Wir fäusteln.

»Hast du schon mal Leskow gelesen?«, fragt mich Alvizo, der schöne Albino.

»So an die acht Mal. Keine sehr gängige Ware, Fratello!«

»Das dachte ich erst auch. Und siehe da ... Die neue bulgarische Bourgeosie ist neuerdings ganz verrückt danach.«

»Das hör ich zum ersten Mal.«

Alvizo ist immer etwas sehr offenherzig. Unter uns Russen gilt er als guter Kerl, etwas einfach gestrickt, aber mit Ideen. Und die teilt er freigiebig aus. Dabei wird der Kampf um Marktanteile bei uns ziemlich erbittert geführt. Leskow in Bulgarien? Okay, ist notiert, Fratello Alvizo.

Als Nächste treten ein: Salvador, Amerikaner. Brian, Brite. Ugo, Jude. Langsam wird es voll. Bald dürfte das »Quorum!« ertönen.

Da kommt noch ein Russe: Iwan. Eigentlich Ukrainer, gebürtig aus Québec. Kein übler Leser, aber die Sterne hat er noch nicht vom Himmel geholt. Er sattelt ein kräftiges Pferd: der späte Tolstoi, der frühe Tschechow und obendrauf obligatorisch Büffelsteaks. Dem Inneren Kreis gehört er nur an, weil er Max ergeben ist. Apropos – wenn man von ihm spricht ...

Drei Mitglieder des Quintetts auf einmal betreten den Raum. Neben Max, dem Russen, sind es der Amerikaner Kyprianos und der Pole John. Ihre Gesichter sind ernst. Zwei Wächter in ihrem Gefolge schleppen jeder einen Koffer. Hinter ihnen schlüpfen noch Shenja und Michael herein, alte Hasen in der Großen Küche, Österreicher der eine, Spanier der andere.

»Quorum!«

Die in den Sesseln Sitzenden erheben sich. Kyprianos bittet alle hinauf in den Saal. Der ist gänzlich unmöbiliert, außer dem riesigen Teppich gibt es nur einen ovalen Tisch in der Mitte. Wachen postieren sich an Fenstern und Türen. Abraham, Henri, Max, Kyprianos und John, die Küchenväter, nehmen um den Tisch herum Aufstellung.

Das Ganze beginnt wortlos und ohne jede Vorrede. Die beiden Koffer werden auf den Tisch gewuchtet, Max klappt sie auf. Darin ist Literatur: ein und dasselbe Buch in vielen Dutzend Exemplaren. Kyprianos hält eines hoch: Nabokovs *Ada*. Na fein: Es gibt ein russisches Thema.

»Gestern Morgen hat der Sicherheitsdienst der Großen Küche einen Zusteller in Biarritz mit fünfhundertsechzehn Exemplaren der *Ada* erwischt«, gibt Kyprianos bekannt und verstummt erst einmal wieder.

Enttäuscht blicken wir einander an. Da hat es schon größere Fuhren Brennholz gegeben.

»Ja, und?«, stellt Bill für alle die Frage. Und Guillaume, ein Franzose mit Erfahrung, ergänzt: »Das geht ja noch. Erinnert ihr euch an den montenegrinischen Lieferwagen, bis obenhin voll mit Bradbury? Dreitausend Stück.«

Die Köche nicken. Fürwahr, wer erinnert sich nicht an dieses unscheinbare Gefährt: *Meeresfrüchte aus Monte-negro!* Damit versuchten sie eine gehörige Partie *Fahrenheit 451* nach Europa zu schleusen. Erstausgabe, sämtliche Exemplare ladenneu, ein ganzes Jahrhundert lang hatten sie auf ihre Stunde gewartet. Damals geisterte durch die Küche der Spruch: Die besten Steaks bei 451 °F! Die Sache endete mit einer Schießerei in Podgorica, die beiden Zusteller wurden einbetoniert, die Köche verloren ihre Mützen ...

»Ich erinnere mich gut«, spricht Kyprianos. »Aber in einem Punkt unterscheidet sich die Charge hier von anderen gravierend. Alle Exemplare in den Koffern sind identisch.«

»Warum sollten Bücher ein und derselben Auflage nicht identisch sein dürfen?«, fragt Antonio, und alle lachen – mit Ausnahme des Quintetts.

»Der Groschen ist noch nicht gefallen bei euch, Kollegen«, sagt Kyprianos, und diesmal lächelt er sein jesuitisches Lächeln. »Die Bücher sind deckungsgleich bis ins letzte Detail. Ein Riss im Schutzumschlag, abgeriebene Stellen, Teeflecken, Kratzer, Seitenknicke, zwei Löcher, eine Bleistiftanstreichung auf Seite 142 – überall gleich. Es handelt sich um ein Molekularprodukt: die absolute Kopie eines Exemplars der englischsprachigen Erstausgabe der *Ada* von 1969 bei McGraw-Hill.«

Stille. Ein Molekularprodukt. Das wäre der Hammer. Wenn irgendwelche Cleverle irgendwo eine Maschine zu stehen hätten, die Briketts fabriziert, welche die ehrwürdigen alten Scheite ersetzen sollen. Bislang haben nur Falschmünzer und Antik-Juweliere solche Maschinen zu nutzen versucht. Aber da war die Suppe teurer als das Fleisch, denn die Molekulartechnik ist extrem aufwendig und kostspielig. So eine Maschine lässt sich außerdem schwer verstecken, und es braucht qualifiziertes Personal dafür. Im Buchbereich? Damit hat keiner gerechnet.

»Das ist ein Schlag ins Kontor«, gibt Starkoch Leo der Kollektivmeinung Ausdruck.

»Fürwahr.« Kyprianos, mit kaltem Blick in die Runde.

»Wer hat die Ada schon mal gelesen?«, fragt Henri.

Vier Amerikaner heben die Hand, drei Engländer – und ich. Außer mir noch zwei Russen – und Serge, der Schweizer! Der gute alte Nabokov ist eben ein Zankapfel: Die *Ada* ist von einem russischen Autor in Englisch auf Schweizer Boden geschrieben, nämlich im frankofonen Kanton Waadt. Zu lesen demnach von Amerikanern, Briten, Russen und sogar Schweizern. Die Stunde der Franzosen, denke ich, dürfte auch noch irgendwann schlagen. Mit besten Grüßen aus Montreux! Ein Exklusivrecht auf Lesungen existiert nicht. Die Molekülbauer haben also nicht zufällig nach der *Ada* gegriffen. Ein gezielter Schlag gegen die Große Küche. Hätten sie *Lolita* oder *Die Gabe* gewählt – die Sache wäre deutlich einfacher zu lösen. So aber werden knifflige Küchenreibereien nicht ausbleiben, babylonische Verwirrungen, Zerren am Tischtuch. Das kann heiter werden. Und auch verwertungstechnisch ist das Produkt ideal: ein fettes Scheit, Superschwergewicht sozusagen, auf dem zu grillen das reine Vergnügen ist. Festes Papier (wood pulp), 626 Seiten, Ganzleinen, Schutzumschlag aus Kreidepapier. Brennt wie eine Kiefer auf Rhodos. Auf der *Ada* lässt sich jedwede Kombination von Meeresfrüchten für ein Dutzend Personen bereiten, aber auch Lammkoteletts, Wachteln, Ribeye-Steaks, alles gelingt bestens, selbst einen Rehrücken steht es durch. Ein großartiges Buch!

»Wer sind die? Wo haben die das her? Wo sollte das hin?« Die Fragen purzeln nur so.

Die Antwort erfolgt per Hologramm. Zu sehen gibt es das Unterdeck eines Fischkutters, die Behälter mit den

Büchern und einen halb nackten, leicht ramponiert aussehenden Mann in Leuchthandschellen.

»Wo hast du die Ware her?«, wird er gefragt.

»Schanghai.«

»Wer hat geliefert?«

»Agentur ›Morgentau‹.«

»Mit welchem Ziel?«

»Biarritz, Marseille, Dubrovnik.«

»Namen!«

Passbilder der Empfänger poppen auf. Ausnahmslos Boten unserer Küche! Das ist allerhand. Unsere Münder öffnen sich zu neuen Fragen, da erscheinen schon zwei neue Hologramme: Der eine Zusteller klatscht ins Wasser mit einem Stein am Hals, der andere liegt mit gespaltenem Schädel auf dem Pflaster. Und der Dritte? Wird eben von zwei Hünen in den Saal geführt. Ja, unsere Große Küche kann schmutziges Geschirr nicht dulden, aber das genügt noch nicht, denn immer noch ist unklar, wer aus der Küche die Fäden der Aktion in der Hand hat. Der Hereingeführte findet sich in einem orangen Leuchtfeld auf dem Teppich wieder, in der Küche sagt man Fritteuse dazu. Darin zu stehen wünscht man niemandem. Der Mann schreit, dass die Gehänge am Kronleuchter vibrieren.

»Der Koordinator! Den Namen des Koordinators!«

Der Delinquent brüllt, er kenne keinen Koordinator, dann verliert er das Bewusstsein. Sein einziger Floh piepst kläglich unter dem Fingernagel des Security Officers. Auch er weiß von nichts. Dabei ist es keine Frage, dass der Strippenzieher der Küche angehören muss. Selbst die Chinesen wären allein nicht in der Lage dazu. Um so etwas auf den Markt zu werfen, muss man die Speisekammer der Großen Küche von innen kennen.

Bis die »Quelle« das Bewusstsein wiedererlangt, kommt der heikelste Punkt zur Sprache.

»Was machen wir mit der Auflage?«

»Vernichten!«

»Warum so eilig? Sind ja keine Fälschungen.«

»Stimmt. Fette Beute. Damit könnte die Küche noch einen soliden Schnitt machen.«

»Das wäre eine Verletzung des Kodex.«

»Zu Molekularkopien gibt es im Kodex keinen Paragrafen.«

»Es *sind* Fälschungen!«

»Nein! Juristisch gesehen Originale!«

»Wir setzen damit unseren Ruf aufs Spiel!«

»Die Küche hat schon genug Verluste! Wir sollten die Auflage zu unseren Gunsten verwerten. Von mir aus können alle lesen: Amerikaner, Schweizer, Russen und Franzosen!«

»Und was haben Deutsche, Italiener und Engländer davon? Gucken die in die Röhre?«

»Die finden wir ab, darüber lässt sich reden.«

»Man könnte die Einkünfte für die Sicherheit investieren oder meinetwegen die Hygiene damit schmieren, im großen Stil!«

»Wenn das sanktioniert wird, geht die ganze Küche den Bach runter. Dann wird das gang und gäbe!«

»Genau! Das wollen die bloß!«

»Blödsinn! Es macht uns stärker! Wir kassieren die Auflage, fertig. Und die Maschine wird pulverisiert.«

»Dann bauen sie eine neue.«

»Das kriegen die so schnell nicht hin. Und wenn doch – zerschlagen wir sie eben wieder.«

Volkes Stimme ... Das Quintett äußert sich vorerst nicht. Auch ich halte mich zurück. Bin unschlüssig, wie man am besten verfährt. Der appetitliche Anblick der dicken Bände, wie sie da auf dem Tisch liegen, hat, zugegeben, eine hypnotische Wirkung auf mich. Gäbs die Gelegenheit, ein paar Zehntausender daran zu verdienen, ich sagte nicht Nein. Ein hübscher Bonus – ich könnte mit meinen Vietnamesinnen auf eine ferne Insel verduften und dort zwei, drei Monate unterm Vollmond Bossa Nova tanzen oder meinetwegen Lambada bei Tageslicht. Gut, drei Monate hielte ich es vielleicht nicht aus, sagen wir, anderthalb. Um braun gebrannt an den heimischen Grill zurückzukehren.

Jetzt hebt der alte Abraham die Hand. Der Lärm verebbt.

»Kollegen, gestattet mir, dass ich ein altes jüdisches Gleichnis zum Besten gebe. Die Geschichte begab sich in uralter Zeit, als uns anstelle von Flöhen noch intelligente Kommoden zu Diensten waren. Ein rechtgläubiger Jude besaß eine solche Kommode, die ihm half, sein täglich Brot zu verdienen. Und eines unseligen Tages ging die Kommode hoffnungslos kaputt. Für eine neue reichte das Geld nicht. Denn die Familie des Juden war groß. Der Jude werkelte und bastelte an seiner klugen Kommode herum, dann ließ er die Hände sinken. Und ging zum Rebbe. Rebbe, fragt er, meine kluge Kommode klemmt, es ist, als sollt ich bestraft sein, dabei esse ich immer koscher, gehe in die Synagoge und sehe zu, dass ich keine Sünde begeh. Was hab ich mir zuschulden kommen lassen? Und der Rebbe sprach: Moishe, in deiner klugen Kommode haben sich Wanzen eingenistet, deswegen spinnt sie. – Wanzen? Aber die gibt es doch in jeder Kommode. – Bedenke, Moishe, dass es sich um keine einfachen Wanzen handelt, sondern um schlaue. – Und was soll ich tun? Wie krieg ich die schlauen Wanzen aus meiner Kommode? – Ganz einfach: Du musst selber schlau werden.«

Alles schweigt.

»Kollegen, es ist höchste Zeit, dass wir schlau werden aus alledem. Zumal es keine Wanze ist, die sich in unserer Küche eingenistet hat« – Abraham erhebt die Stimme –, »sondern eine Ratte.«

Auf diesen Moment haben alle gewartet ...

»Und sie ist unter uns.«

Aller Augen flattern angestrengt von einem zum anderen.

»Antonio«, spricht Kyprianos es aus, und die Blicke saugen sich an dem Italiener fest. »Wie fühlst du dich?«

»Ich?« Antonio steht da und schaut verdutzt. Äußerlich wirkt er wie immer. »Wunderbar.«

»Das freut uns«, scheint Abrahams Lächeln zu besagen. Eine Szene wie aus dem Stummfilm.

»Du hast alles genial kalkuliert«, fährt Kyprianos fort. »Bis auf eines. Nämlich dass wir auf vorbestrafte Köche ein besonderes Auge haben. Das konntest du nicht wissen.«

Ein Hologramm baut sich auf. Das Interieur eines Billighotels. Antonio, vor dem Spiegel stehend, zieht die lebende Maske eines krummnasigen alten Mannes über, setzt farbige Linsen auf die Pupillen und schiebt sich einen weichen Modulator in die Gurgel, macht Sprechübungen.

»Ni hao*!«, spricht der alte Mann in den Spiegel und grinst unheilvoll.

Das nachfolgende Hologramm zeigt den Alten, wie er eine Straße in Schanghai entlangschlendert, dann trifft er sich in einer unscheinbaren Garküche mit zwei Chinesen. Der Text ihrer Unterredung poppt auf. Sie besprechen die Details der Lieferung, den Versand des Produkts. Es kommt »aus dem Norden«. Der Preis der Charge wird genannt: fünfundzwanzigtausend. Mein lieber Mann! Der alte Mann erinnert an sein Honorar. Die Chinesen überreichen ihm eine hölzerne Schachtel, er klappt sie auf. Darin liegt eine kleine chinesische Vase. Sie sieht sehr alt aus. Hätte ich den blauen Floh bei mir, wüsste ich, wie alt. Der alte Mann verstaut die Schachtel in seiner Aktentasche, steht auf und verabschiedet sich, man sieht ihn das Lokal verlassen.

Antonio, der Spieler, ist totenbleich geworden.

»Das dir auferlegte Bußgeld hat dich leider sehr wütend gemacht, Fratello«, sagt John. »Sodass du beschlossest, der Küche ein faules Ei ins Nest zu legen. Und damit auch noch ordentlich Kohle zu machen.«

»Dir fiel nichts Besseres ein, als in den Brunnen zu spucken, aus dem du all die Jahre getrunken hast«, fügt Henri an.

Antonio schweigt. Was soll er auch sagen?

»Wenn du einen leichten Tod bevorzugst, solltest du uns

* (chin.) Guten Tag!

rasch sagen, wo die Maschine steht«, sagt Max. Die Gnadenlosigkeit steht ihm ins Gesicht geschrieben.

Antonio bekommt die fahlen Lippen nur mit Mühe auseinander.

»Auf dem Berg Manaraga. Nordural«, stößt er hervor, in die summende Stille hinein.

Umgehend baut sich die Karte auf. Eine Gegend fernab der Zivilisation. Das Bild eines attraktiven Gipfels erscheint, siebenzackig, als trüge er eine Krone. Im Norden also. Wo auch sonst ließe sich so eine Maschine verstecken? Selbst in Afrika wäre das nicht mehr möglich.

»Wo genau?«

»Es gibt ... eine Höhle. Zwischen dem zweiten und dem dritten Zacken, von Südosten gesehen.«

Im nächsten Moment können wir die exakten Koordinaten des Schlangennestes lesen.

Kyprianos kluge Augen geben einen unmerklichen Wink. Der blonde Hüne, der uns Köche am Hafen in Empfang genommen, nähert sich Antonio von hinten, der Teppich schluckt seine Schritte. Antonio hat sichtlich mit einer Schreckstarre zu kämpfen, schildkrötenhaft wendet er sich um, seinem Tod in die Augen zu sehen. Er schafft es nicht: Ein viehischer Handkantenschlag trifft seine Halsschlagader. Tödlich getroffen sackt der Verräter auf den Teppich.

»Das Fass!«, kommandiert Kyprianos. »Und schafft die Quelle fort.«

Während der Informant hinaus- und das Fass hereingeschleppt wird, klebt unser aller Blick an dem Toten. Er sieht auf einmal sehr klein und elend aus. Einst in Bayern war ich manchmal auf Vogeljagd, schoss Enten, Tauben, Drosseln – zur Bereicherung von Mutters und meiner kargen Mittagstafel. Dabei setzte mich immer wieder in Erstaunen, um wie viel kleiner so ein toter Vogel wirkt im Vergleich zu dem, der eben noch durch die Luft geflattert ist. So geht es mir nun mit Antonio. Er sieht kläglich aus.

»Scheißkerl!« Bronisław, der Italiener, spuckt auf den Leichnam. »Und den hielt ich für meinen Freund ...«

»Man hätte ihn nach der zweiten Auflage fragen sollen«, gibt Shenja mit dem runden Kinn zu bedenken, der immer wie aus dem Ei gepellt aussieht.

»Darüber war er nicht im Bilde«, entgegnet John. »Wenn die Maschine einmal am Laufen ist, spuckt sie jede beliebige Nachauflage aus: fünftausend, fünfzehntausend oder auch bloß fünfhundert.«

»Er wollte uns den Markt überschwemmen mit seiner Monsterausgabe. Warum, frage ich mich?« Michael – mit spanischem Schal, eine altmodische Brille auf der Nase – hebt ratlos die kräftigen Arme. »Woran hat es ihm gefehlt? Die Küche hat ihn doch ernährt!«

»Die Laus«, brummt Bronisław.

»Wem es nicht gelingt, sein inneres Gleichgewicht zu finden, der wird früher oder später der Niedertracht erliegen«, antwortet Abraham auf die von Michael gestellte Frage.

»Er zürnte uns wegen seiner Bestrafung, hat den Groll in sich hineingefressen«, sagt Beat. »So ein Idiot.«

»Keine Familie ohne schwarzes Schaf«, ergänzt Alvizo seufzend.

Die Jungs von der Security rollen das Fass herein, dazu

eine Karre mit frischem Beton. In der Hand des Hünen steckt auf einmal die chirurgische Pistole zur Extraktion von Flöhen aus dem Kleinhirn. Dieselbe, die zur Implantation verwandt wird. Für gewöhnlich wird die Operation unter Vollnarkose ausgeführt, die sich bei einem Toten natürlich erübrigt. Die Pistole wird ihm in den Mund geschoben, dann dauert es eine Weile, bis es klackt – und der blutige Floh verschwindet mit einem letzten Piepsen in einer Plastikkapsel. Der Blonde gibt sie an John weiter, der sie in der Jackentasche versenkt. Danach wird der Leichnam in die Tonne gestopft, die Schaufeln wirbeln. Im Nu ist das Fass randvoll mit Beton.

»Sobald das hart ist, werft ihr ihn in den See«, weist Kyprianos an.

Das Fass wird hinausgetragen.

Keine Spur mehr von Antonio, dem Spieler.

Dergleichen hat es in der Küche auch früher schon gegeben; vorgeführt wird es zum ersten Mal. Das macht Eindruck. Betroffenes Schweigen.

»Die Große Küche führt man nicht hinters Licht«, sagt Vladimir laut, und das Nachfolgende brüllt er beinahe: »Die Küche ist stark!«

»Die Küche ist stark!«, stimmen wir ein.

Das baut die Spannung etwas ab. Alles steht um den Tisch herum, greift nach den unglückseligen Büchern und blättert. Von der Rückseite eines jeden schaut der gestrenge Nabokov. Ach, Vladimir Vladimirovich, da haben Sie in Ihrem netten Montreux einen feinen Zankapfel gezüchtet, der uns nun auf den Kopf fällt ...

»Die Maschine muss vernichtet und die Auflage zerstört werden, und das so schnell wie möglich«, spricht Kyprianos. »Damit wird der Sicherheitsdienst sich befassen.«

»Aber einer von den Ada-Lesern sollte den Vorgang kontrollieren.«

»Unbedingt!«

»Meine Herren, ich schlage vor, wir lassen das Los entscheiden.«

Schon hält der wuchtige Henri die schwarze Schachtel mit dem Loch im Deckel in Händen. Pandorabüchse. Elf Männer, darunter ich, ziehen das Los. Es geschieht auf die altmodische Weise, mithilfe von Streichhölzern. Wir stehen Schlange.

Und voilà – ich erwische das abgebrannte.

Fuck!

Der Bock auf Henris Pranke grinst mich an. Himmel, was für ein Tag.

Aller Augen auf mich gerichtet.

Abraham tritt vor mich hin.

»Géza, du wirst dieses verantwortungsvolle Amt ausführen. Die Küche vertraut dir.«

Ich drücke seine ruhige, warme Hand.

»Ich bin dazu bereit.«

»Alles wird gut«, sagt er mit müdem Lächeln.

»Du bekommst Nachricht von unserem Sicherheitsdienst, wenn die Operation ansteht«, erläutert Kyprianos.

»Klar.«

»Meine Herren, das Konzil ist geschlossen!«, verkündet Max.

Alle begeben sich zum Ausgang. Die Frage nach der Verwertung der Auflage zu Nutz und Frommen der Küche hat sich von selbst erledigt. Das Fass hat dafür gesorgt.

Neben mir gehen Shenja und Michael. Ein Freundespaar.

»Am ärgsten wärs, wenn das Kroppzeug in die Museen und Bibliotheken einsickerte. Von wo die Einbrecher es dann wieder rausschleppen«, sagt Shenja.

»Die schwatzen die falsche Ada den Antiquaren auf – und die dann wieder uns«, fantasiert Michael die Geschichte kopfschüttelnd weiter. »Es hätte kein Ende! Verdammt noch mal, in was für einer Welt leben wir?«

Darin liegt tatsächlich eine Gefahr. So eine abgekupferte Ada ist imstande, den ganzen Laden zu infizieren. Darum ist es so wichtig, die Maschine zu zerstören und die Restauflage gleich mit. Shenja klopft mir sachte auf die linke Schulter.

»Dass du mir das ja ordentlich machst!«

Michaels Schlag auf die rechte Schulter fällt wuchtiger aus.

»Mach die Krake platt, Géza!«

»Ich geb mir Mühe, Kollegen.«

Zwei brave Jungs. Shenja arbeitet ausschließlich für die Austro-Aristokratie. Von seinen Wiener Schnitzeln auf Schnitzler hat jeder gehört. Michael liest Spanier.

Im Vestibül fischen wir unsere Flöhe aus dem Stapel und verlassen das Schloss.

An der Mole ist es noch kühler geworden. Zügig einer nach dem anderen werden wir übergesetzt. Verabschieden uns voneinander. Ich ernte reichlich Mitgefühl. Man ahnt, die Sache könnte nicht ganz einfach werden. Aber das Los hat gesprochen, ich komme nicht umhin.

Am Parkplatz kommt Boris auf mich zu, der hin und wieder Sowjetliteratur liest. Öfter bekomme ich von ihm etwas angeboten, das zumeist ganz ungenießbar ist. Aber ich nehme ihm das nicht krumm. Schon gar nicht jetzt, wo ich erst einmal zu mir kommen muss, das Gleichgewicht wiederfinden ...

Der schnauzbärtige Boris hält mir eine Tasche Bücher hin.

»Schau mal, Géza, das ist alles postsowjetische Literatur. Ich geb sie im Bündel ab – für zwei Tausender. Fünf Autoren.«

Wahllos greife ich eines der Scheite heraus: *Ich komme aus der Heimat*. Auf dem Umschlag der Autor, glatzköpfig, mit schnapsvernebeltem Blick. Ich blättere. Der Anfang geht so:

Wankja fegte die vollgepisste Treppe hinab, gab der Haustür einen Tritt, als wärs die löchrige Panzerweste eines Scheißukrainers, und fiel wie ein furzendes Sturmgeschütz in den Hof ein. Der Frühling flatterte ihm in die Fresse wie ein nasses Krähenküken, zwickte in die Nase wie ein Glas gutes sowjetisches Selterwasser. Der Hof hielt die Beine für den Frühling gespreizt, die Erde geilte, die Jungs nicht minder. Plötzlich erschien Tanja unterm Torbogen, da wo die Sonnenstrahlen sich schnitten. Kurzer Rock, Stieleis im Pfötchen, Haarschopf wie reifer Roggen. Tanja troff vor lauter Licht, es kam ihr aus allen Poren. Als würde sie sich gleich auflösen, davongaukeln in Form Hunderter, Tausender frühgeborner Zitronenfalter, so kam es ihm vor. Was er jetzt brauchte, war ein Kescher aus starken und zärtlichen Worten, die Lichtgaukelei einzuheimsen mit einem Wisch. Ingrimmig, dass ihm schwarz vor Augen wurde, sog Wankja die Frühlingsluft in sich ein und brüllte: »Fotze, ich schlag dich tot!«

Und in der Mitte so:

»Für die Russische Welt in den tödlichen Kampf zieht die stählerne To-ho-desschwadro-o-on!!«, grölte der besoffene Ustin – und schluchzte auf im nächsten Augenblick, aber so, dass alle Jungs der Seelenkoller packte, als wären sie auf dem Begräbnis eines Schulkameraden.

Und am Ende so:

Toljan irrte durch den Herbstwald. Baum an Baum, schwarzgelutscht, wie Gerippe von Giganten. Geschwollner Himmel. Plötzlich kickt der Fuß im jauchigen Gras gegen was Lebendiges: ein Igel! Toljan ging in die Hocke, nahm das stachlige Knäuel in die Hände. Und sogleich kam die Trauer aus dem grauen Himmel auf ihn gefallen. Bin ja auch bloß ein Igel, dachte er. Nur dass ich meine Stacheln alle verlorn hab mit der Zeit. Und neue wachsen nicht nach.

Behutsam setzte er den Igel zurück ins Gras und erhob sich. Und plötzlich, wie aus heiterm Himmel, war ihm nach Scheißen. Scheißen wollte er in diesem Wald, dass die Schwarte krachte, dass die Gedärme brummten – bis aufs Blut, bis dass die Tränen kamen. Sich den Arsch wischen mit gefallenem Laub.

»Ich glaub, ich träume«, raunte er und hakte sich mit einem Ruck den alten Landsergürtel auf.

Ich gebe Boris das Buch zurück.

»Auf so was grill ich nicht. Du weißt ja, das Einundzwanzigste ist nicht mein Ding. Biets den Mazedoniern an, die haben bei sich in den Bergen eine Klientel für postsowjetisches Bruchholz hocken.«

Wir sagen uns Auf Wiedersehen. Ich steige ins Auto.

Uff! Da kommt ein steiniges Stück Weg auf mich zu nach diesem Tag. Noch vor vier Jahren hätte ich gesagt: desto interessanter! Heute sag ich lieber nichts.

Meine Flöhe kriegen sich nicht ein nach der Zwangspause, piepsen unentwegt. Einsam roll ich auf den Weg, den leeren, der durch Nebel leise schimmernd bricht, seh die Leere still mit Gott verkehren, hör, wie Floh mit Flöhen spricht.

20. MÄRZ

Morgens: Serpentinenfahrt in den Schweizer Alpen.

Gerät der Plan durcheinander, so ist das eine schwerwiegende Angelegenheit. Wie ein ins Rutschen kommendes Schneemassiv in den Bergen: Es kann als Lawine abgehen, aber auch hängen bleiben und langsam abtauen. Die Lawine habe ich verhindert – außer dem Amerikaner ist weiter keiner aufgeflogen, die Kunden sind mir entgegengekommen, zwei Termine ließen sich einigermaßen schmerzlos verschieben, Feurio ahoi! Natürlich sitze ich auf Kohlen, harre des Signals aus der Großen Küche. Mein Gefühl sagt mir, eine Woche mindestens werden unsere Leute für die Vorbereitung brauchen. Doch ich muss auf alles gefasst sein und bleiben. Ein Zustand, der wach macht. Zumal man wirklich nicht wissen kann, was einem bevorsteht in diesem Ural. Nicht ausgeschlossen, dass ich dort meine letzte Ruhe finde ... Der rote Floh beschwichtigt mich. Bloß nicht schon am frühen Morgen schwermütig werden.

Ich öffne das Fenster des Taxis, frische Bergluft strömt herein. Berge können einen genauso faszinieren wie Feuer oder das Meer. Oder die Arbeit als Meisterkoch im Book-'n'-Grill-Gewerbe ... In den Bergen geht es mir immer gut, besser als zum Beispiel im Wald. Aber wohnen möchte ich hier oben um keinen Preis. Zum Teufel mit Bergen und Wäldern: Nichts geht über eine Insel im weiten Ozean. Das Meer, Palmen, paarige Spuren von Mädchenfüßen im Sand ... Die Serpentine windet sich hinauf. Sonne, Azur, ein heiterer Tag. Grüner und blauer Floh sind immer noch nicht hinweg über die zweistündige Trennung gestern und piepsen sachte vor sich hin. Letzte Nacht sind die zwei sich heftig in die Haare (nämlich meine) geraten. Die Welt der schlauen Insekten ist nicht leicht zu verstehen ... In der Schweiz lese ich regelmäßig. Freilich nicht so oft, wie ich es mir wünschte. Dieses Land hat zu allen Zeiten als Solitär in Europa gelegen, Kriege und Erschütterungen gingen es wenig an. Hitler hat gar nicht erst versucht, es zu erobern. Die Ruhe der Gnomen, die auf dem Gold der Welt saßen, war selbst ihm heilig. Und wie sie da saßen, so sitzen sie noch heute. Dabei ist die Schweiz längst nicht so schlicht gestrickt, wie die hübschen Werbehologramme uns glauben machen wollen. Die Taliban haben sich ihre gelben Hauer schnell an ihr ausgebissen; geflügelte Legionäre, von den Gnomen in Pakistan angeheuert, stießen die Mudschaheddin von den Pässen. Das alte Schweizer Gold hat sich noch immer zu behaupten gewusst.

Schweizer Kunden zahlen gut. Von den Russen schätzen

sie am meisten Tolstoi. Das zwanzigste Jahrhundert interessiert die Gnomen kein bisschen.

Heute aber wird nicht russisch gelesen. Ich werde in einer Grauzone tätig. So etwas kommt vor. Die Plankorrekturen mitsamt den daraus folgenden Verlusten haben mich bewogen, den Job anzunehmen. In kritischen Situationen scheue ich vor einem Zubrot wie diesem nicht zurück. Den Happen hat mir die Küche selbst hingeworfen – eine Hängepartie, nachdem Deutsche und Schweizer abgewunken haben. Ich griff zu, weil es von Bayern hierher nur ein Katzensprung ist.

Das Taxi langt im Bergdorf Leukerbad an. Es liegt noch unter einer dünnen Schneedecke, die in der Frühlingssonne vor sich hin schmilzt. Ich entlohne den Chauffeur und steige aus. Rinnsale auf der Straße.

Sogleich begebe ich mich zur Seilbahnstation, kaufe ein Ticket und mische mich unter die Schar wartender Skifahrer. Es sind nicht mehr viele, die Saison geht dem Ende zu. Ich bin gekleidet wie ein altmodischer Tourist: Winterjacke, warme Hosen, gewöhnliche Bergschuhe (keine selbst gehenden), Wanderstöcke, Wollmütze, Sonnenbrille, Rucksack mit angezippter Thermosflasche.

Die Seilbahn bringt mich hinan aufs Plateau. Hier gibt es eine Abfahrtspiste und ein Restaurant. Ich sondere mich ab von den Skifahrern und folge einem in den Schnee getretenen Pfad – gegen die Sonne und gegen den Wind, der mir scharf ins Gesicht bläst. Ich entferne mich von den Menschen. Der Pfad führt zu einem kleinen zugefrorenen See. Der Floh flüstert mir ein, ich müsse mich rechts halten, den Hang hinauf. Ich richte mich danach. Der Hang ist steil.

Die Stöcke in den dicken, verharschten Altschnee stoßend, kämpfe ich mich empor. Das Herz beginnt zu hämmern. Nicht dass ich unzureichend trainiert wäre; der Tanz um den Rost ist eine energiezehrende Tätigkeit. Nach Möglichkeit einmal die Woche gehe ich schwimmen oder trete in die Pedale. Aber hier gerate ich außer Puste. Ich bleibe stehen. Auf die Stöcke gestützt, spähe ich nach unten. Skifahrer wedeln zu Tale. Eine Idylle ...

Nach einer Verschnaufpause setze ich den Aufstieg fort, bemühe mich um eine kraftsparende Gangart. Der Floh geleitet mich mit sanftem Organ. Als Halbwüchsiger habe ich mir beim Masturbieren gern solch eine einschmeichelnde Stimme vorgestellt, die einer dicken, prallbrüstigen, weiß bekittelten Frau Doktor gehörte: »Und jetzt, junger Mann, ziehen wir den Slip aus, machen uns lang und schließen die Augen.«

Der Schnee knirscht laut unter meinen roten Schuhen. Die Kruste ist hart wie viviparer Schaumstoff. Das Atmen fällt immer schwerer, und dieser Hang scheint kein Ende zu nehmen.

»Wie weit ist es noch?«, frage ich den Floh.

»338 Schritte bis zum Ziel, der Herr.«

»Ach? Und warum sagst du mir das nicht früher?«

»Wie stets ist es mir um Euer emotionales Gleichgewicht zu tun. Es ist weit wichtiger als das physische, das wisst Ihr doch!«

»Ich schmeiß dich ins Klo!«

»Dann tauche ich wieder auf, schüttle mich einmal und bin zu Diensten.«

Mein grüner Floh und ich, wir pflegen ein spezielles Verhältnis. Was hat er mir nicht schon das Ohr abgekaut ...

Keuchend lege ich die dreihundert Schritte zurück. Unversehens bricht der Berg nach hinten ab, ich bin auf dem Kamm. Kraxele zum höchsten Punkt, schiebe die Sonnenbrille nach oben, lehne mich auf die Stöcke, hechele aus letzter Kraft. Ich befinde mich auf einer kleinen Plattform. Der Schnee, windschnittig geschichtet, glitzert in der Sonne. Ein betörender Rundblick auf Gipfel, dazwischen das Dorf im Tal. Über die Maßen schön ...

»Sicher!«, funkt der blaue Floh.

Dieses schlichte, erlösende Wort mag ich sehr.

Nachdem ich die Puste wiedererlangt habe, streife ich die Handschuhe ab, stopfe sie in die Taschen. Und sage laut:

»*Ewige Wiederkunft!*«*

Fünf Schritte vor mir ersteht eine graue Pyramide, groß wie ein mittleres Bauernhaus, aus dem Nichts. Ich trete näher und spreche die Parole für den Zutritt:

»*Ewige Wiederkehr!*«**

Mit einem Mal werden die Wände der Pyramide transparent, man sieht jemanden darin sitzen. Ich trete ein. Ein gut gebauter Zoomorph sitzt nackt am gläsernen Tisch und schreibt etwas mit einem altmodischen gläsernen Federhalter auf ein Blatt Papier, dabei tunkt er die stählerne Feder von Zeit zu Zeit ... in die eigene linke Hand! Man sieht dort eine kleine Wunde klaffen.

* dt. im Orig.

** dt. im Orig.

Wortlos lege ich den Mantel ab, hole die Kochkluft aus dem Rucksack, kleide mich um. Die Einrichtung der Pyramide ist ein Triumph des asketischen Minimalismus. Alles hier ist durchsichtig. Selbst der für mich vorbereitete kleine Grill steht auf drei transparenten Füßen.

Der Hausherr der Pyramide steht vom Tisch auf und kommt zu mir, seine Hufe klappern über den durchsichtigen Boden. Ein erlesener Gigant mit Fuchsgesicht. Zwei Köpfe größer als ich, Idealfigur, eine lebende Statue. Die großen gelben Augen blicken aufmerksam. Sonnenstrahlen huschen über das Relief seiner vorzüglichen Muskulatur, die von einem goldenen Flaum überzogen ist. Er reicht mir das Blatt aus grobem, dickem Papier mit ausgefransten Rändern, das mit einer schwungvollen Handschrift aus blutigen Lettern dicht beschrieben ist. Selbst wüsste ich das niemals zu entziffern, doch mein blauer Floh ist schon dabei zu scannen und verwandelt die Blutkrakel in Druckbuchstaben:

Die Große Wende will ich euch lehren.

Der Mensch ist das, was nicht zu überwinden ist. Der Mensch ist das Seil zwischen Tier und Übermensch. Tausend Jahre ist der Mensch über dieses Seil gegangen, hat sich bezwungen und ist losgegangen, hat die Balance zu halten versucht, hat geschrien, frohlockt und geflucht und geweint.

Die Sterne zwinkerten dem Menschen zu: Sei ruhig und unbeirrbar!

Die Sonne sengte ihn: Sei kühn und gnadenlos wider die Schwäche deiner Natur!

Der Wind raunte ihm ins Ohr: Fasse dich, sei mannhaft und zielstrebig, so wirst du erlangen, was du ersehnst!

Blut, Schweiß und Tränen flogen in den Abgrund, solange der Mensch über das Seil ging und sich zu überwinden suchte. Zitternd, immer wieder fehltretend, erreichte er die Mitte seines Weges. Und blieb stehen, da er spürte, dass ihm die Kräfte schwanden.

Ich bräuchte eine Große Pause, dachte der Mensch.

Sonne, Wind und Sterne trieben ihn zur Eile. »Bleib nicht stehen, geh weiter! Ein Stillstand wäre der Tod!«

Doch der müde Mensch verschloss Augen und Ohren, um ihre Stimmen nicht hören zu müssen. Geschwächt sank er in einen Schlummer, und seine blutigen Sohlen zitterten auf dem Seil.

Lieber den ewigen Schlaf als diesen quälenden Weg der Überwindung, dachte der zu Tode erschöpfte Mensch.

Plötzlich saß eine Fledermaus auf seiner Schulter nieder. Bohrte ihre Zähnchen in seinen matten Körper.

Der Mensch zuckte zusammen, riss die Augen auf.

»O du in dir selbst Verirrter!«, rief sie aus. »Dein halbes Leben verschwendetest du an das nicht Erfüllbare! Flohest das Tier, strebtest zum Übermenschen, verlorest dich selbst. Bist nun armselig und leer! Wer vermag dich wieder zu füllen? Einzig das Tier! Du suchtest den Übermenschen? Geh zurück und suche das Tier! Es wird das Menschliche an dir, das Allzumenschliche mit sich füllen! Nur so wirst du zum wahren Übermenschen werden.«

»Warum nur bin ich all die Zeit unter Qualen diesen Weg gegangen, wohin hab ich gewollt?«, so fragte der Mensch.

»Zum Unerfüllbaren!«, erwiderte die Maus. »Du vergaßest, dass das Große, das Einfache vor deiner Tür wohnt. Du hättest es nur sehen und spüren müssen. Wir Tiere waren die ganze Zeit in deiner Nähe. Aber du hast unsere Pracht übersehen, unsere Weisheit und Kraft nicht gespürt. Kehre zurück zu uns, fülle deine seelische Leere mit uns aus. Und du wirst zu dem, der du immer sein wolltest.«

So kehre deine Spuren um, Mensch!

Na gut. Passt schon. Warum nicht auch einmal auf so etwas grillen. Fragt sich nur, was.

Antwort gibt das Messer, das der Gigant nun ergriffen hat. Mit einer schnellen, präzisen Bewegung schneidet er sich ein Stück seiner linken Brust ab und reicht es mir. Ich nehme den dünnen, blutigen warmen Lappen entgegen. Frisches Menschenfleisch. Das Messer verschwindet, in den Händen des Zoomorphen sehe ich kurz eine Art durchsichtiges Pflaster – und zack, ist kein Blut mehr zu sehen, die Wunde geschlossen.

Ich gehe ans Werk. Lege die Brustscheibe auf den Rost, fixiere sie, falte aus dem Manuskript eine Lilie, zünde sie von drei Seiten an ... Profi bleibt Profi, Feurio! Mit jedwedem Material, unter jeglichen Bedingungen weiß ich zu arbeiten.

Angerichtet wird auf einem großen, durchsichtigen Teller. Salzlos, ohne Gewürze. Zoomorphenbrust, *rare*.

Er nimmt Platz. Der gläserne Tisch ist nur für ihn allein gedeckt. Ich öffne die bereitstehende Flasche Champagner, schenke ein, nahezu ihr ganzer Inhalt passt in den großen

Pokal. Dann trete ich zurück an meinen Platz, die weiß behandschuhten Hände an der Hosennaht.

Bedächtig isst der Kunde und trinkt, den Blick auf die sonnenüberfluteten Berge gerichtet. Sein Gesicht, Hybrid aus Mensch und Fuchs, zeigt keinen Ausdruck. Er hat das Mahl noch nicht beendet, als der Floh mir mitteilt, es sei an der Zeit, das Honorar abzufassen und zu verschwinden. Aus der gläsernen Wand fällt eine Klappe mit dem Kuvert.

Grüner Floh: Summe korrekt.

Blauer Floh: Sicherheit gegeben.

Ich nehme das Geld, kleide mich um, verlasse die Pyramide. Die im selben Augenblick verschwindet.

Ich atme die frische Bergluft. Verharre kurz, ehe der Abstieg beginnt. Hängepartie ausgeführt! Den Auftrag ist die Küche lange nicht losgeworden; ich frage mich, warum. Es handelt sich ja nicht um Kannibalismus, der in unserer Zunft tabu ist, sondern um Autophagie. Was ein großer Unterschied ist. Nein, es hat wohl nicht am Fleisch, sondern am Holz gelegen. Dieser neue Nietzsche konnte weder die Deutschen noch die Schweizer hinterm Ofen hervorlocken, selbst die Polen bissen nicht an. Hochstapler sind in der Küche nicht sonderlich beliebt. Periodisch tauchen neue Flauberts, Dostojewskis oder Kafkas auf und wollen bedient werden, legen uns ihre Scheite vor. Kein kanonisches Holz, darin liegt die Crux, sondern Schnellwuchs aus dem eigenen Garten. Sie brauchen die Küche zur Legitimation – vor sich selbst und vor den Psychopathen ihrer Umgebung. Aber die Küche achtet streng darauf, dass der Kanon gewahrt bleibt. Was nicht heißt, dass sie bei manchem, zum Beispiel dem norwegischen Tolstoi, nicht doch ein Auge zudrückt; Ausnahmen kommen vor. Aber den Zwei-Meter-Zoomorphen haben unsere Küchennietzscheaner gleich von der Schwelle gekickt, da half auch kein mit Blut geschriebener Neuer Zarathustra.

Also musste ich, als »Russe«, kommen und die Drecksarbeit erledigen. Und es gibt nichts zu bereuen. Der Hunger und die Unbehaustheit meiner Jugend haben mich so manches gelehrt ...

Noch ehe ich den Hang ganz hinab und wieder unter Leuten bin, höre ich es hinter mir rauschen. Wende mich um und sehe den Zoomorphen, gesättigt an eigener Brust, auf einem Snowboard den Berg herabkommen. Im silbergrünen Schneeanzug. Gerade auf mich zu! Ich werfe mich rücklings in den Schnee. Im nächsten Moment ist er über mir, ich kann die Aufschrift auf der Unterseite seines Boards lesen:

*DIE GROSSE WENDE.**

Hu-u-i! Schon ist der Zoomorph über mich hinweg, ohne dass auch nur ein Krümel Schnee meinen Schädel berührt.

Was soll man sagen: alles in allem ein gelungener Tag, Géza.

* dt. im Orig.

25. MÄRZ

Mittags: Ein ursprünglich für den Mai geplanter Termin. Nach dem außerordentlichen Konzil hat sich irgendwie schleichend doch so einiges verkantet und verschoben ... Flug nach Lissabon. Vom Flughafen zum Seehafen, wo ein Schnellboot auf mich wartete. Mit dem bin ich soeben in neutrale Gewässer vorgestoßen, wie mein Floh mitzuteilen beliebt *(Zwölfmeilenzone verlassen).* Prächtiges Wetter, ruhige See. Vor uns am Horizont ein weißer Punkt, auf den wir zuhalten. Der Bootsführer ist ein bärtiger Portugiese, ich sitze in der Kajüte und trinke Ingwertee mit Honig aus der kleinen Thermosflasche.

Eine Lesung auf See ist immer etwas Besonderes. Da kommt es auf gewisse Nuancen an. Einer von uns musste schon mal bei Windstärke sechs lesen. Allem Anschein nach droht mir dergleichen heute nicht.

Der weiße Punkt schwillt an und wird zum soliden Katamaran. Drei Decks. Das Boot bremst ab, dreht längsseits des breiten Hecks und legt an. Mit dem Koffer in der Hand betrete ich die Plattform der Schleuse, wo ein Matrose auf mich wartet, dann geht es eine breite Treppe nach oben. Im Vorübergehen lese ich den Namen des Schiffes: *Proxima-B.* Auch ohne Floh weiß ich, dass das ein Planet ist – jener, auf dem die letzten Hoffnungen der Menschheit ruhen. Kaum stehe ich auf dem mittleren Deck, knallt mir eine blaue Stiefelette vor die Brust. Ein pummeliger junger Mann mit Lockenkopf schwankt splitternackt auf mich zu, fluchend, seine Hand beschreibt eine unzüchtige Geste. Der zweite Schuh trifft ihn am Kopf. Das Dickerle kreischt auf, zieht an mir vorbei eine Kurve nach rechts, schafft es sogar, mir ein »Hi!« zuzumurmeln. Ich riskiere einen Blick auf seinen dicken, kurzen beschnittenen Schwanz und die massigen Eier. Der Junge verschwindet hinter einer Tür, ein Schloss wird verriegelt.

»Schwein! Dreckskerl!« Als Nächstes fliegt ein nacktes Mädchen auf mich zu. Es hat wirres rotes Haar, die Scham ist rasiert, die Schultern sind tätowiert, am Hals baumelt ein Kettchen mit Davidstern. Ich trete beiseite.

Ohne auf mich zu achten, fliegt das Mädchen auf die Tür zu, hinter der der Dicke verschwunden ist, hämmert mit der Faust dagegen.

»Mach auf, du Schuft! Mach auf!«

»Beruhige dich, Liebste, ich bitte dich!« ertönt es von drinnen in affektierter Liebenswürdigkeit.

»Mach auf!«

»Bitte! Bi-i-itte! Ich muss sonst wieder weinen!«

Der Matrose ist hinter mir geblieben, jetzt räumt er das Paar Schuhe vom teakhölzernen Deck, geht an dem

Mädchen vorbei und macht eine einladende Geste zu mir herüber:

»Kommen Sie.«

Ich folge ihm. Kaum sind wir um die Ecke auf einen Flur eingebogen, fliegt eine Tür auf. Auf der Schwelle eine Frau in mittleren Jahren im flauschigen weißen Bademantel. Kantige Gesichtszüge, die sich in der Erregung noch zuspitzen.

»Hört das irgendwann mal auf?«, brüllt sie.

»Madam, der Koch ist da«, meldet der Matrose, das Paar Schuhe hinter dem Rücken verbergend.

»Welcher Koch? Was ist mit Alessandro? Schon wieder krank? Es ist unerträglich!«

»Das ist der andere Koch, Madam.«

»Welcher denn noch?« Ihre schwarzen Augen bohren sich in mich.

»Für das Book 'n' Grill.«

»Das geht mich nichts an«, versetzt sie gereizt, wendet sich ab und brüllt, den Blick nach oben, gegen die Plastikpaneele der Decke gerichtet: »Ich frage, ob das irgendwann einmal aufhört!«

»Gehen wir zu Mister Joseph«, murmelt der Matrose.

Ein paar breite Glastüren schieben sich vor uns auf, und wir betreten einen geräumigen Salon mit beigen Ledermöbeln, flachen Tischen asiatischer Art, Bonsaigrüppchen. Zwei Männer an einem Schachtisch: der eine in Kapitänsuniform, der andere im Seidenkittel; sie spielen Blitzschach, dass die Figuren nur so fliegen. In einem Weichkokon auf dem Sofa fläzt sich ein niedlicher kleiner Junge mit Kippa und Schläfenlöckchen, vor sich ein Gripskissen, auf dem er OBOROBO-3 spielt. Der Matrose, immer noch die Hände mit den Schuhen auf dem Rücken, tritt vor die Schachspieler hin.

»Mister Joseph, der Koch ist da.«

»Keinen Mucks will ich hören!«, brummt der braun gebrannte Mann mit den edlen Gesichtszügen, während er zügig die Figuren zieht und zwischendurch wie rasend den Knopf der Schachuhr drückt.

Sein Gegner im Spiel, der schwarzbärtige Kapitän, hält wacker mit. Ein Zug zieht den anderen praktisch unmittelbar nach sich. Wie Roboter, hätte mein Großvater, der Zahnarzt, dazu gesagt ... Der Matrose ist verstummt. Das Kind schaut mich an und sagt: »Guten Tag.«

»Grüß dich«, antworte ich.

Die Schachpartie gerät in die entscheidende Phase. Joseph stößt nun bei jedem Zug einen Laut aus, den mein Floh der Kategorie »tamilischer Anfeuerungsruf« zuordnet. Der Kapitän spielt schweigend.

»Und zack!«, brüllt Joseph. »Und matt! Und in der Zeit! Vittoria finale!«

»Fortissimo«, murmelt das Kind, den Blick nicht vom Spiel wendend.

Der Kapitän hält die Uhr an. »Tja. Dein Floh scheint klüger zu sein als meiner.«

»Muss nicht sein, muss nicht sein!«, lacht das Edelgesicht triumphierend, dann fällt sein Blick auf mich. »Ah, da sind Sie ja! Ich grüße Sie!«

»Guten Tag«, sage ich und deute eine Verbeugung an.

»Gut angeliefert worden?«

»Meinen Sie mich oder das Buch?«

»Sie natürlich. Das Buch ist seit Langem hier.«

»Danke, bestens.«

Joseph steht auf und streckt sich wohlig.

»12:7 ... Ist schon wahr, Käptn, du müsstest mal wieder deinen Floh füttern gehen.«

»Du weißt doch, Joseph, dass ich seit neun Monaten nicht an Land war. Und par avion saugt meine alte Tante nun mal kein Blut.«

»Wir ordern dir einen neuen Floh.«

»Und wer soll den einsetzen?«

»Da findet sich ein Weg ... Jetzt lass den Kopf nicht hängen! Alles prima!« Joseph tätschelt dem Kapitän die marineblaue Schulter.

Der Kapitän stopft sich eine Pfeife. Joseph steckt die schönen braunen Hände in die Kitteltaschen und wendet sich an mich. »Sie wissen, das Dinner ist für um sieben anberaumt. Sollte auf unserem trunkenen Schiff nichts dazwischenkommen, bleibt es dabei. Arik wird Sie in Ihre Kajüte bringen.«

»Sind Sie extra hier, um ein Buch zu verbraten?«, fragt der Junge.

»So ist es.«

»Wozu das denn?«

»Dein Großpapa möchte es so«, nimmt Joseph mir die Antwort ab. »Wir sollten Saba* heute etwas Gutes tun.«

* (hebr.) Großvater

»Und was gibt es zu essen?«, fragt der Junge. Seine Augen schauen klug.

»Das ist ein Geheimnis, Avigdor!«, erwidert Joseph.

Der Junge wendet sich wieder seinem Spielkissen zu.

»Mögen Sie etwas trinken?« Joseph ist vor die lang gestreckte, niedrige Bar getreten.

»Nein, danke, vor der Arbeit trinke ich nie.«

»Dann begleite den Gentleman, Arik!«

Gerade wollen wir den Salon verlassen, da geht die Tür auf, und die Dame im Flauschmantel rauscht herein.

»Joseph, ich halt das nicht mehr aus!«, klirrt ihre Stimme in den Gläsern der Bar wider. »Soeben haben Raffael und Alice ...«

»Bleib mir vom Hals mit Raffael und Alice«, fährt Joseph ihr in nüchternem Ton ins Wort, während er sich aus bauchiger Flasche einen Rum einschenkt. »Verpiss dich, Liebste!«

»Verpisst wird nicht«, kommentiert das Kind im Basston, während das schnurrende Kissen sein Gesicht für einen Moment in blaues Licht taucht.

»Asochenwej*«, versetzt die Dame, lässt ohnmächtig die Arme sacken und geht zur Bar. »Dann schenk mir wenigstens irgendwas ein, unbezahlbares Arschloch du.«

»Aber gern, geliebte Fotze.«

Joseph gießt ihr einen Cachaça ein. Während ich beim Verlassen des Salons weiß, dass ich heute vor einer erz-z-z-patriarchalen jüdischen Familie lesen werde.

* (jidd.) suboptimal

Abends: Die Sonnenscheibe war zur Hälfte im Ozean versunken. Um plötzlich aufkommenden Seewinden vorzubeugen, fand die Lesung nicht am offenen Grillofen an Deck, sondern in der Messe statt. Ich hatte eines der trapezförmigen Bullaugen zu öffnen gebeten.

Wie nicht anders zu erwarten, dauerte es seine Zeit, bis die Familie peu à peu zusammengefunden hatte. Als Erstes kam der Steward und tischte die Vorspeisen auf, dann erschien Joseph im eleganten flaschengrünen Anzug, hernach die Dame im Abendkleid, mit dem Kind an der Hand. Man setzte sich zu Tisch, die Dame und das Kind sprachen eine Bracha. Dann tranken die Erwachsenen ein Glas Rotwein, der Junge Möhrensaft, und begannen schweigend ihre Vorspeisen zu verzehren. Ich stand am Grill bereit. Sieben Minuten darauf kam der Kapitän. Er grüßte, nahm Platz und bestellte einen Whisky mit Eis. Weitere dreiundzwanzig Minuten vergingen, bis das junge Pärchen erschien. Der Dicke im himmelblau gestreiften Anzug, mit Kippa, die rothaarige Schöne im engen langen Kleid, lila, mit tiefem Rückenausschnitt. Beide waren angetrunken.

»Ich hatte vor einer halben Stunde dermaßen tierische Bauchkrämpfe«, geruhte der Dicke die Runde in Kenntnis zu setzen, »dass mir die Tränen kamen. Es war unglaublich! Dabei haben wir doch heute ganz anständig zu Mittag gegessen. Ich musste einen Wodka mit Soda zu mir nehmen. Und siehe da – wie weggeblasen! Daran sieht mans wieder, dass die alten Hausrezepte was taugen. Ist euer Bauch okay?«

»Absolut«, sagte Joseph, während die Dame und der Kapitän schweigend weiteraßen.

»Wer im Mittelalter Bauchweh hatte, dem haben sie die Hand von einer Leiche auf den Bauch gelegt«, sagte der Junge. »Davon ist es auch gleich vergangen.«

»Na prima!«, lachte Alice. »Das sollten wir uns merken für den Rest unserer endlosen Kreuzfahrt. Der Kühlschrank ist doch groß genug, Käptn? Dass ein Toter reingeht?«

»Durchaus«, sagte der Kapitän. »Oder auch eine Tote. Sogar beide zusammen, mit Leichtigkeit.«

»Nein, wirklich, das war die Hölle!«, ließ der Dicke nicht locker, während er sich die Serviette zurechtrückte. »Solche krassen Krämpfe, Mama, ich kann mich nicht entsinnen, so was je gehabt zu haben. Und toi, toi, toi« – er pochte mit dem Knöchel seines dicken Zeigefingers auf die Tischplatte –, »ich möchte es nicht noch mal erleben ...«

»Hättest du einen neuen Floh und nicht den alten F4, hätte er dir gleich gesagt, was es ist, und dich geheilt«, behauptete das Kind.

»Wir haben uns ohne Insekten beholfen«, sagte Alice und bedeutete dem Steward, er möge ihr Weißwein einschenken.

»Du weißt doch, Avigdor«, sagte Raphael mit einem Augenzwinkern zum Kind, »Alice und ich mögen Flöhe nicht besonders.«

»Ich denke, die Bauchkrämpfe kamen von einer unzureichenden alkoholischen Intoxikation«, beschied Alice.

Der Dicke lachte meckernd. Alice küsste ihm die Schläfe.

Ein hasserfüllter Blick der Dame traf die beiden.

»Raph, du bist nicht mehr nur auf dem besten Wege, debil zu werden, es ist schon um dich geschehen.«

»Einspruch, Mama«, erwiderte der Dicke lächelnd und schaufelte sich einen Berg Vorspeisen auf den Teller.

»Bitte, Esti, das Wort gehört sich nicht bei Tisch«, sagte Joseph und stieß mit ihr und dem Kapitän an.

»So eine Endlosreise ist nun mal der beste Weg zur allgemeinen Verblödung«, stellte Alice fest und erhob das Glas. »Trinken wir darauf?«

»Tut das ohne mich!« Die Dame schüttelte gereizt den Kopf. »Ich nehme an, das wird in Zukunft euer fester Trinkspruch werden ...«

»Mama, Mama«, sagte der Dicke lächelnd, nahm einen gehörigen Schluck Wein und begann gierig sein Essen zu schlingen. »Du kannst dir nicht vorstellen, wie sehr wir dich vermisst haben heute Morgen ... (schmatz) ... Wir haben uns die Augen ausgeweint nach dir, sogar ... (schmatz) ... beim Vögeln.«

Alice prustete ins Weinglas.

»Was seid ihr für Idioten!« Esti grinste gehässig.

»Scha*«, rief Joseph und wedelte mit der Serviette. »Vergesst bitte nicht, was heute für ein Abend ist.«

»Wir sollten endlich den Großvater holen«, mahnte das Kind. »Wieso essen wir ohne ihn? Papa! Das ist eine Schweinerei.«

»Ruf ihn, Arsen«, befahl Joseph dem Steward.

Der schnippte ein paarmal gegen das Grips an seinem Gürtel. Nach nochmals 21 Minuten kam ein altmodischer Rollstuhl in die Messe gefahren mit einem sehr alten Mann

* (hebr.) Pst!

darin. Der Mann, der ihn schob, wirkte noch älter. Auf beiden Grauköpfen saßen Kippas.

»Schalom!«, sprach der Mann, der den Rollstuhl schob.

»Schalom!«, erwiderten die am Tisch Sitzenden.

Der Mann im Rollstuhl lächelte nur und sagte nichts.

»Es gibt zu sagen, dass wir euren Ruf seit Langem erwartet haben«, sprach der Mann, der den Rollstuhl schob, in seltsamem Englisch.

Der Mann im Rollstuhl schwieg. Esti stand auf und ging hin, umarmte ihn.

»Guten Abend, Saba.«

Und mit einem Nicken hin zu dem anderen Mann:

»Guten Abend, Iossif.«

»Setzt euch zu uns«, lud Joseph mit einem Lächeln ein.

»Mein lieber Saba, ich hab dich so vermisst, ich hätte ... (schmatz) ... heulen können«, sprach der Dicke mit vollem Mund, die Hand gegen die Serviette vor seiner Brust gepresst.

»Großpapa, lenk dein Gefährt zu meinem Planeten. Spyder-4 parkt dich ein!« Das Kind wartete ab, bis die alten Männer an den Tisch gefunden hatten, dann umarmte es den Mann im Rollstuhl.

Dessen Gesicht schien für alle Zeit eingefroren, der Mund leicht offen, zu einem halben Lächeln erstarrt. Der alte Iossif murmelte eine Bracha. Es entspann sich der übliche Familien-Small-Talk beim ersten Gang. Der Saba gab sich Mühe, selbst zu essen, es ging nur mit einer Hand, und auch das fiel schwer. Iossif half ihm. Durch das Bullauge sah man den Abend dämmern. In der Messe wurden Kerzen entzündet.

Schließlich klatschte Joseph in die Hände.

»Scha! Das heutige Abendessen, meine Lieben, ist kein gewöhnliches. Unser hochwerter Saba hat beschlossen, uns ein Fest auszurichten. Ihr habt sicher schon von Book 'n' Grill gehört, dem modischen Schnickschnack, worauf die Boheme so abfährt. Aber nicht darum geht es, sondern um unseren lieben Großvater. Geboren wurde er bekanntlich vor zweiundneunzig Jahren in der sowjetischen Stadt Odessa. Damals ging gerade der Zweite Weltkrieg zu Ende, sodass unser Saba in schweren Jahren aufwuchs. Ich war so groß wie Avigdor jetzt, als Saba mir von damals erzählte: den Lebensmittelkarten, der Schlange nach Brot, der Armut. Und eine schönen Tages zum Pessachfest war der Familie unseres Saba das Glück hold: Sie ergatterten ein Huhn. Was damals einem Wunder gleichkam. Aus Kopf, Füßen und Knochen wurde eine Bouillon gekocht, aus dem Fleisch wurden Tefteli bereitet, und aus den Innereien – Leber und Herz sowie dem Fett und der Haut vom Hals – machte die Großmutter ein gefülltes Hälsel. Wirklich nur eines, für die ganze große Familie. Hab ich alles richtig erzählt, Saba? Kannst du mich hören?«

Der alte Mann sagte nichts und lächelte.

»Unser Saba hört besser als wir alle und hat ein Hirn, gegen das wir fühlen uns klein wie Kinder«, erwiderte Iossif in Sabas Namen.

»Nun denn, meine Lieben, heute macht der Saba uns ein Geschenk: Mit neumodischem Book 'n' Grill gibt es Gefillte Helsele auf den Geschichten aus Odessa von Isaak Babel. Das war Sabas Lieblingsautor in seiner Jugend. Esti und ich haben ihn auch irgendwann mal gelesen. Ihr werdet ihn nicht kennen, aber eure Flöhe sagen es euch vor.«

»Schon passiert«, nickte der Dicke. »Stalin ließ Babel erschießen dafür, dass er mit der Frau seines Geheimdienstchefs geschlafen hat.«

»Das waren damals noch Schriftsteller«, kicherte Alice, die schon völlig betrunken war.

»Und zubereiten wird es unser Gast vom Festland, Géza mit Namen. Ich darf bitten!«

Alle applaudierten, ich verbeugte mich. Das Köfferchen mit dem Buch stand neben dem Grillbecken. Ich klappte es auf, legte das Buch auf einen Teller und umrundete damit, ganz der Gepflogenheit gemäß, die Tafel der Anwesenden, damit jeder einen Blick auf das Scheit werfen konnte, über dem die gefüllten Hälse braun und knusprig werden würden. Selbige lagen natürlich ebenfalls bereit. Die Zubereitung ist, nebenbei gesagt, recht aufwendig.

Gefüllter Hühnerhals auf odessitische Art
(Gefillte Helsele)

Sechs frisch ausgelöste Hautlappen vom Hühnerhals,
je 200 g Leber und Herz vom Huhn, 200 g Hühnerfett,
3 Zwiebeln, 100 g Mehl, Salz, gestoßener schwarzer Pfeffer

Herz abkochen und klein schneiden, Leber in der Pfanne
rösten und klein schneiden, Zwiebeln klein würfeln.
Hühnerfett klein schneiden und auf kleiner Flamme
auslassen, bis Grieben entstehen; Zwiebelwürfel im

ausgelassenen Fett braten, Herz und Leber hinzufügen, vorsichtig Mehl zugeben; bei geringer Hitze salzen und pfeffern. Die fertige Füllung abkühlen lassen. Die Hautlappen auf einer Seite zunähen, sodass Säckchen entstehen. Diese füllen bis auf einen oberen Rand, der ebenfalls zugenäht wird. In siedendes Wasser geben und 20 min kochen. Die garen Hälse auf dem Rost goldbraun braten ...

Letztes oblag nun schon mir. Sechs gefüllte Hühnerhälse hatte der Steward mir bereitgelegt, die ich auf dem Rost platzierte.

Das vergilbte Titelblatt der *Geschichten aus Odessa* von 1931 flammte auf; das Escalibur schlug es um, und ...

Alice: Wow!

Avigdor: Großvater, sieh doch mal!

Joseph: Dreh ihn, damit der Saba besser sieht!

Raphael: Irre! Wie kriegen Sie das so gut hin? Das reinste ... Feuerwerk!

Joseph: Ich hätte nie gedacht, dass Bücher so gleichmäßig brennen können.

Avigdor: Saba, Saba, siehst du das?

Iossif: Dein Saba sieht alles, wie ein Adler aus großem Himmel.

Esti: Sagen Sie, Géza, kann es sein, dass die Asche der verbrannten Bücher ihnen nachts das Herz schwer macht?

Ich: Nein.

Raphael: Mama, du bist immer so furchtbar sentimental. Das hab ich von dir!

Alice: Hören Sie, das ist ja bezaubernd! Raph, wieso sind wir früher nie auf die Idee gekommen …?

Kapitän: Meine Ex-Frau war schon zweimal auf einem Book 'n' Grill.

Raphael: Wie irre das lodert! Aha, dieser Babel wurde nach Veröffentlichung seiner ersten beiden Erzählungen wegen dreier Paragrafen vor Gericht gestellt: Pornografie, Blasphemie und versuchte Untergrabung der staatlichen Ordnung.

Alice: Toller Typ. Fein ausgedacht, Saba!

Esti: Saba, gefällt es dir? Gehts dir gut?

Iossif: Saba geht es so fantastisch, dass wir gleich alle einen Sprung machen werden und anschließend ein herrliches Leben haben und großen Erfolg.

Sabas Gesicht, so konnte ich aus dem Augenwinkel sehen, zeigte keine Regung.

Als alles vollendet war, legte ich die zart gebräunten Hühnerhälse auf einen Teller und bot sie den Gästen dar.

»Setzen Sie sich doch zu uns«, lud Joseph ein.

»Das geht leider nicht. Es ist uns nicht erlaubt.«

»Lässt sich da keine Ausnahme machen?«, fragte Esti.

»Nein.«

Der Steward servierte mir auf dem kleinen Tisch in meiner Kajüte. Während er den Riesling öffnete, fragte ich ihn nach der Sturmfestigkeit eines Katamarans. Die Antwort geriet offenherzig. Dabei roch sein Atem nach Gin, und er drückte sich poetisch aus:

»Ein paarmal schon hat Poseidon uns partout zum Kentern bringen wollen, aber es ging jedes Mal glimpflich ab. Wenn du in neutralen Gewässern lebst, hast du keine Wahl – bei jedem Sturm bist du auf offener See. La tempête a béni mes éveils maritimes, plus léger qu'un bouchon j'ai dansé sur le flots ...*«

»Sind Sie schon lange so unterwegs?«

»Das dritte Jahr. Das Festland ist nicht bereit, dem Saba seine Juwelen zu verzeihen. Sie sind ihm tonnenweise aus dem Ärmel geflogen. Aus dem linken die Brillanten, aus dem rechten die Smaragde. Er hat sie der Menschheit großzügig vermacht, aber sie hat sich undankbar gezeigt.«

»War eine Molekularmaschine im Spiel?«

»Exakt. Bon appétit, Monsieur.«

»Merci bien.«

Der Steward ließ mich allein mit den jüdischen Snacks + dem rheinischen Wein. Wirklich bemerkenswert, dass mich das Thema Molekulartechnik selbst auf offener See wieder einholt ... Wobei das mich betreffende Monstrum doch sehr viel weiter nördlich von hier seine Höhle hat: im Berg Manaraga. Ein schöner Berg. Manaraga heißt Bärentatze auf Nenzisch, so hat mich der Floh informiert. Passt! Ein steinerner Bär, der dem Himmel droht. Der Großen Küche, genauer gesagt. Und unsereins soll ihn erlegen ...

Na gut. *Prosit.* Auch dieses war ein reichlich gelungener Tag.

* (franz.) Ein leichter Korken, tanzt ich dahin auf steiler Welle: / die erste Meerfahrt haben die Stürme benedeit ... (Paul Celan).

30. MÄRZ

Nachts: im Flieger Barcelona–Sankt Petersburg-Sachalin. Den Schlaf schieben wir noch etwas hinaus. Bekam plötzlich Lust auf zeitgenössische Prosa. Schließlich bin ich nicht nur Leser andrer Leute; ich darf lesen, wonach mir der Sinn steht. Aber ich weiß nicht, wann ich das zum letzten Mal gemacht habe. Der Floh hat mir einen Autor ausgesucht, der gerade in Mode ist; Hätschelkind der Nachkriegs-Intelligenzija.

Also:

Ist sie weg wird der duft des zuue *in unserer wohnung noch stärker als in ihrer gegenwart was logisch ist denn die stärkste ihrer* zuue-*protuberanzen wird ausgeströmt wenn sie das haus frühmorgens verlässt also vor überschreitung der grenze zwischen beherbergungsraum und umgebung interieur und exterieur ganz wie es sich gehört für zoomorphen der Sechsten Familie so ist unser hübsches heim sehr bald durchdrungen vom* zuue *was mich höchlich erfreut worüber ich mich selbst vergesse und diese freude ist eine ganz andere vielleicht ist der ausdruck überhaupt zu gering nicht freude ekstase würde ich sagen nämlich ekstase durch abwesenheit was etwas ganz anderes ist als ekstase durch berührung sagen wir der rosen ihres göttlichen geweihs dieser heiß geliebten fein gezwirbelten mächtigen mitternächtlichen gebieterischen genießerischen goldenen spiralen oder durch anschmiegen an die bezaubernd tiefen beharrlich moschusduftenden nüstern oder das entzücken von den korallenroten zitzen immer bereit mir das maul mit bittersüßer milch zu füllen ihrer milch mit der sie schelmin es liebt um sich zu spritzen am liebsten obenauf wenn die mageren schultern beben vor schwellendem behagen mit jeder bewegung ihres torsos dessen strohgelbe wolle mir den bauch kitzelt und aus dem halb offenen mund tönt ein blöken vorgefühl unseres großen gemeinsamen zuckens oder die mitternächtliche entleerung auf dem dach in einträchtigem schweigen wie vater und tochter mond auf dem gehörn das köpfchen geneigt in demut und konzentration die feuchten augen blitzend in der dunkelheit über uns das weltgesetz und der bestirnte himmel in uns und alles erstarrt in kostbarer ewigkeit in der reglosigkeit aufgeklappter spiegel auf dass unser geheiligter kot in der finsternis funkele wie ein schwarzer brillant aber nein nein nein nein es ist eine freude anderer Art* zuue *diese abschiedsprotuberanzen bergen in sich so viel zartheit verheißung beiderseits unauslöschlicher gefühle so viel wärme aus kopfloser liebe wunderglauben verdächtigungen und die kälte ihrer treuebrüche die so gnadenlos unvorhersehbar grausam ihr schmiegsamer körper doch so nötig hat dass ich sie atme atme atme atme während ich umgehe in unserem schlafgemach einatme wie das göttliche ozon mir über sie zugeeignet von der Sechsten Familie essenz aus der tiefe ihres stammes die mein blut zum brodeln und in den venen zum stocken bringt substanz die das hirn berauscht und die gefühle ernüchtert als wäre man vor seiner erschießung an die wand gestellt mea culpa stoff der die ganze bezaubernde ausweglosigkeit unseres bundes offenbart aber was heißt bund ich weiß noch wie himmlisch-fantastisch sie dastand in ihrem brautkleid ja-a-a-a! blökte in erwiderung der frage des kahl geschorenen priesters und ihre milchprallen brüste wippten dazu so dass ich erstmals gewahr wurde wem und was mich zu verschreiben ich im begriff war und fauchte doch mein yes-s-s! dass der schreck durch die silbergeweihe ihrer gesitteten weißbärtigen erzeuger fuhr und ihre brust wippte nur noch mehr da sie begriff dass auch ihr gelinde gesagt kein ganz gewöhnlicher bund ins haus stand meine krallen missfielen ihr noch in der ersten nacht sie stößelte schlug aus flehte floh das mondlicht blieb uns auf den fersen und ihr rücken mit den frischen klauenspuren schimmerte in der flucht der türstöcke ich setzte ihr nach sprung um sprung auf sanften tatzen über den kühlen boden ein letzter satz noch und es war so weit ihr stöhnen süßer fratz opfer meiner goldbehörnten pracht das knirschen ihrer oberschenkelhälse pfirsichatem aus gepresster gurgel und anderntags umwallt von weihrauchschwaden als der kahlkopf von pastor die jungfer mit goldberingtem finger zusperrte ein für allemal doch die protuberanzen* zuue *oh diese protuberanzen in eile versprüht dann das glucksen des türschlosses und das klappern der hüfelein frisch mit gold beschlagen und die abfahrt des automobils ich atme das* zuue *aus voller brust jedes härchen an meinem maul stellt sich auf und bebt ich fauche dass die betonmauern erzittern kralle mir einen eichenstubben nässe daran gebe meinem gefühl einen flüchtigen hafen aus träumen und hoffnungen traum vom wiedersehen hoffnung auf fortführung des bundes allmorgendlich aufs neue lasse ich meine goldhörnige freude ziehen sage mich los von ihr schier ewiglich unwiderruflich und öffne trosthalber den kleiderschrank der angetrauten dringe ein in den duftenden freudengarten meine nüstern saugen die seide der kleider an versprenge hie und da einen tropfen harn über der batterie ihrer schuhe o ihr hochhackigen hochhackigen hochhackigen die ihr mich immerzu um feuer bittet o ihr schlappen gurte büstenhalter korsette o dieser schaum von unterwäsche in den ich eintauche morgen für morgen und wieder ans ufer krieche um sie des abends wiederzusehen nach arbeitsreichem tag und immer wie beim ersten mal mit zornigem fauchen herzensglut zähnen und klauen peitschendem schweif geifernden augen sabberndem maul bis dass die beine zittern bis die gelenke knacken und wie kläglich sie blökt wenn ich sie abschleppe meine zarte beute hin zum liebeslager bordeauxrot von unser beider geronnen blut so lass ach lass mich atmen trinken dein abschieds-*zuue *du meine zartfüßige spiralhörnige pracht und ich erkenne erspüre erbebe ertaube ersterbe und erstehe im namen unserer überirdischen unserer ungeheuerlichen liebe.*

Stellt sich mir gleich die professionelle Frage: Was ließe sich darauf grillen? *Fusion* oder wie? Assemblage aus diversen Früchten, Süßkartoffeln, Fleisch von Nutria und Habicht? Denkbar wärs. Nur leider als Scheit nicht zur Verfügung stehend – das ist der springende Punkt. Sind ja nur elektronische Blitze. Die zeitgenössische Literatur lebt ausschließlich im holografischen Raum, sie braucht kein Papier. Auf einem Hologramm aber lässt sich nun mal kein Steak grillen. Darum lesen wir generell keine zeitgenössische Prosa. Obwohl es nach dem Krieg nicht wenige gab, die den Wunsch verspürten, sich auszusprechen, und Schriftsteller wurden. Die etwas auf dem Herzen hatten. Das ist normal nach solchen Irrungen und Wirrungen. Wobei es in alle Regel Invaliden waren, Kriegsversehrte, die zu schreiben anfingen. Daraus entstand sogar ein Verband, die Europäische Assoziation schreibender Invaliden. In den Zeitungen war bereits von einer neuen Welle zu lesen; »Krüppelwelle« im Sprachgebrauch der zynischen Boheme. Unser Felssporn – die Große Küche – blieb von dieser Welle unberührt. Da war keiner, dem der Wunsch, etwas Neueres zu lesen, auch nur über die Lippen kam. Uns liegt daran, das Niveau zu halten ...

Um Mitternacht landet unsere Maschine zur Betankung in Sankt Petersburg – jener schönen Stadt, die Peter der Große einst auf den Knochen der russischen Bauern errichten ließ. Der Floh weiß zu sagen, die Bauern seien damals dörferweise herbeigeschleppt worden, ihre Knochen in riesigen Kesseln ausgekocht und gehäckselt, zu Mehl vermahlen, der beim Auskochen entstandene Kleister wurde anschließend wieder beigefügt, Schotter dazu, und fertig war der sogenannte *russische Beton*. Aus solchen Blöcken wurde das Fundament für Sankt Petersburg gelegt. Und alles, was recht ist: Die Stadt steht fest bis zum heutigen Tag. Da gewesen bin ich bis heute nicht. Hab da nie gelesen. Keiner lädt mich ein! In den letzten zwei Dekaden hatten sie dort wohl andere Sorgen.

Morgens: Sachalin. Anflug auf den Archipel Holo. Unter mir eine der Inseln aus dem Imperium holografischer Traumfabriken. Während des Krieges sind viele Holo-Magier auf diese Inseln geflohen, um ihre Produktion vor dem Neuen Mittelalter in Sicherheit zu bringen. Und das mit Erfolg. Inzwischen gibt es, wenn man dem Floh glauben mag, 34 solcher Inseln. Sachalin ist eine davon. Die Traumfabriken liegen sämtlich auf dem Archipel. Das Holo-Imperium funktioniert absolut autark, versorgt sich selbst mit allem Notwendigen. Von Schampus, altmodischem Kokain und diversen Delikatessen abgesehen, wird nur das menschliche Material vom Festland eingeführt – Schauspieler und Schauspielerinnen.

Seinen ersten Hit produzierte der Archipel Holo gleich nach Unterzeichnung des Dijoner Friedens und brachte ihn im Nachkriegseuropa groß heraus: *Lolita*. Das erste vollwertige Holo-Produkt überhaupt. Da jährte sich die Verfilmung des Nabokov-Romans durch Stanley Kubrick gerade zum hundertsten Mal. Vater, der die alten Flachfilme so liebte und wertschätzte, hielt ihn für den schwächsten dieses Regisseurs. »Er hat Humbert nicht ins Herz zu sehen vermocht«, so sagte er. Das ist nun ein Jahrhundert später dem genialen Archie Harout mehr als gelungen. Und mit ihm sind Millionen Männer in Kopf und Herzen des liebestollen Professors gewesen. Lolita wurde gespielt von einer authentischen Vierzehnjährigen, die der Regisseur auf einem Markt in der Ruinenstadt Brüssel fand. Das Liebesstrohfeuer der Fühlkörper war nicht weniger skandalumwittert als einhundert Jahre zuvor. Und ebenso wie vor hundert Jahren hat das arme Mädchen, der Kopulationen in den Ruinen auf den Brandfeldern Europas leid, nichts gegen erlesene Erotik in komfortabler Umgebung einzuwenden gehabt, und Holo stand es durch. Natürlich in vielerlei Hinsicht ein Männertrip, das Ganze. Millionen einstige Verfechter der Alten Welt saßen in den Kinosälen und vergossen Sperma und Tränen. Das Holo-Imperium sahnte ordentlich ab und ließ das Fließband der Träume anfahren: Komödien, Kriegsfilme, Melodramen. Alle Weiblichkeit war hingerissen vom Holo-Remake der alten Klamotte *Vom Winde verweht*. Die Handlung nun natürlich in Europa angesiedelt, nämlich in der Provence: das Violett der Lavendelplantagen, Mädchenfreuden, erste Liebe, das unweibliche Gesicht des Krieges, schmutzige Mudschaheddin mit Krummdolchen und Krummschwänzen dringen in die alten Familiensitze ein, Kuss im Feuerschein, Geburt, neuerliche Schwangerschaft, Fehlgeburt, Verlust des Geliebten, im Nebel versinkende alte Hoffnungen und die Stimme des Vaters, wie sie sich in die Herzen der Kinokartenkäufer schneidet: »Ach Scarlett, irgendwann wirst du heimkehren ins Le Chateau de Mauve-Brise. Und morgen ist auch noch ein Tag.«

Lavendelduft erfüllte den Saal, die Heldin hielt ihr hübsches Gesicht in den violetten Wind ihrer Heimat. Die Frauen weinten. »Scarlett«-Lavendelseife bekam man an jeder Ecke angeboten. Und es begann die Ära der Holo-Girls und des Holo-Imperiums ...

Am Flughafen werde ich abgeholt und vor Ort gebracht. Eine Stretchlimousine fährt vor, in der für gewöhnlich die Holo-Stars chauffiert werden. Ringsum üppiges Grün, dazwischen würfelige Pavillons. Das Flachkino verrannte sich bekanntlich in der Überproduktion digitaler Wunder: Monster, Dinosaurier, Reisen durch die Galaxien, Fantasy-Metamorphosen gingen der Menschheit auf den Wecker, sie verlangte nach Menschenmaß. Erst recht nach dem Krieg wollten die Zuschauer ihren Gefühlshaushalt erden. Da hatte das Holo-Imperium ihnen etwas zu bieten. Fantasy-Holos werden derzeit ausnehmend wenig produziert. Die Leute wollen simple Storys sehen: Liebe, geistige und sinnliche Freuden, Eifersucht, religiöse Exaltation, Crime, Suspense, Horror, trautes Heim. Die Handlung auf den Erdkreis beschränkt. Komödien sind das vorherrschende Genre. Und Klassik ist natürlich immer noch gefragt – ausgestattet mit neuem visuellem und emotionalem Volumen. Dank dieser beiden Trümpfe ließen sich alle Dinos und kosmischen Invasoren ausbooten. Kinder von heute gucken Holos mit lustigen und gefährlichen Abenteuern ihrer Altersgefährten auf dem Planeten Erde. Dazu passt die traurige Feststellung unserer eierköpfigen Spezies, dass es im weiteren Universum nicht nur an vernunftbegabten Mitbewohnern gebricht; nicht einmal niedrigstes Leben kommt vor. Wir sind von toter Welt umgeben.

»Ironie der Schöpfung!«, wispert mein Floh.

He-he. Ich sehe den Alten vor mir, wie er in seinen Bart grinst. Auf Proxima-B ist auch keiner, trotz aller »günstigen Naturbedingungen« ...

Wir langen an. Vor den Fenstern der Limousine ist es diesig. Der Wagen hält, die Tür wird mir aufgetan. Ich steige aus. Brandgeruch, wie zu erwarten. Kieselsteine knirschen hübsch unter meinen Schuhen. Vor mir eine lange Tafel. Dreizehn Personen haben Platz genommen.

Der Auftrag ist schon etwas älter, vereinbart vor sieben Monaten. Ein bekannter Regisseur, der das Publikum selten, aber verlässlich mit Holo-Klassik erfreut. Und jedes Mal nach Abschluss der Dreharbeiten gibt es das Gleiche Ritual: Er fackelt die Kulissen ab, setzt einen Tisch auf die Brandstätte und richtet ein Heiliges Abendmahl für seine Akteure aus. Unausgesprochen nimmt er dabei natürlich die Rolle des Jesus Christus ein. Der Dreh beansprucht bei ihm übrigens extrem viel Zeit, aber es zahlt sich aus. Zuletzt hat er die *Madame Bovary* gemacht, nun sind *Der Meister und Margarita* an der Reihe.

Dann wollen wir mal ...

Mit dem Köfferchen in der Hand nähere ich mich der Tafel. Der Kies knirscht. Versammelt sind die handelnden Personen des Romans, und zwar in voller Maske: der fette schwarze Kater, das nackte Hausmädchen Hella mit Schürze, der karierte Korowjow, der düstere Voland im grauen Dreiteiler und der Meister mit dem Mützchen. In ihrer Mitte der Regisseur, ein blonder junger Mann mit Brille, zeitgenössisch, eher nachlässig gekleidet. Wenn ich nur wüsste, wem er ähnlich sieht. Sags mir, Floh!

»Andy Warhol (06.08.1928–22.02.1987), Künstler, Erfinder der Pop-Art. Äußerliche Übereinstimmung: 86,4 %.«

Richtig. Und wie alt ist der Regisseur wirklich?

»72 Jahre.«

Na prima. Sieht aus wie 30 und hat schon so viel vollbracht.

»Guten Tag, Herr Koch!« Der Regisseur erhebt sich, ein freundlich-verschämtes Lächeln auf den Lippen, reicht mir die Hand.

»Meine Hochachtung.«

»Bei uns ist alles bereit, das Fest kann losgehen.«

Sein verschämtes Lächeln ist eine mächtige Waffe, die er einzusetzen weiß. Man versteht, wieso Produzenten Millionen in ihn investieren und geduldig warten, bis er mit seinem nächsten Produkt niederkommt.

Das Grillbecken steht unmittelbar vor dem Tisch. Daneben der von den Zustellern gelieferte Metallkoffer. Kellner schenken Champagner aus. Zwei von ihnen stehen mir zur Verfügung. Ich kleide mich rasch um und öffne den Koffer. Darin liegt die erste russischsprachige Ausgabe des Romans (Posev-Verlag, Frankfurt a. M. 1969). Ich nehme sie heraus und lege sie auf ein Silbertablett, mache damit die Runde. Kommentare lassen nicht auf sich warten.

Hella: Das sieht ja toll aus!

Korowjow: In Dreiteufelsnamen, das ist es doch nicht, womit alles anfing! Wo ist das Manuskript, Asasello?

Asasello: Du weißt doch, dass man auf Manuskripten nicht grillen kann. Sie brennen nicht.

Warenucha: An ein Manuskript zu kommen ist gar nicht so einfach. Da muss man ganz andere Summen lockermachen.

Kater (*dem Regisseur zuzwinkernd*): Wenns nicht noch einen dritten Take gibt vom Satansball, mia-aau, dann könnten Sie sich das Manuskript doch leisten?

Regisseur: Man muss keinen Kult draus machen aus so einem Manuskript.

Voland: Scheint ganz anständig aufgelegt.

Margarita: Ist das tatsächlich im Untergrund gedruckt? So mit vollem Risiko? Geheimhaltung und so?

Berlioz: Das ist in Deutschland gedruckt, in einem Emigrantenverlag. Nicht in der UdSSR.

Besdomny: Da hast dus! Antisowjetische Propaganda! Reinsten Wassers! Ich wundere mich, dass man den Autor nicht erschossen hat.

Pilatus: Der Verfasser hat Ruhe und Freiheit verdient.

Lichodejew: Book 'n' Grill auf einer Brandstätte, das ist stark. Ganz stark!

Meister: Hm. Ein Buch, das ist kein Manuskript. Das brennt allemal.

Ein Beistelltisch wird neben den Grill gerollt, darauf das kulinarische Produkt: dreizehn kleine Henkelbecher aus Metall, eine Art Miniaturausgabe von Retro-Kochtöpfen. Auf den Henkeln kann man das Firmenzeichen *Mosselprom* eingeprägt sehen. In jedem Töpfchen liegen 1 Stück

Zander + 1 Möhrenscheibchen nebst Gewürzen. Das Arrangement hat der Regisseur sich ausgedacht.

Die Flöhe bringen das betreffende Romanzitat in Erinnerung: Zander *naturell*, zubereitet im Restaurant *Gribojedow*. Na ja doch, kennen wir, haben wir alles gelesen. Und diesen Zander muss ich jetzt sozusagen zum Vortrag bringen.

Die Henkeltöpfchen werden in die Mitte des Rostes gerückt, das Streichholz flammt auf, das Excalibur schlägt die Titelseite um. Meine Handgriffe sind präzise und nicht zu beanstanden. Kein Wind weht, aber auch darauf wäre ich eingestellt. Ausklappbare Schirme sind zur Hand.

Voilà!

Das Mysterium hat begonnen.

Margarete: Feuer! Feuer! Satanisches Feuer!

Voland: Jetzt übertreibst du. Mich betrifft das nicht.

Kater: Messere, wir sind so oder so entzückt! Ein Fischlein fein, was will man mehr!

Korowjow: Ich hoffe, die Zanderchen haben den ersten Frischegrad? Herr Regisseur?

Regisseur: Fisch aus sibirischen Flüssen. Frischer gehts nimmer.

Lichodejew: Ein Schnäpschen dazu wär nicht schlecht ... Herr Ober, Wodka!

Warenucha: Kleine Stärkung nach dem großen Schlussfeuer, das ist doch mal ’ne Hammeridee. Ohne was zu beißen kann der Mensch nicht leben!

Meister: Dass der Mensch immer noch an den symbolischen alten Ritualen klebt ... Wie öde ist doch die Welt, Margot.

Besdomny (*deklamierend*): Fisch war meine Leidenschaft – nur damit ihrs wisst! Als ich noch ein Reimschmied war und ein Atheist! (*brüllt:*) Wo-o-odka, ihr Säue!!

Hella: Puh, lass gut sein. Ich sage: Chablis. Nur Chablis!

Pilatus: Fischsuppe duftet besser als Rosenöl. Viel besser!

Berlioz: Aber irgendwas geht da schief. Der junge Mann scheint der Sache nicht gewachsen ... Guckt euch das an!

Verdammt.

So eine Sch-sch-sch... *Ka*

ta

stro

phe!!!

Die haben mir ein feuchtes Scheit untergeschoben. So etwas kommt in der Großen Küche immer öfter vor. Mir passiert es zum ersten Mal.

Beginnend mit der Szene im »Gribojedow«, ist das Papier auf einmal feucht. Versiert eingefädelt: Die Ränder trocken, nur in der Mitte Feuchtigkeit. Anscheinend in den Buchrücken injiziert. Aber ich habe es doch geprüft. He, ihr Flöhe!! Wollt ihr mich foppen?!

»Aber nein, geliebter Herr, das Scheit war trocken bei der Inspektion: Feuchtigkeit 2,6 %. Wahrscheinlichkeit einer im Buchblock deponierten Ampulle, die bei Erhitzung des Scheits Nässe abgibt: 76,5 %.«

Kacke, verdammte. Ein Buch durchleuchten, das können sie offenbar nicht.

O Flöhe, unallmächtige.

Rauch, Ruß, Klumpenbildung ...

Excalibur, hilf!

Ich hantiere damit wie ein Fechter, versuche die Flamme an den Rändern der Seiten am Leben zu halten. Aber das bringt nichts! Die Mitte ist ein Sumpf. Und die Hektik macht mich zum Clown. Mit einem nassen Scheit lässt sich rein gar nichts mehr anfangen. Darin ersäuft jeder.

Die Lesung fällt aus.

Reingelegt ... Hurensöhne!

Schluss, aus, Ende.

Das Buch raucht. Es glimmt kaum noch.

Schwaden und Schmach.

Und die Abrechnung naht ...

Voland: Junger Mann, sagen Sie mal, gibt es beim Book 'n' Grill den zweiten Frischegrad etwa auch?

Margarita: Was macht der denn da??

Kater: Messere, wir werden hier schmählich betrogen!

Korowjow: Bah! Wir sind einem Scharlatan aufgesessen, meine Herren! Prost Mahlzeit! Und insbesondere Ihnen, junger Mann, darf ich untertänigst gratulieren ...

Ich *(im verzweifelten Versuch, das schwindende Feuer zu retten)*: Meine Herren, die Konkurrenz hat einen feigen Anschlag gegen mich verübt ... Das Buch wurde eingenässt! Auf infamste Weise!

Besdomny: Er will uns das Fest verderben!

Hella: Heißt das, ich trinke hier ganz umsonst Chablis? Du Schuft! *(kippt mir den Wein ins Gesicht)*

Warenucha: Das ist dir ein Lumpenhund! Und tut hier vornehm ...

Berlioz: Sag ich es nicht schon immer: Diese Mode ist schändlich und führt zu nichts Gutem!

Ich *(hoffnungslos hektisch)*: Meine Herren, ich komme selbstverständlich für alle Verluste auf ... wir können die Tafel in wenigen Tagen nachholen ... alles wird bestens sein, das kann ich Ihnen versichern ... dann wird ein garantiert trockenes Buch geliefert ... unsere Küche erstattet alle Unkosten ...

Besdomny *(erhebt sich drohend, wirft den Stuhl dabei um)*: Deine Teufelsküche erstattet uns einen Scheißdreck!

Kater: Usurpator! Mia-au-u-u!

Asasello: Du elende Laus!

Regisseur *(mit nettem, entschuldigendem Lächeln)*: Ich fürchte, Sie kriegen gleich Dresche ...

Was auch geschah.

3. APRIL

Abends: Zuschlagen können die Holografisten, das muss man ihnen lassen: zerschlagene Lippe, Veilchen unterm Auge, ein paar Beulen am Hinterkopf, kaum nachlassender Schmerz in der linken Hüfte. Außerdem dröhnt die linke Schulter. (Wieder die linke ...)

Erst leerten sie die Töpfchen mit dem lauwarmen Zander über meinem Kopf, dann nagelten sie mich in die Asche ihrer Kulissen. Am Ende steckten sie mich ins Taxi zum örtlichen Flughafen. Selbstverständlich auf meine Kosten.

Leider gehören Übergriffe dieser Art zum betrüblichen Alltag in unserer Nachkriegswelt. Man denkt, der Krieg ist zu Ende – doch die Leute hören nicht auf, einander zu verdreschen: auf der Straße, in Restaurants und Geschäften, Spielhöllen und Bordellen, Banken, Wäschereien, Fernzügen ... Philosophen sehen darin den immer deutlicher klaffenden Riss in der christlichen Moral. Aber die Moslems stehen den Christen in dieser Hinsicht gar nicht nach.

Ich war nie ein Freund von Handgreiflichkeiten. Als Kind flink und gewandt im Laufen und im Schießen, bei jedem Spiel dabei, ging ich Prügeleien aus dem Weg. Mal eine Ohrfeige – gut. Einem Mädchen die Hand ins Höschen schieben – ich war dabei. Klauen – kein Problem. Dem Lehrer in die Tasche des Mantels am Haken pinkeln – selbst das. Aber Prügeln ging mir gegen den Strich.

Jetzt bin ich auf Hokkaido, wohin es zum Glück nicht weit war von dem vermaledeiten Sachalin. Das mir – und meinen Flöhen – wohl noch länger in Erinnerung bleiben wird.

Seit drei Tagen spanne ich ab in diesem sehr guten Hotel, das eine heiße Quelle hat. Süffle Puffreistee, schaue aus dem Fenster auf die japanischen Kiefern und versuche das Vorgefallene aus dem Kopf zu kriegen. Der rote Floh hilft mir dabei. Unser Sicherheitsdienst ist über den Anschlag informiert und ermittelt.

Dumm gelaufen, aber was solls.

Bücher brennen doch nicht immer, fürwahr. Und es ist beileibe nicht nur Wasser, was sie uns hineinspritzen. Hat man Pech, ist es Sprengstoff, dann fliegen die Bücher in die Luft. Vier tote Köche und sieben versehrte sind die Bilanz. Wie sagte Zokal so schön: »Eins musst du wissen, Géza: Das Handwerk, das du da lernst, ist einträglich und interessant, abwechslungsreich und gefährlich.«

Wer hat mir das »tote Schwein« untergeschoben?! Die Zusteller? Die Kollegen Köche? Irgendwelche Buchschützer? Die Security wird sich herangraben.

So ist das nun mal: Nicht jedes Scheit hält, was es verspricht.

Übrigens verbrennt bei einer Lesung auch im Normalfall nicht alles Papier. Zum Buchrücken hin bleiben Streifen stehen, wir nennen sie Schmetterlinge, und manchmal ganze Inseln inmitten der Seiten. Äste heißen die im Küchenjargon. Wir pflegen sie zu sammeln – in holografischer Form, versteht sich; aus den Museen entwendete Erstausgaben mit sich herumzuschleppen, und sei es in verkohlten Resten, wäre Hasard. Insgesamt 139 Äste enthält meine Sammlung. Der neu hinzugekommene ist nunmehr der allergrößte: eine beinahe vollständige Seite aus *Der Meister und Margarita*, nur die Ränder angekokelt. Es ist die Stelle, wo die unsichtbare Heldin nackt auf dem Besen dem Kritiker Latunski zum Fenster hineinfliegt, der mit seiner Rezension zum Roman über Pontius Pilatus den Meister ins Verderben gerissen. Die Verwüstung dieser Wohnung ist auf dem Ast festgehalten, welcher jetzt im vorabendlichen Dämmerlicht meines Hotelzimmers vor mir aufpoppt:

...tbare Fliegerin zügelte sich, doch ihre Hände flatterten vor Ungeduld ... ...eibeskräften schrie das Becker'sche Hausinstrument. Was hatte es denn getan? Die Tasten brachen, die beinernen Plättchen barsten nach allen Seit...

...chend bearbeitete Margarita mit dem Hammer die Saiten. Endlich hielt sie ... ...ete ein Strom aus der Küche in den Korridor. Barfuß patschte Margarita durchs Wasser, schleppte ganze Eimer voll aus der Küche in Arbeitszimmer des Kritikers und goss sie in in die Schreibtischschubla...

Usw.

Mannomann. Fünfundvierzig Mal habe ich Bulgakow gelesen und immer weitgehend reibungslos. Nur zwei Äste insgesamt sind übergeblieben. Einer aus dem *Theaterroman*:

...fall und Gelächter flatterten auf, und man hörte das Schmätzen von Küss... ... andere küsste er auf beide Wangen ... wandte er sich scherzhaft ab ... die weiße Hand vors Gesicht, als blende ihn die Sonne ... ...ch schien er zu verkennen, denn er küsste mich dreimal ab ... ...nen Geruch nach Kognak, Eau de Cologne und Zigar...

Und einer aus dem *Hundeherz*:

... ist eine verzwickte Sache. Man muss sich drauf verstehen, und stellen Sie sich vor, die meisten Menschen verstehen sich nicht darauf. Man muss nicht nur wissen, was man isst, sondern auch, wann und wie ... und was man dabei spricht ... ...rechen Sie bei Tisch niemals vom Bolschewismus und von der Medizin ... ...tienten, die keine Zeitung lesen, fühlen sich ausgezeichnet ... ... die ich zwang, die »Prawda« zu lesen, haben abgenommen! ... »Hm«, brummte ... ... rosig von Suppe und Wodka ...

Ich bin Profi. Das war ich, das bin ich, und das bleibe ich. Allen Schuften zum Trotz.

Floh! Ich brauche einen guten Traum! Einen sehr guten! Der mich aufbaut! Wenn du das nicht hinkriegst, hol ich dich raus und mach dich platt!!!

Mit gezücktem Säbel breche ich des Nachts ins Schlafzimmer von des Sultans Harem ein. Kraft im Leib und Verlangen. Einen Wächter spalte ich längs, dass Blutfontänen zischen, mich nass spritzen. Den nächsten erledige ich mit einem furchtbaren Tritt vor die Brust – er fliegt an die Wand und bleibt dort kleben. Eunuchen, deren Glatzköpfigkeit an Antiquare denken lässt, stieben durch das Serail, doch da ist kein Entkommen: Mein Säbel singt sein grausam Lied, Fetzen zerhackter Körper fliegen nach allen Seiten. Und endlich die gelobte Tür mit den inkrustierten Arabesken. Ein Tritt – und ich bin drinnen. Die 69 Frauen des Sultans, spärlich bekleidet und schlaftrunken, kreischen vor Entsetzen. Schon ragt mein Schwert warnend in die Luft: keinen Ton! Sie fallen vor mir auf die Knie. Ich zwinge sie unter mich, eine nach der anderen. Sie sind ganz verschieden: weich und warm, hilflos, zierlich oder drall, blutjung oder etwas älter, großbrüstig oder schmal. Ich will sie alle! In meinem Phallus ist so viel Wucht und Feuer! Er arbeitet wie ein Superkolben: ein paar mächtige Stöße, und schon bricht ein Schwall Sperma in die betreffende Vagina. Die Frauen stöhnen und schreien. Ihre Stimmen sind, so wie ihre Leiber, ihre Mösen, denkbar verschieden. Die eine stöhnt, die andere lamentiert, die dritte murmelt ein Gebet. Einzutauchen in ihre bebenden zarten Leiber ist wie ein Bad im Meer. Und schon ist die Letzte an der Reihe: Ich zwinge ihre erlesenen Beine auseinander – die Füßchen mit Geschmeide, ein Ringlein an jeder Zehe –, pflanze den zitternden Körper auf meine Kanone. Eine Salve Sperma brettert hinein wie ein Fangschuss. O-o-oh! Der Orgasmus schüttelt mich wie ein epileptischer Anfall. In die-

sem Augenblick werde ich von kräftigen Männerhänden gepackt und zusammengefaltet, über einen Flur geschleift, ungeachtet meines mächtig ragenden und spritzenden göttlichen Organs. Man wirft mich in ein finsteres, klammes Verlies. Schmutz und Wrasen um mich her, Schlangen und Ratten, Spinnen, Tausendfüßer. Ich zerstampfe sie mit bloßen Füßen, dass es knackt und spellt und kreischt. Ich vernichte alles Geschmeiß, bis auf die letzte Kreatur. Und die Zeitlosigkeit bricht an. Ich bin allein in dem Verlies. Allein mit den steinernen Wänden. Ich berühre sie. Die Zeit vergeht nicht. Es ist das Grauen! Ich bin gefangen in der Zeitlosigkeit wie eine Fliege im Bernstein. Ich. Und die Ewigkeit. Mir wuchert der Bart. Wie viele Jahrzehnte werde ich hier zubringen müssen? Geschieden von der Welt durch einen steinernen Sack. Von hier ist kein Entkommen. Ich heule wie ein Wolf. Zerkratze die Wände, renne mit dem Kopf dagegen. Sie sind unverrückbar. Es ist grässlich. Die Zeit steht still. Doch auf einmal – Licht und Lärm. Ich werde ergriffen, hinweggezerrt. Und schon bin ich auf einem großen Platz. Eine Menge asiatischer Gesichter glotzt mich schweigend an. Die Blicke sagen nichts Gutes. Etwas ist im Gange. Etwas Bedrohliches, Furchtbares. Man reißt mir die Lumpen vom Leib, streckt mich über einen Tisch und fixiert mich. Auf dem Platz wird es still. Man kerbt mir Hände und Füße mit dem Messer. Und Dutzende Frauenhände, ganz verschiedene – sie gehören zu den Frauen des Sultans, an denen ich mich vergriff –, gehen daran, mir die Haut vom Leib zu ziehen. Der Schmerz ist unerträglich, ich jaule, zerre, pisse, flehe, brülle, zittere, und meine Haut reißt krachend vom Fleisch reißt krachend vom

Fleisch Frauenmünder lachen Haut kracht und reißt kracht und reißt kracht und reißt reißt und reißt. Die Menge brüllt und klatscht. Mein gehäuteter Leib wird vom Tisch gezerrt und in den Dreck geschmissen. Und eine Meute herrenloser Köter fällt über mich her, fetzt mich in Stücke.

He, Floh! Der Traum war genial!!!

Hab Dank, mein kluges Insekt.

Nach so einem Traum macht die Sache wieder Spaß. Man freut sich des Lebens, atmet aus voller Brust. Und verrichtet sein Werk, das so wichtig und schwierig und gefährlich und den Menschen ein Bedürfnis ist.

4. APRIL

Mittags: So weit sind wir nun schon: Auch die Gangster wollen etwas vorgelesen kriegen. Siebenbürgen, Ortschaft Braşov, Zitadelle auf einem kleinen Berg. Italo-rumänische Hochzeit. Der Bräutigam: Sizilianer, Sohn eines berühmten Goldfischhändlers – die Fischlein sind im Nachkriegseuropa Droge Nummer eins. Die Braut: Tochter eines Banditen aus der Region, Siebenbürgens herrschender Elite zugehörig. Der Festlichkeiten dritter Tag. Fünfhundert geladene Gäste. Nach der Großen Schlacht bei Klausenburg und dem sogenannten Transsylvanischen Frieden haben ein paar kurz währende, auf die Region begrenzte Kleinkriege die Claims abgesteckt. Jetzt ist hier alles geklärt, die Macht liegt in den Händen einer paramilitärischen Kamarilla, umringt von einer Meute getreuer Kettenhunde. Im Unterschied zu Languedoc, Preußen und Bayern hat sich die Idee der Monarchie in Transsylvanien noch nicht etablieren können. Hier herrscht primitiver Feudalismus. Neue

Draculas im Überfluss, deren festungsartige Schlösser ein düsterer Schmuck der transsylvanischen Landschaft sind. Diese Hochzeit ist ein beredtes Beispiel dafür. Das Fest geht in einer erhöht gelegenen alten Zitadelle vonstatten, umgeben von ruinösen Siedlungsresten, die früher einmal etwas wie eine Stadt gewesen sein dürften. Die Türme der Zitadelle sind mit Flammenwerfern, Selbstladekanonen und Maschinengewehren besetzt; rings um die Anlage ist eine unauslöschliche Lichtschranke gezogen, dazu engmaschig postierte Wachen mit MPs. Sieht wahrlich nicht so aus, als würde die Obrigkeit ihrem Volk übermäßig vertrauen ...

Die Hochzeit wird auf dem Hauptplatz der Zitadelle gefeiert. Der heutige Tag ist ganz dem Book'n' Grill gewidmet. Neunundsechzig Köche der Großen Küche treten an. So etwas kommt vor. Die Herrschaften hier haben bei der Gelegenheit auch das Rennen um die Lesung der *Toten Seelen* für sich entschieden; es hat genau acht Sekunden gedauert. Ich weiß nicht, wie die anderen Köche es sehen – für mich ist das heute eine Ausnahme. Bestimmt ist auch ein Nachtisch geplant. Geld haben sie wie Heu: Nach der Schlacht verblieb der Goldschatz von Aboubakars Heerscharen in Transsylvanien. Man feiert auf großen Fuß!

Die Hochzeitsgesellschaft thront an einer riesigen Tafel, die die Form eines Torus hat, in dessen Mitte wir, die Leser, uns nun wiederfinden. 69 Grillbecken! Davor aufgereiht, ganz in Weiß, jeder mit seinem Köfferchen: James, Sasha, Lee, Eric, Lukas, Alvizo, Michel, Michael, Marcel-Bretteur, Nicolas, Rex, Vittorio, noch ein Vittorio, Slavoj, Georg, Gordon, Vladimir, Valentino … So schnell sieht man sich wieder. Wir zwinkern einander zu.

Diener mit Tabletts treten auf. Wir öffnen die von den Boten angelieferten Koffer, platzieren die Scheite auf den Tabletts. So werden die Erstausgaben dem undankbaren Publikum unter die Nase gehalten. Die Charge ist bunt und ein wenig vulgär – überwiegend Crime & Horror des 20. Jahrhunderts:

Der Pate. Der Richter und der Henker. Zehn kleine Negerlein. Rebecca. Der Favorit der Zarin. Stirb langsam. Kap der Angst. Gorky Park. Sie. Letzte Ausfahrt Brooklyn. Shining. Post Mortem. Naked Lunch. Maigret und der gelbe Hund. Das Tor zur Hölle. Die Nadel. Der Spion, der aus der Kälte kam. Zeit zu töten. Der Seewolf. Der Exorzist. Der Monddiamant. Kinder des Zorns. Der Maltheser-Falke. Fandorin. Agent in eigener Sache. Die Bekenntnisse des Hochstaplers Felix Krull. Die Vögel. Schall und Wahn. Die drei Musketiere. Mord unterm Segel. Die Wölfin. Die Bartholomäusnacht. Mord im Fahrpreis inbegriffen. Fahrstuhl zum Schafott. Der Hund von Baskerville. Roger Ackroyd und sein Mörder. Das Geheimnis des gelben Zimmers. Rote Ernte. Gelächter im Dunkel. Rosemaries Baby. Der Schrei der Eule. Zickzack. Das Schweigen der Lämmer. Unser Mann in Havanna. Airport. Fletch. Der englische Patient. Mord ohne Leiche. Der Tempelbrand. Der erste Kreis der Hölle. In der Hitze der Nacht. Wenn der Schläfer erwacht. Die Witwe Couderc. Verbrechen und Strafe. Fletch, Too. Die Abenteuer des Caleb Williams. Verborgene Gesichter. Der Schakal. Falle für Aschenbrödel. Interview mit einem Vampir. Sein und Zeit. Blutdurstig. Der Prozess. Es klingelte an der Tür. Eine amerikanische Trägödie. Das Zeichen der Vier. Teufel in Blau. Kaltblütig. Tote Seelen.

Diese Lesung beläuft sich gut und gerne auf eine halbe Million. Auch wenn wenige Raritäten darunter sind, da kommt was zusammen.

Während wir, ein jeder mit dem gewichtigen Scheit auf dem Tablett, den Torus umschreiten, spreche ich Marcel und Alvizo an, die vor und hinter mir gehen.

Ich: Kommen da noch mehr Lesungen?

Alvizo: Abends Frauenromane. Fisch.

Marcel: Und um Mitternacht humoristische Erzählungen zum Dessert. Anschließend Feuerwerk.

Ich: Aus allen Rohren, auf die schlafende Stadt?

Alvizo: Korrekt. Granatwerfer, Flammenwerfer ... Davon gehe ich aus.

Braut und Bräutigam prosten uns zu. Jung und hoffnungsfroh, haben alles noch vor sich. Den Gästen hingegen blickt man besser nicht in die Gesichter. Ganovenphysiognomien + vulgäre Weibsbilder.

Wir nehmen unsere Plätze hinter den Grills ein. Bei mir liegt ein Dutzend Austern auf dem Rost, eine Schicht Parmesan darüber. Alvizo grillt Fasanenherzen, Marcel irgendwelche Meeresfrüchte aus Marseille. Mein Floh scannt einen Grill nach dem anderen ab: ein Fest der Pikanterien.

Es ertönt ein Gong. Altmodische Streichhölzer flammen auf, züngeln nach dem Papier. Die Escaliburs wenden die Titelblätter um.

Dazu dröhnt Musik. Nicht der Walkürenritt, nicht Ravels Bolero und nicht »Seid umschlungen, Millionen!« – nein, der Căluş muss es sein, ein rumänischer Volkstanz. Passt wie die Faust aufs Auge ... Und noch ehe ich Tschitschikow im preiselbeerroten Frack mit Pünktchen, wie er auf dem Abendempfang des Gouverneurs erscheint, Feuer unter dem Hintern machen kann, zieht ein Jungganove im weißen Frack ohne Pünktchen seine Pistole und ballert damit in die Luft.

Wozu, fragen wir uns, tut er das? Wen oder was will er treffen? Oder ist es nur das junge Blut, das wallt und schäumt, das am liebsten aus den Adern spränge? O transsylvanisches Heißblut, das du den heimischen Boden tränktest, rubinrote Fontänen in alle Himmelsrichtungen spritztest, dass die Sonne des Krieges davon verdunkelt wurde und die muslimischen Frauen schamhaft die Augen niederschlugen! Nur zu gut erinnert sich Europa an die Schlacht bei Klausenburg, als der Schild der Mudschaheddin einen Sprung bekam und Allahs stolze Krieger sich am transsylvanischen Blut verschluckten. Einer Springflut gleich, baute die Welle von Blut sich auf in der Weihnachtsnacht, hing drohend über den von Süden anrückenden Heerscharen, welche Europa unterwerfen wollten, brach los als roter Lavastrom, der unter sich begrub, wer immer sich ihm in den Weg stellte oder ihn zufällig kreuzte. Blutige Flüsse sprudelten durch Bessarabien und die Bukowina, Galizien und die Walachei, überschwemmten die neuen Barbaren. Ein Beben ging durch die Karpaten, dass die Adler aus den Eichenkronen wichen, dass das Wasser in den Bauernbrunnen sich purpurn färbte zur Morgenstund, dass Mütter und Gemahlinnen durchdringend klagten. Sodass wir uns fragen: Haben die heißen transsylvanischen Herzen immer noch nicht ihr ganzes Blut hergegeben? Dass da einer immer noch schießen muss, in die Luft ballern – als reute es ihn, nicht restlos alles verspritzt zu haben in jenem siegreichen Blutwinter, als gelobte er nun, es dem Eindringling heiß und rot ins Gesicht zu schwappen, ihm die Augen auszubrennen damit, bis auf den Knochen? Wir aber sagen: Übereile nur nichts, junger Freund, spar auf dir dein Blut für das friedvolle Leben, tausche die Mordwaffe aus gegen die Liebeswaffe, auf das dein Blut einschieße in den schmerzensreichen Leib der Geliebten, neues Leben erwecke für eine neue Welt! O Eva! Tatsächlich scheint ihm nun die Lust zum Schießen vergangen. Er hat die Hände sinken lassen, juchzt auf und fängt zu tanzen an. Alle übrigen – ihm nach. Und was für ein wackerer Tanz! Ein Feuerreigen! Denn die Transsylvaner verstehen zu tanzen. Immer weiter zieht sich der Kreis. Die Stiefeleisen schlagen Funken auf dem Granit. Ein schlohweißer Greis mit scheußlicher Nase und glühendem Blick hat die Arme ausgebreitet und fegt los, als möchte er gleich auffliegen, schreit wie ein aufgescheuchter Rabe und springt in den Kreis hinein, kreiselt nunmehr um die eigene Achse, dass ihm die Rockschöße fliegen, die zwei goldenen Schießeisen im blutroten Gürtel blitzen. »Căluş! Căluş!«, schreit er so verwegen, dass die Jungmänner zustimmend gicksen, und ihre Frauen kichern verschämt. Während unser junger Freund – nachdem er schon acht Gläser feurigen *ţuică* intus und mit einem Wisch so viel weißes Pulver ins Nasenloch gesogen hat, wie es im heimischen Maramureş den ganzen Winter nicht schneit – während er nun einen so gellenden Pfiff ausstößt, dass den Dienern die Tabletts aus den Händen rutschen, welche sie instinktiv vor die Ohren schlagen; er springt in den Kreis hinein und beginnt sich zu drehen – so ungestüm, dass ihm der Zwickel reißt, die silbernen Knöpfe vom Hosenlatz springen und das alte Raubtier dem Käfig entweicht, das – aufgepimpt von Hand chinesischer Äskulapjünger, umwunden von zwei orangeroten Drachen, mit einer Mormolonperle gekrönt – unschuldigen Jungfern gegenüber so gar keine Gnade kennt ... So tanzt es, das Volk des freien Transsylvanien, kreist und schwirrt und jubiliert – Feststimmung! Feierfreuden! Und mit ihnen tanzen und springen die Völker des freien Europa im brüderlichen Reigen.

»Mein lieber Floh. Willst du mich provozieren?«

»Ich dachte, Ihr fändet es lustig, mein Herr.«

»Gibt es keinen passenderen Moment für derlei Späße?«

»Ihr scheint mir von der hier herrschenden Dumpfheit verdrossen.«

»Und du beschlossest, mich aufzuheitern?«

»Bin ich etwa kein guter Stilist?«

»Du wirst immer dreister, fällt mir auf.«

»Eure Ohrmuschel inspiriert mich.«

»Wahrscheinlich geht es dir zu wohl dort drinnen.«

»So viel Nörgelei steht Euch nicht gut zu Gesicht.«

»Gleich sperr ich dich in diese Auster hier ...«

»Damit ein transsylvanischer Bandit mich verschlingt?«

»Mit einem Schluck vom guten Weißen obendrauf.«

»Und ich muss durch seine Peristaltik?«

»Um in der Kloschüssel zu landen.«

»Ha! Dann schüttle ich mich kurz und bin im nächsten Moment auferstanden und zurück!«

Hm. Meine Flöhe scheinen außer Rand und Band geraten. Auch etwas, wogegen ich machtlos bin.

Voilà! Austern, mit Parmesan überbacken. Friss, Ganovenbrut.

8. APRIL

Mittags: Paris, Grand Opéra.

Am Diensteingang empfängt mich ein riesiger Schwarzer mit wallendem Bart und überdimensionalem Gripsclip am Ohr. Er bringt mich mit dem Fahrstuhl nach oben und durch ein Labyrinth von Gängen zur Künstlergarderobe. Er schließt auf und lässt mich allein. Der Raum verfügt über einen beleuchteten Spiegel mit Schminktisch, einen weiteren Tisch, Couch und Sessel. Getränke, eine Etagere mit Früchten. Der Grill steht bereit. An der Wand ein Monitor mit vergoldetem Rahmen. Zu sehen ist die Bühne, darauf das Orchester. Eben spielen sie die Ouvertüre. Nach der Kleidung des Dirigenten und der Musiker zu urteilen, ist es eine Probe. Oder eine Tonaufnahme. Im Nu hat der Floh die Oper identifiziert: *Rosenthals Kinder.* Offenbar doch eine Probe. Mir bleiben noch einunddreißig Minuten Zeit bis zum Auftritt. Die Lesung heute ist denkbar unkompliziert. Ich kann noch etwas ausspannen von der Reise, der Musik lauschen. Auch wenn ich nicht die geringste Ahnung von Opern habe, da helfen keine Flöhe. Ich setze mich auf die Couch, nehme mir einen Apfel. Auf dem Monitor hebt eine Frau zu singen an, den Blick in die Noten gerichtet. Sie singt russisch. Der Floh identifiziert den Text:

Im Garten saß ich.
Der Tag war ruhig und licht.
Apfelblüte. Ein Lufthauch
Strich durchs Geäst.
Sonne aus tiefblauem Himmel
Ließ ihre Strahlenbündel
Über mich fallen,
Als aus dem Azur
Plötzlich ein göttlicher Schwan,
Die edlen Schwingen gebreitet,
Segelnd und flügelschlagend,
In Kreisen herabkam zu mir.
Sprachlos vor so viel Schönheit
Saß ich und flehte im Stillen,
Dass dieser herrliche Flug
Nie möge enden.
Er aber kam immer tiefer,
Getragen vom Fallwind,
Streifte schon beinah die Äste,
Ward immer weißer und schöner.
Da aus den schneeweißen Flügeln
Spritzte es Würmer

Mit einem Mal!
Grad wie ein Hagel
Durchschlug es das Laub,
Mir auf den Kopf, in die Hände
Und ins Gesicht!
Fiel aus dem Himmel ein großer Schwan,
Kündend mit schmerzlichem Schrei
Vom großen Schwund.
In zartblauen Lüften zerfiel ihm das Fleisch
So zügig, so unwiderruflich!
Sein Rufen brach ab, herab fiel der Schwan,
Mir vor die Füße.

»Stopp!«

Der Dirigent klopft mit dem Taktstock (der mehr wie ein Knüppel aussieht) auf das Pult.

»Jetzt hört mal zu, meine Allerwertesten: Ich frage mich, wo sind wir hier? In der Grand Opéra oder im Wirtshaus vom alten Hottab? Die Bratschen: Was war das für ein Hundegejaul in Takt zwoundneunzig? Die Celli: Kommt endlich aus eurer feuchten Gruft! Reißt euch die Grinder aus den Gesichtern! Schüttelt die bösen Geister von den Stegen! Und atmet, atmet frische Luft! Die Klarinetten: Ihr habt wieder nicht an den Doppelhöcker gedacht. Wie oft hab ich euch das schon erzählt? Dass ihr beiden die zwei Höcker eines Kamels seid, das majestätisch durch die Wüste zur Tränke schreitet, und nicht die geprügelte alte Schindmähre, die getrocknete Kuhfladen zum Basar schleppt? Ich möchte die Musik eurer Höcker klingen hören! Und überhaupt tönt dieses Orchester heute wie der Hackklotz, auf dem der Metzger Rinderhälften zerteilt! Warum nur hasst ihr die Musik so sehr? Für so eine Art zu spielen müsste man euch das Fell über die Ohren ziehen und Trommeln damit bespannen, um darauf Vareses ›Ionisation‹ in Endlosschleife zu spielen. Madame Viazemskoy, ich bitte um Vergebung für diese meine unfleißigen Musikanten!«

Die Sängerin: Entschuldigen lohnt nicht. Zumal ... (*schaut auf die Uhr*) ... wir jetzt Mittagspause haben.

Der Dirigent: Ach. Schon? (*an das Orchester gewandt:*) Und was haben wir geschafft? Ich frage euch nichtswürdiges Gewürm: Was haben wir bis hierher gemacht??!

Die Sängerin verlässt die Bühne.

Nun habe ich es eilig, mich umzukleiden und die nötigen Vorbereitungen zu treffen. Die Tür geht auf, die Sängerin kommt herein, gefolgt von einem beleibten Mann mit rosigen Wangen und unstetem Blick.

»Maestro!«, ruft er, die Arme ausbreitend. »Sie erwarten uns? Das ist wunderbar!«

Ich verbeuge mich. Die Sängerin nickt wortlos und lässt sich unter Ächzen auf der Couch nieder:

»O-o-och ... Was die heute zusammenstümpern!«

»Diana, ich weiß nicht, wie es kommt. Bei mir gestern waren sie bestens aufgelegt – geradezu ein Wunder!« Der Dicke ringt die Hände vor der Brust. »Und mein Gesang war auch nicht schlecht. Aber heute ... die reine Stümperei! Du siehst ja, Alischer ist ganz aufgebracht.«

»Und ob ich das sehe!« Sie lacht im tiefen Bass. »Was

hat denn der für einen Stock? Schlägt er sie damit? Wohin schlägt er sie?«

»Kommt drauf an ... Einer Flötistin soll er einmal einen Finger gebrochen haben ... Jaja, Maestro, wir sind so weit!«

»Noch nicht ganz«, wendet die Sängerin stirnrunzelnd ein.

»Wieso nicht, Diana?« Der Dicke schaut besorgt.

»Mein Lieber, du kümmerst dich überhaupt nicht um mich ...« Kokett wiegt sie sich in den breiten Schultern.

»Ach herrje, entschuldige!« Er klatscht theatralisch in die Hände, greift sich in die Tasche und holt ein goldenes Tabakdöschen hervor, klappt es auf, zieht sich einen goldenen Spatel aus der Krawatte, schaufelt damit ein Häufchen vom weißen Pulver aus dem Döschen und manövriert es behutsam vor das Nasenloch der Diva. Umstandslos saugt sie es ein und hält ihm sogleich das andere hin; der Dicke schaufelt eine neue Portion, die ebenso zügig im Nasenloch der Sängerin verschwindet.

»Grazie mille ...« Die Sängerin verzichtet darauf, ihre Nase zu befingern, gravitätisch lehnt sie sich zurück.

Der Dicke versorgt noch schnell die eigenen Nüstern, schnieft und krächzt und schnauft, will das Döschen wieder verstauen, doch der Zeigefinger der Sängerin gebietet Einhalt, weist auf den Couchtisch. Das Döschen findet dort Platz, das goldene Spatelchen daneben.

Ich ziehe die weißen Handschuhe über und klappe den Koffer auf. Entnehme das Buch, lege es auf das Tablett, präsentiere es den Kunden.

»Mark Agejew, Roman mit Kokain, Paris 1936.«

Wortlos starren sie auf das Tablett. Unterdessen dringen zarte Vibrationen aus dem Ohr des Dicken.

»O nein, nicht doch«, schnauft er missmutig, nimmt den Anruf jedoch an. »Ja. Das bin ich. Ah, hallo. Wie? Wozu? ... Na schön.«

Ein Hologramm klappt auf, darin ein Mann, betont huldvolles Gesicht, umrahmt von grau melierter Mähne, sich die Hände an die Brust legt – und jetzt gar auf die Knie fällt:

»Große, unvergleichliche, bezaubernde Diana! Im Namen aller Orchestermitglieder bitte ich aufrichtig, tief empfunden und mit blutendem Herzen um Vergebung für unser empörend uninspiriertes, abscheuliches Spiel von heute Morgen!«

Die Sängerin schaut den Dicken fragend an. Der schaltet kurz den Ton ab und erläutert: »Das ist Fira Harib, die Seele des Orchesters, und mein alter Freund. Kontrabass.«

»Ich danke Ihnen«, nickt die Angesprochene. »So spielt das Leben. Ich hab bei Aufnahmen schon ganz anderes erlebt.«

»Aber nicht hier! Nicht mit uns! Vor Scham möchte ich zur Salzsäule erstarren!«

»Oder zum Zuckerhut?«, versucht sie einen Scherz.

»Das weht einen aber auch wirklich muffig an von den Celli, Fira«, stellt der Dicke fest.

»Alischer hat ihnen schon Stockhiebe auf die Fußsohlen angedroht, Mario! Es sind wunderbare Musiker, nach der Mittagspause spielen sie immer göttlich, aber bis dahin – es ist wie verhext! Und das Fatalste ist, sich ausgerechnet bei Wagners Arie die Blöße zu geben – das ist der Glutkern der ganzen Oper! Einfach grässlich. Schauderhaft! Zum Schämen! Diana, Sie können sich nicht vorstellen, wie peinlich mir das ist!«

»Doch, doch. Erheben Sie sich mal wieder.«

»Unter keinen Umständen.«

»Stehen Sie auf.«

»Nein.«

»Dann eben nicht ...« Sie gibt dem Dicken einen Wink, der daraufhin das Döschen wieder aufklappt.

»Nach der Pause werden wir Sie mit Reinheit und Klarheit verblüffen und Ihnen all unsere Orchesterkraft zu Füßen legen!«

»Gut! Ich richte mich darauf ein!«, erwidert sie und zieht sich geräuschvoll eine neue Portion Kokain ins Nasenloch.

»Wir werden Sie in die Lüfte emporheben, über das frühlingsgrüne Paris tragen und sorgsam wieder absetzen.«

»Auch darauf bin ich gefasst«, sagt die Sängerin und bugsiert eine zweite Ladung ins andere Nasenloch.

»In diesem Fall erhebe ich mich von den Knien«, ruft Fira und lacht exaltiert, dabei springt er behände auf die Füße. »Mario, mein Bester, du kannst dir nicht vorstellen, wie ich euch beide liebe, dich und Diana!«

»Ach, werden wir schon gemeinsam gehandelt?«, fragt die Sängerin ironisch, mit einem Seitenblick auf den Dicken.

»Danke, Fira, danke, mein Lieber.« Der Dicke befördert einen gehäuften Spatel Koks an sein Nasenloch.

»Dann verschwinde ich jetzt mal wieder in der Versenkung. Begebe mich sozusagen in Auflösung! Ab durch die Mitte!«

Das Hologramm fällt in sich zusammen.

»Nicht ungalant«, befindet die Diva lachend.

»Ein vorzüglicher Musiker. Ursprünglich Pianist, ist nach Tibet gereist und hat dort ein Vierteljahr bei den Mönchen gelebt. Als er wiederkam, hat er sich in den Kontrabass verliebt. Und wurde zum genialen Bassisten. Erstaunlich, nicht wahr? Meistens geschieht es doch umgekehrt – dass die Leute den Kontrabass sattkriegen und bei anderen Instrumenten Zuflucht suchen. Ist es nicht so, Liebste?«

»Hach ja, was es nicht alles gibt ... in dieser ver-r-rühückten Welt!«, trällert die Sängerin und wird dabei unversehens so laut, dass die Flöhe erschrocken aufzirpen.

»Maestro?«, sagt der Dicke lächelnd zu mir, was wohl eine Aufforderung ist.

Ich lege das Scheit ins Grillbecken und reibe ein Streichholz an, schwenke das Excalibur. Auf dem Rost ruht ein Magnolienzweig, kunstvoll zusammengesetzt aus Partikeln verschiedenster Früchte, mit Puderzucker überstäubt.

In einer Ecke der Garderobe hat sich diskret ein Abzug eingeschaltet.

Das Licht erlischt.

Der Widerschein des Feuers in ihren Pupillen.

Und auf einmal ... beginnen die beiden zu singen.

Sie: Brennendes Buch.
Er: Schneeweißer Zucker.
Sie: Seiten verziehen sich.
Er: Buchstaben brennen.
Sie: Lustig und warm.
Er: Lichterloh brennt es, zügig verbrennt es.
Sie: Hin schmilzt der süße Schnee.
Er: Da stirbt ein Roman.
Sie: Frohgemut flackert das Feuer.
Er: Stark ist die Flamme.
Sie: Gleißend verpufft etwas.
Er: Zucker im Fließen.
Sie: Kindliche Freude.
Er: Öffnen sich Blüten.
Sie: Über dem Feuer.
Er: Schimmern wie Bernstein.
Sie: Orangenes Leuchten.
Er: Fließ, Karamell.
Sie: Tanze, o Feuer.
Er: Lodere heller.
Sie: Süße Magnolie.
Er: Magischer Wald.
Sie: Die Seele singt.
Er: Die Seele singt.

Das Buch ist tadellos abgebrannt. Keine Äste.

Die Ohren klingen noch von dem Gesang. Starke Stimmen. Profis halt.

Ich drapiere den Magnolienzweig auf einer Platte, stelle sie auf den Tisch. Knipse das Licht an.

»Liebste, das ist für uns«, er küsst ihre Hand.

Dann nimmt er den Zweig, bricht eine zuckerglasierte Magnolienblüte vom Stängel und reicht sie der Sängerin.

»Fantastisch.« Sie knuspert an ihrer Blüte. »Weißt du, was mir gerade einfällt, das ist komisch ... Bei mir hängen zwei Dutzend fuchsiafarbene Kleider im Schrank, die ich nicht mehr anziehe. Vor einem Jahr geschah es, dass ich mich in diese Farbe verliebte.«

»Das weiß ich noch.« Er schiebt sich ein Magnolienblatt in den Mund, zerkaut es krachend. »Eine extravagante Farbe. Dir stand sie. Sehr sogar.«

»Lüg nicht, Freundchen. Damals kannten wir uns noch gar nicht.«

»Ich sah dich in London bei der La-Bohème-Premiere ... Es war ein schönes Kleid.«

»Ach ja, stimmt! Jedenfalls hat das mit der Fuchsia vor vier Wochen plötzlich aufgehört. Nun weiß ich nicht, wohin mit all diesen Kleidern. Wem soll ich die geben?«

»Heb sie auf für ... Für dein Museum.«

»Unsinn. Sag, wer könnte die gebrauchen? Freundinnen hab ich keine, wie du weißt.«

»Biet es den Musikerinnen im Orchester an.«

»Na klar, am besten sofort, noch vor der Aufnahme!« Sie lacht. »Dann spielen sie gleich ganz anders!«

»Aber ja! Sie spielen dir The Rose of Algeria!«

»O ja! Operette!«

»Und wir beide singen dazu!«

Sie lachen sich scheckig. Dann fällt ihnen ein, dass ich noch da bin.

»Vielen Dank, junger Mann. Das war hübsch und lecker.«

»Tatsächlich!« Der Dicke knuspert immer noch an der Magnolie herum, kopfschüttelnd. »Man mag es nicht glauben, von der Technologie her ... Ganz hervorragend!«

»Besser als Ihr Kollege mit seinem Paradies der Damen«, brummt die Diva.

»Das ist sehr freundlich von Ihnen«, sage ich mit einer artigen Verbeugung.

»Schenken Sie uns noch etwas Wasser ein.«

Ich komme der Aufforderung nach.

Sie knuspern noch ein bisschen am Zweig, trinken Wasser dazu.

»Zwei Dutzend herrliche Kleider!« Das Thema lässt sie nicht los. »Ein ganzes Jahr lang stand ich auf Fuchsia und sonst gar nichts! Gleich nach dem Parzival fing es an.«

»Nun ja, meine Liebe, das ist...«, beginnt er, doch sie legt ihm den Finger auf den Mund.

»Gleich nach dem Parzival, wo die ganze Inszenierung in Blau, Grau und Schwarz gehalten war, kein Fitzelchen Rot. Alles lief glatt, alles bestens, aber ich war nicht sehr zufrieden mit mir, hab dir ja erzählt, dass mein Verhältnis zu Marco nicht so blendend ist, das war es schon vor dem Parzival nicht, und daran hat sich nichts geändert, obwohl alle, ausnahmslos alle Kritiker über mich schrieben, ich hätte die ganze Sache sozusagen rausgerissen mit meinem Gesang, nicht ich allein natürlich, Erik und ich, wir hätten das Ganze gerettet, Marco hat alles mit seinem Ego getränkt, getränkt und gequetscht, und hätte wohl alles ertränkt und zerquetscht, hätten wirs nicht am

Ende rausgerissen, an den Haaren rausgezogen aus dem blaugrauschwarzen Sumpf, und die Aufführung gerettet, und alle waren es zufrieden, nur ich selber nicht, wie gesagt: Du weißt, wie gnadenlos ich zu mir bin. Jedenfalls denke ich, mein Lieber, dass dieser Hang zur Fuchsia, zur Wärme des Südens, diese unerhörte Gier nach lebenden Blumen eine Reaktion bei mir war auf diese blauschwarze Kacke, dies zum einen. Und zum anderen war ich frisch von Boris geschieden und hatte mich auf den Tod verzankt mit Ilona, meiner besten Freundin, und Martha, dieses Dummchen, ist nach Amerika ausgewandert, *ade, mein schönes Vaterland**, ich hab die Männer immer geliebt, wie du weißt, aber diesen Winter hab ich sie alle einfach nur gehasst, ich war gewissermaßen körperlos, nicht mal mehr onaniert hab ich, den Vibrator mit dem Hammer zerdroschen, ein Splitter hat mir die Brust geritzt, ich hab das Ding in den Müll geschmissen mitsamt meiner Vergangenheit, al diavolo, mir ging es elend, aber gesungen hab ich das ganze Jahr hindurch erstaunlich gut, obwohl in mir drinnen alles leer war, grau und leer, Gott, wie widerwärtig sich das anfühlte, und einmal bin ich wie schlafwandelnd von der Straße weg ins Hermés reinspaziert, und da sah ich dieses fuchsiafarbene Kleid hängen, das war wie ein Blitz, eine Eruption, als wäre ich in eine andalusische Fandangokneipe geraten, und sofort habe ich es gekauft, ohne Anprobe, hab es mir geschnappt und das Gesicht hineinvergraben, in diese Farbe, als wärs eines der vier

* dt. im Orig.

Elemente, und dann mussten es immer neue sein, in ganz unterschiedlichen Läden, Hauptsache, Fuchsia, immer war ich auf der Suche, wie besessen von dieser Farbe, ich war in Läden, wo ich vorher nie gewesen war, so kleine Boutiquen, die Verkäuferinnen haben schon Witze gemacht über mich, ich hab gekauft und gekauft und hab sie alle getragen, mich darin verschanzt, als wären es Rüstungen, eine Farbe als Ort zum Überleben, Fuchsia ... meine Rettung, mein Schutz vor der Welt, vor Schmerz und Gräue, Unzucht und Verlogenheit, mein Harnisch, und dann ... Dann kamst du.«

»Ach Liebste, ich bin ja genauso ...«, hebt er an, doch noch einmal legt sich ihr Finger auf seine Lippen.

»Ich hab sogar einen Pelzmantel in Fuchsia – vivipar ... Einen Pelz, stell dir vor! Er ist herrlich. Ernährt sich von Regen und Schnee. Wem soll ich den geben?«

»Gib ihn mir.«

Sie sieht ihm ernsthaft in die Augen.

»Du wirst lachen, aber – dir stünde er gut.«

»Meinst du wirklich?«

»Absolut.«

Er küsst ihr die Hand, hinterlässt einen bräunlichen Abdruck.

»Du bist göttlich!«

»Liebster, ich weiß. Aber du bist schon wieder dabei, mich zu vergessen.«

»O verzeih. Verzeih!«

Sie koksen noch einmal. Trinken Wasser nach und knuspern noch ein wenig.

»Ganz vorzüglich«, murmelt sie. Und hält auf einmal inne:

»Du …«

»Was hast du, Liebste?« Er hört auf zu kauen.

»Mein Freund …« Ihr Gesicht ist plötzlich wie versteinert.

»Diana, was ist dir? Diana!« Er starrt sie erschrocken an.

»Was hast du da vorhin gesagt?«

»Was soll ich gesagt haben?«

»Na, das … vorhin, zu dem …«

»Zu wem? Was meinst du?«

»Das mit dem Glutkern.«

»Welcher Glutkern?« Verständnislos hebt er die Brauen.

Sie greift nach seinem Daumen und presst ihn.

»Der Kern, verstehst du … Auf dem alles ruht, der alles … zusammenhält.« Konzentriert schaut sie ihm ins Gesicht. »Der harte, der glühende Kern …«

»Ach, du meinst …« Er leckt sich über die klebrigen Lippen, lächelt und erschlafft. Seine Wangen röten sich.

»Der Glutkern, ja natürlich, Liebste, das ließe sich, äh ja … Maestro! Sie, also … wir danken Ihnen. Von Herzen. Sie sind frei.«

Ich verbeuge mich, lege Kochmütze und -jacke ab und packe mein Köfferchen.

Schweigend sehen die beiden sich an, scheinen einander mit den Augen zu verschlingen. Sie hält seinen Daumen.

»Das Honorar«, mahne ich.

»Ach … richtig!« Der Dicke schreckt aus der Versenkung,

klatscht sich die Hand gegen die schweißige Stirn und zieht das Kuvert aus der Innentasche, streckt es mir hin. Auf dem Papier bleiben klebrige Karamellspuren.

Ich ziehe die Scheine blank, blättere sie flüchtig durch.

»Summe korrekt!«, konstatiert mein Floh.

»Abdullah bringt sie«, brummt der Dicke.

Ich gehe zur Tür hinaus.

12. APRIL

Nachts: Flughafen Charles de Gaulle. An der Bar einen Tequila mit Eis, ein warmes Lachs-Sandwich. Dann zum Flieger: 23.40 Uhr nach Istanbul. Für morgen Abend steht eine Lesung von Tschechow-Erzählungen vor einer türkischen Familie mit moderat-kriminellem Hintergrund an. Stammkundschaft, ich lese dort schon zum neunten Mal. Und jedes Mal Tschechow. Auf dem Weg zum Gate biege ich in die Toilette ab und erleichtere mich. Beim Händewaschen schaue ich in den Spiegel. Ein freundliches Gesicht sieht anders aus. Das Untergrundleben hinterlässt Spuren. Auch die ersten grauen Haare sind nicht mehr zu übersehen. Aber in den Augen liegt die Ruhe, und das ist das Wichtigste. Nicht umsonst kriegt der rote Floh elektronisches Blut zu trinken ...

Ans benachbarte Waschbecken tritt ein schöner Schwarzafrikaner. Groß und prächtig gebaut, mit ausdrucksvollem Gesicht, wie für den Holo-Archipel geschaffen. Nicht dass ich für Männer sexuell etwas empfände – auch wenn ich in der Vergangenheit ein paarmal im Suff in vietnamesischen Ladyboys gekommen bin. Aber die Schönheit eines Mannes zu erkennen und zu würdigen fühle ich mich allemal in der Lage. Der Afrikaner schenkt mir ein lässiges, strahlend weißes Lächeln im Spiegel, wischt sich die schokoladenbraunen Hände an einer Reispapierserviette trocken, wirft sie in den Papierkorb. Im nächsten Augenblick legt er die Arme um mich und küsst mich auf den Mund. Seine Augen mit ein paar roten Äderchen im Glaskörper ganz nahe vor mir. Lippen groß und weich. »Physiologischer Übergriff!«, kreischt mein Floh. Ich bin zu perplex, um zu reagieren, stehe da wie ein Idiot mit nassen Händen, während der Schwarze sich zügig entfernt. Etwas ist in meinem Mund. Und erst am Geschmack merke ich, dass es sich um ein Infodragee handelt. Verdammt! Das kam jetzt überraschend. Spätabends bin ich immer etwas träge in meinen Reaktionen.

Ich atme tief durch, wische Lippen und Hände und verlasse die Toilette. In meinem Mund das Dragee (Minz-Zitronen-Geschmack) löst sich rasch auf, der rote Floh liest die Daten aus und überträgt sie ans Ohr. »3333«, raunt sanft der grüne Floh. »BMW Kennzeichen 8239 FT, Untergrund-Parkhaus P2, Ebene 3, Stellplatz 301. Code: 6510.«

Shit, viermal die Drei. Gruß aus der Küche: Das zivile Leben hat ein Ende. Bye-bye Istanbul, Tschechow im Eimer. *Lieb, es ist Zeit* ... Ich gehe hinab ins Parkhaus, finde das Auto schnell. Es ist ein Automat. Ich spreche den Code, die hintere Tür öffnet sich.

»Herzlich willkommen, Sir«, begrüßt mich das Auto.

Ich steige ein, schnalle mich an.

»Sir, darf ich die Fahrt beginnen?«, werde ich gefragt.

»Fahr los, Blechhure.«

»Voraussichtliche Fahrzeit: 53 Minuten.«

»Fuck you!«

Wir rollen aus dem Parkhaus, fliegen über die nächtliche Chaussee. Ich muss die Gedanken zusammennehmen. Leider sind keine vorhanden. Unterwegs im Auftrag der Großen Küche. Ich soll zusehen, wie einem bösen Drachen der Kopf abgeschlagen wird. Am Ende nachschauen, ob das Molekularbiest auch wirklich tot ist. Damit Friede sei am Himmel über der Küche, fuck you slowly. Im Namen des knusprigen Wiener Schnitzels auf Schnitzler. Des Siebenhundertgrammsteaks auf *Schall und Wahn*. Der Schwanenbrust auf *Doktor Schiwago*.

Und ich? Gehorche, verdammt noch mal.

Nach rasender Fahrt durch die Nacht gelange ich zu irgendeinem Hangar. Zerfetzter Stacheldraht, rostiges Kriegsgerät, das niemand mehr braucht und keiner wegräumt. Am Gebäude ein Schild: *Californian Air Force, Regiment Grey Eagles*. Ein spätes Echo des Krieges ... (Echo des Krieges, woher hab ich das, ist es ein Buch, das so heißt? Der blaue Floh bestätigt es mir. Und nicht nur eines – achtzehn davon gibt es. Gegrillt hab ich auf keinem.)

Wir fahren durch ein demoliertes Tor. Ich erkenne die Startbahn. Auf ihr steht ein kleiner grasgrüner Düsenflieger. Ich verlasse das Auto, nähere mich dem Flugzeug. Die

Luke öffnet sich. Über eine Leiter klettere ich hinein. Die Kabine ist verschlissen, außer dem Piloten niemand weiter da. Er nickt mir zu, holt die Leiter ein, verschließt die Luke. Ich nehme Platz, lege den Gurt an.

Wir starten. Unbekannte Marschroute, piepst der Floh. Der Flieger rüttelt und schaukelt. In so einem Sarg bin ich lange nicht geflogen.

Anderthalb Stunden sind wir in der Luft, dann landen wir. 72,3 Kilometer vor Brünn. Da war ich schon einmal lesen. Aber wo war unsereins nicht, meine Güte!

Wieder eine ehemalige Militärbasis. Und auch sie kaputt gehauen. Ich krauche aus dem Fliegerchen. Zu meinem Empfang steht ebenjener blonde Hüne aus der Küchen-Security bereit, der neulich das wirre Leben von Antonio, dem Verräter, mit einem Schlag beendet hat. Meine Hand verschwindet in seiner. Er trägt eine weiße Kombi aus viviparem Nylon. Am Gürtel Pistole, Handgranaten, zwei Messer, ein Beil, ein weiches Katapult – alles in Weiß. Am linken Oberschenkel ein Feuerwerfer Smaug 4, am rechten ein Raketenwerfer Valhalla SM. Das nenne ich eine Ausrüstung. Er nimmt mir den Koffer ab, ich laufe ihm hinterher. Wir besteigen einen Jeep, fahren zwischen aufgelassenen Gebäuden hindurch auf eine breite, mondlichtbeschienene Startbahn, wo eine Northrop B-2 Spirit bereitsteht. Der Floh identifiziert das Baujahr: 2000. Damit sollen wir fliegen? War nichts Neueres aufzutreiben, Leute? Aber Fragen zu stellen erübrigt sich in diesem Moment.

Der Jeep fährt heran, und wenig später hat das schwarze

Monstrum uns geschluckt. Drinnen geht es eng zu, doch es ist hell. Zwanzig Mann in weißen Kombis sitzen, essen, trinken und reden. Alles Leute aus unserer Sicherheitsabteilung, die meisten Gesichter kenne ich, persönlich bin ich mit keinem bekannt und darf es nicht sein – das ist Küchenvorschrift. Wir begrüßen einander.

»Möchten Sie teilhaben an unserer bescheidenen Fallschirmjägerverköstigung?«, lädt der Blonde mich ein.

»Gern.«

Ich bekomme ein halbes Sandwich zugesteckt, an dem ich zu kauen habe, und trinke schlechten Kaffee. Um mich her furchterweckende Jungs, auf deren Schultern unsere Sicherheit ruht. Ich höre ihre düsteren Scherze:

»Rück ein Stück, Bruder Dan.«

»Stoß mich, Roald, und ich stoß dich.«

»Fragt sich, wohin, Dan.«

»Hö-hö ...«

Bedächtig malmende Quadratkiefer.

»Erst einmal müssen Sie sich einkleiden«, sagt der Blonde, »und dann weise ich Sie in die Operation ein.«

Ich bekomme eine ebensolche Kombi verpasst, dazu weiße Stiefel und an den Gürtel ein weißes Holster mit weißer Pistole, Handgranate und Messer. Der Blonde lässt ein Hologramm aufblitzen.

»Pik Manaraga im Nordural, 1662 Meter hoch. Eingang zur Höhle zwischen dem zweiten und dritten Zacken, nämlich hier. Zwei Pfade führen da hinauf, sie werden von den Robotern benutzt, die die Auflage zu Tal transportieren. Aber vorgestern gab es dort einen Wintereinbruch, zweiunddreißig Zentimeter Neuschnee, alles zugeweht. Wir müssen von oben vordringen. Als Vögel sozusagen. Sie auf meinem Rücken.«

Als Vögel? Fick die Motten. Ich werfe einen Seitenblick auf sein Kreuz, das ziemlich breit ist.

»Wir dringen in die Höhle ein, liquidieren das Personal, verminen die Anlage, ziehen uns talwärts zurück und lassen das Ganze hochgehen. Der Rückzug erfolgt bis zu diesem Fluss, das sind 870 Meter, dann noch 1790 Meter Rutschpartie flussab. Dort werden wir von Heuschrecken aufgelesen. Fragen?«

»Können die Heuschrecken uns nicht früher auflesen?«

»Sie brauchen Platz zum Pikieren, da stört der Berg.«

»Und warum die Sprengung erst, wenn wir wieder unten sind?«

»Lawinengefahr. Sollte die Höhle geräumig sein, wird die Detonation etwas größer ausfallen.«

»Verstehe.«

»Sie werden die Sprengung sehen und hören, Ihre Flöhe werden sie registrieren, sodass keine Zweifel bleiben. Ohne Ihr Placet fliegen wir nicht weg. Und sind auf der sicheren Seite. Noch Fragen?«

»Wann betrete ich die Höhle?«

»Auf mein Signal hin. Sie warten draußen, der Zugriff erfolgt ohne Sie.«

»Verstehe.«

»Weitere Fragen?«

»Sagen Sie ... Warum kann man nicht einfach eine Rakete reinschicken?«

»Die Wahrscheinlichkeit, die Produktionsanlage zu erwischen, betrüge 17 %.«

»Zwei Raketen, drei?«

»Das erhöhte die Wahrscheinlichkeit nicht. Unter Umständen ist die Höhle sehr tief, die sind ja nicht blöd. Der Einsatz von Raketen wäre Geldverschwendung. Über Raketen mit Atomsprengköpfen verfügt die Große Küche nicht. Weitere Fragen?«

»Danke, nein.«

»Dann bitte ich Sie, Ihren Platz einzunehmen und sich anzuschnallen. Flugzeit 3 h, 44 min.«

»Ach, eins noch: Was ist mit meinem Koffer? Der muss mit.«

»Sie mögen ihn nicht im Flugzeug lassen?«

»Auf gar keinen Fall.«

»Im Rückenteil Ihrer Kombi ist Raum für einen viviparen Überzieher. Den nehmen wir nicht mit, also schieben Sie da Ihren Koffer rein. Nicht gleich, erst vor dem Ausstieg. Ich helfe Ihnen.«

»Fein.«

Ich nehme in dem engen Sessel Platz und schnalle mich an. Der Blonde klatscht in die Hände, dass einem Hören und Sehen vergeht, stößt einen hohen Kehllaut aus. Die Fallschirmjäger erwidern ihn.

»Blaue Hornissen, was liegt an?«, brüllt der Blonde.

»Rangehn mit stählernen Eiern!«, brüllt die Mannschaft im Chor.

»Wir falln über den Feind her wie –?!«

»Blitz und Donner!!«

»Machen ihn platt wie –?!«

»Flundern!!«

»Streuen seine Asche ins –?!«

»Morgenrot!!«

»Und schmieden uns was –?«

»Die Rüstung! Des Goldenen!! Ruhms!!!«

Die Turbinen röhren, das Flugzeug ruckt an und beschleunigt.

Wir heben ab. Die Truppe versenkt sich sogleich in ihre Hologrammchen, jedem das Seine: Exotik, Porno, weiche Freuden oder Reisen. Ich melke meinen Floh nach Details der uns bevorstehenden Landschaft – wo, was, wie viel? Man kann ja nie wissen. Erst recht nicht im Innern des Berges. Zwar werde ich diesen Superjungs jederzeit und in allem den Vortritt lassen und die Höhle erst betreten, wenn aus den Grafomanen dort Siebe gemacht sind, aber ... Aber! Memento mori. Die Republik Ural ist schon lange kein Staat mehr, hat sich verwandelt zu einer brandgefährlichen Enklave, in der vier Banden das Sagen haben, die untereinander und mit den Nachbarn beständig im Krieg sind. Mit einer von diesen Banden haben die Molekularpfuscher ihren Deal. Unsere Küche handelt auf eigene Faust. Risiko? Aber hallo. Garantien? Keine. Die Flöhe sind so nett, die Wahrscheinlichkeit meines Überlebens bei dieser Operation zu prognostizieren: 71,4 %. Vielen Dank auch! Was wäre ich ohne euch! Der rote bietet mir einen dreistündigen Kräftigungsschlaf an. Aber ich mag nicht schlafen. Kein Bock auf Träume.

In solchen Phasen nervöser Anspannung sollte man

lieber den alten Flachfilmen vertrauen. Sie bieten mehr Entspannung und Aufmunterung als jeder Traum. Meine alten Freunde Jeeves and Wooster warten auf mich – *Herr und Meister*. Besonders liebe ich die allererste Folge, wo der besoffene Aristokrat nach einem lachhaften Urteilsspruch wegen nächtlicher Ruhestörung gegen Morgen nach Hause kommt, aufs Bett fällt und umgehend einem Schutzengel in die Hände gerät, nämlich seinem neuen Kammerdiener, einem höchst umsichtigen und fürsorglichen Mann, der seinen Dienst mit der Zubereitung eines Katergetränks für den aristokratischen Brummschädel antritt: einen Schluck gesalzenen und gepfefferten Tomatensaft mit Eigelb und einem kräftigen Schuss Brandy. Dazu ein heißes Wannenbad, frische Wäsche, ein fachmännisch aufgeschütteltes Kopfkissen mit holländischem Bezug, ein Mittagsschläfchen, Papierzeitungen auf dem Tablett, spätes Frühstück ans Bett, Morgenmantel, etwas übermütiges Klavierspiel mit Krächzgesang, ein Spaziergang mit Aussicht auf einen fröhlichen Lunch unter seinesgleichen vermögenden Nichtstuern, nächtliche Ausschweifungen – was kann besser sein für einen Junggesellen? Jedes Mal, wenn ich die Serie sehe, lechze ich nach einem solchen Leben. Familie kann mir gestohlen bleiben: Kinder, Schwiegermutter, Familienfeste, Ringelpiez um den holografischen Tannenbaum, »Liebste, hast du meine Socken gesehen?«, »Liebster, ich hab schon wieder so einen verdächtigen Pickel am Po!« – das ist alles nichts für mich. So ein Kammerdiener hingegen, unerschütterlich wie ein Fels, penibel und zuverlässig wie eine Schweizer Uhr, immer tadellos rasiert und gekleidet ... Das wärs! Von so einem Menschen an meiner Seite träume ich. Mit ihm könnte ich um die Welt kutschen, ohne auf die Behaglichkeiten des Lebens verzichten zu müssen. Eine treue Schulter, geschickte Hände. Und allmorgendlich ein »As you wish, sir!« Unbezahlbar! Ungleich besser als immer nur dieses »At your service, sir!«.

Aber dafür muss man nicht nur erst einmal etwas verdienen, das muss man auch verdient haben. Ich tue verdammt noch mal mein Bestes dafür ... Schön wärs, er verstünde sich auch aufs Kochen. Eine gute Küche ist wichtig. Wenn ich in fünf Jahren in den wohlverdienten Ruhestand gehe, das Excalibur nur mehr zum Öffnen altmodischer Briefe benutze, werde ich Steak, Salate und kalte Suppen bei meinem Jeeves ordern, das wird fein.

Mit vierzig will ich mir die Innereien ersetzen, ein neues Gesicht modellieren, das Gemächt neu aufbauen und einen Superfloh ins Hirn implantieren lassen.

»Und unser Glück wird e-e-ewig währen!«

Die vierte Episode ist noch nicht zu Ende, als ein Signal durch die Kabine schallt, gefolgt von des Blonden ohrenbetäubendem Bass: »Hornissen angetreten! Masken auf! Ausrüstung anlegen! Bereitschaft in neun Minuten!«

Die weißen Recken erheben sich, legen ihre Verpackung an, verstauen die Waffen. Ich tue es ihnen gleich. Ziehe die Maske über, setze den Helm auf. Der Blonde hilft, mir meinen Reisekoffer aufs Rückgrat zu schieben. Ohne den bin ich kein Mensch.

Der Blonde:

»Hornissen, wo seid ihr?«

»Im Himmel!!«

»Wo ist eure Tugend?«

»Im Herzen!!«

»Wo ist euer Mut?«

»In den Eiern!!«

»Wo ist euer Sieg?«

»Im Felde!!«

»Wir sind unbesiegbar!!«

»Auf immer und ewig!!«

»Im Laufschritt ...«

Die Fallschirmjäger beginnen auf engstem Raum auf der Stelle zu traben.

»... marsch!!«

Sie flitzen in den Frachtraum, ich hetze hinterher. Im Frachtraum stehen Marschflugkörper mit integrierten Kabinen, die sich in diesem Moment aufschieben.

»Hornissen, auf die Plätze!«, kommandiert der Blonde.

Die Fallschirmjäger klettern in die Marschflugkörper, strecken sich bäuchlings darin aus. Der Blonde steigt ebenfalls ein, gibt mir einen Wink. Ich lege mich auf seinen Rücken, er zurrt mich an sich fest.

»Hornissen!!«, brüllt der Blonde unter mir, dass der Kabinenboden erzittert.

»Hier und immerdar!!«

»Auf den Feind!!«

»Mit wütendem Geheul!!«

»Wir stoßen die stählerne Ahle ...«

»... ihm in die Gurgel!!«

»Abflug!!«

Die Kabinen schließen sich. Im Boden unter uns ein Klacken, ein Beben, und dann fallen wir.

Durch die Luf-f-f-f-f-fffft.

Die Flöhe beschwichtigen mich mit technischen Angaben.

Aber ich bin ja schon ruhig. An so einem Rücken darf man Ruhe bewahren.

Ichbinganzruhigichbinganzruhigichbinganzruhig

Wir

stürzen

auf

Ma

na

ra

ga

Plack-ck!!!

So klingt es, wenn der Raketenkörper unter einem wegplatzt.

Noch so ein trockenes Geräusch, dann höre ich die Drachenflügel schwirren. Verkrallt in den Rücken meines Ifrits, an den ich doch fest angeschnallt bin. In seinen kräftigen Händen liegt das Steuer. Weiße Hügel unter uns, dazwischen das gewundene schwarze Band eines Flusses.

Vor uns aber – alles überragend: die weiße Bärentatze.

Plack! Plack! Plack! Plack!

Eine nach der anderen zerspringen die Raketen, pfeifend entfalten sich die Terylenflügel.

Die Luft schneidet wie Messer in die Lungen.

Sechs Flugminuten.

Leicht und sicher landet mein Ifrit auf dem Berg Manaraga. Nahezu exakt zwischen zweitem und drittem Zahn – oder soll man besser Kralle sagen? Er schnallt mich ab, ich falle bäuchlings in den Schnee. Es ist frostig und windstill. Die Hornissen landen in unserer Nähe. Schneefontänen spritzen. Die Drachen werden preisgegeben, sie rutschen in die Tiefe. Der Blonde wirft die weiße Faust in die Luft. Die Hornissen eilen davon, pflügen mächtig den Schnee. Man traut ihnen zu, diesen Berg einzureißen.

Ich setze mich in den Schnee. Er ist tief. Frischer, lockerer Pulverschnee. Ringsum alles weiß, ins Mondlicht getaucht. Unter mir das Tal mit dem schwarzen zugefrorenen Fluss.

Die Hornissen entfernen sich. Ich sehe, wie sie sich flach in den Schnee legen. Ein paar Sekunden Stille, und ... Ein Lichtblitz, ein dumpfer Knall.

Die Höhle ist offen.

Automatische Gewehrsalven. Die Operation hat begonnen.

Ich lasse mich nach hinten fallen. Sollen die Jungs ihr Werk verrichten. Lange habe ich nicht so im Schnee gelegen. Über mir nur Mond und Sterne. Das ist zum Lachen! Als hätte ich gerade nichts Besseres zu tun, als in die Sterne zu gucken. Die einen nicht geringen Einfluss auf unser Leben haben, wie meine Flöhe mir des Öfteren versichern.

»Es ist die pure Wahrheit, mein Herr.«

»Floh, du bist gar nicht gefragt.«

Der Mond ist hier oben sehr hell. Als Kind bekam ich von meiner Mutter ein tatarisches Märchen erzählt, das von einem bescheidenen Mädchen mit Namen Suchra handelte. Sie lebte mit ihrem Vater und einer bösen Stiefmutter, die ihr das Leben schwer machte; zuletzt erhielt das Mädchen von ihr den unerfüllbaren Auftrag, bis der Morgen graute, ein Fass ohne Boden mit Wasser zu füllen. Das Mädchen nahm das Tragejoch, ging zum Brunnen, füllte die beiden Eimer und schaute versonnen zum Mond hinauf. Ihr schien es, als müsste dort oben das Paradies sein. Und sie bat den Stern, der gleich neben dem Mond glänzte, er möge sie ins Paradies einlassen. Und der Stern tat es. Ihre Leute drunten suchten den lieben langen Tag nach ihr, bis sie sie des Abends mit ihrem Tragejoch und den zwei Eimern droben auf dem Mond entdeckten. Die Stiefmutter war sich sicher: Was sie da sah, war Suchra mit Tragejoch und Eimern. Während ihr Vater meinte, es sei Kain, der seinen Bruder Abel auf die Forke spießte. Der Stern aber, der da gleich neben dem Mond am Nachthimmel glänzte, war ...

»Die Venus, mein Herr. Zweiter Planet des Sonnensystems. Scheinbare Helligkeit: 4,6. Perihel: 107476259 km, 0,71843270 AE, Aphel: 108942109 km, 0,72823128 AE. Exzentrizität ...«

»Floh, ich schmeiß dich ins Klo.«

»Dann tauche ich wieder auf, schüttle mich einmal und bin zu Diensten!«

Da ertönt das Signal.

Zeit für dich, Géza.

Ich erhebe mich und stapfe durch den Schnee in Richtung Höhle. Eile tut nicht not. Der erste Teil der Arbeit ist vollbracht. Nun bin ich an der Reihe. Der Schnee ist tief. Ich folge den Spuren der Fallschirmjäger. Sie haben den Schnee gepflügt wie die wilden Eber. Ein Stück voraus sehe ich einen schwarzen Schlund. Genau zwischen zwei riesigen Felszacken. Aus dem Schlund raucht es ein wenig. Ich gehe darauf zu. Ein gähnendes Loch. Die Jungs haben wohl ganze Arbeit geleistet. Der Sicherheitsdienst bekommt sein Brot von uns nicht umsonst. Profis genießen meine Hochachtung. Beinahe malerisch ragen die verbogenen Trümmer des Tores aus dem Höhlenrand. Eine geöffnete Konservenbüchse. Der Inhalt: vergammeltes Molekularfleisch. Die Flöhe schweigen sich aus. Macht nichts, ich habe Augen im Kopf.

Ich trete ein.

Im nächsten Moment ... sehe ich die weißen Leiber der Fallschirmjäger, in seltsamen Posen erstarrt. Wie schockgefrostet.

Fuck!

Die Flöhe melden: ALARM!!!

Ich mache, dass ich rauskomme. Etwas bohrt sich mir in den Nacken. Nein, verdammt! Ich bin schnell, Scheiße noch mal, ich bin schnell. Nichts wie weg! Atmen. Raus. Atmen. Raus. Atmen. Draußen. Schnee, Schnee, Schnee locker und tief Schnee locker und tief, Beine hängen Füße kleben kleben Schnee Knie weich Füße möchten so gern weg Manaraga ich will dich gebären kreiße den Berg der geht in mir um im Gallensaft und Manna ragen Mantra Raga Hora Höhle Manara aro rogo nero goro ...

Licht dringt durch die Lider.

Ich öffne die Augen. Das geht schwer.

Ein Raum. Der ist groß. Weiße Decke. Hohe Fenster. Hellblauer Himmel. Grelles Azur. Ich schließe die Augen.

»Bonjour, Géza!«

Ich öffne die Augen erneut. Wende den Blick. Hinter einem großen Tisch. Mit Zigarre und Drink. Im sehr großen Sessel. Henri. Auch sehr groß.

»Gut geschlafen?«

Über sein milchweißes, maßlos großes Gesicht huscht ein Lächeln. Elefantenäuglein. Über ihm an der Wand ein Gemälde. Kommt mir bekannt vor. Floh, sag mir, was ist es? ... Schweigen. Sagt bloß, ihr Flöhe ... Ich löse die verklebten Lippen. Aus meinem Mund rinnt etwas. Das Kinn hinab. Blut! Mein Mund ist voll salzigen Blutes. Ich schlucke. Fahre mit der Zunge durch den Mund. Die Zähne sind heil. Am Gaumen stimmt etwas nicht. Da ist ... eine kleine Wunde. Sie haben meinen Floh extrahiert. Mein Hirn ist hohl. In der Schulter brummt es. Das sind die alten Narben. Was ist das für ein Bild? Schweigen im Kopf. Meinem Kopf. Tiefes Schweigen.

»Ich frage, ob du gut geschlafen hast, mein Freund.«

Er steht auf. Kommt auf Riesenfüßen herübergeschlurft. Er ist eine Wolke. Im papayafarbenen Anzug. Obsttöne mochte er schon immer. Seine Hand nähert sich meinem Gesicht. Darin das bekannte Bocksgesicht mit blauer Rose zwischen den Zähnen. Der Bock grinst. Die Hand wischt mir mit einer Serviette das Kinn.

»Kannst du sprechen?«

Ich versuche es.

»Kann ... ich.«

»Na fein.«

Er nuckelt an seiner Zigarre und entfernt sich zum Fenster hin. Ich orientiere mich im Raum. Sehe mich in einem Sessel liegen. Ohne Kombi. In leichtem Pullover und Hosen.

»Wo bin ich?«

»Auf dem Manaraga.«

Ich gebe mir Mühe zu denken. Das ist nicht so leicht ohne Floh.

»Ist das nicht ein Wetterchen?« Er bläst Rauch gegen die Scheibe, spricht, ohne sich umzusehen. »Drei Tage Dauerschnee und mit einem Mal Prachtwetter. Dir zu Ehren. Magst du was trinken?«

Kein schlechter Vorschlag.

»Ja.«

Er geht zu einem kleinen Bartresen, wirft Eis in ein Glas, gießt ein, bringt es herüber. Ich greife zu, nehme einen Schluck. Scotch. Der Gaumen brennt. Doch es tut gut. Noch einen Schluck. Ich stelle die Füße auf den Boden. Schöne breite Dielen. Ich stehe auf. Ein seltsamer Schwindel befällt mich. Henri schaut mir lächelnd zu und pafft.

»Du siehst nicht schlecht aus.«

»Wo sind ...«

»Die braven blauen Hornissen, meinst du? Im Himmel.«

»Etwa ... tot?«

»Ach was. Die sollen der Küche noch nützen.«

Ich nehme noch einen Schluck.

»Henri. Was zum Teufel geht hier vor?«

Er hebt begütigend die großen Hände.

»Alles schon vorbei und gegessen, mein Freund! Du bist auf dem Manaraga. Gesund und am Leben. Was deine Insekten angeht ...«

Er tritt zum Tisch, nimmt eine transparente Flohbox vom Tisch, hält sie gegen das Licht.

»Sie sind veraltet. Du benötigst einen ganz neuen verbesserten Satz Assistenten, die das Geschehen richtig einzuordnen wissen.«

»Henri ... wer bist du?«

»Wer schon. Derselbe, der ich immer war. Nur ein klein wenig anders!«

Er lacht, dass ihm die Wampe wackelt. Ich schlucke Blut. Trinke Whisky nach. Einstweilen begreife ich gar nichts.

»Was willst du?«

»Géza, ich möchte, dass wir uns recht verstehen.«

»Was gibt es da zu verstehen? Du arbeitest gegen die Küche?«

»Ich? Gott bewahre!« Er kreuzt die Arme vor der Brust.

»Wozu bist du dann hier? Und wieso hast du meinen Floh extrahiert?«

Er legt die Zigarre in den Aschenbecher.

»Komm mit, Géza. Ich werd dir was zeigen. Anschließend setzen wir uns zu Tisch und reden über alles.«

Er schwebt zur Tür, die sich selbsttätig öffnet. Ich stelle das Glas mit dem Eis auf der Tischkante ab und folge ihm.

Aus der Tür tretend, stehen wir vor einem geräumigen, über vier, fünf, sieben Etagen in die Tiefe reichenden runden Schacht. Wir sind in der obersten. Über uns kragt Felsgestein. Es ist düster und kühl. Die ganze Anlage ist künstlich aus dem Berg gehauen. Einfach irre! Henri geht, die Hand am umlaufenden Geländer, zügig auf den Fahrstuhl zu, zwei Wächter sind an seine Seite getreten. Die Kabine ist geräumig und verspiegelt. Mein Gesicht ist grau, die Wangen sind vom Whisky gerötet. Auch auf dem grauen Pullover sind Spuren von meinem Blut.

»Du bist gerade zur rechten Zeit gekommen«, sagt Henri und lächelt mich im Spiegel an. »Punktgenau!«

Ich sage nichts.

»Manaraga wartet seit Langem auf dich.«

»Henri, was ... was hat das alles zu bedeuten?«

Er legt locker den Arm um mich.

»Das hier ist unsere Zukunft, Géza.« Der Fahrstuhl stoppt, wir treten hinaus und stehen in einer riesigen, hell erleuchteten Werkhalle, die beinahe zur Gänze von einer großen, langen Maschine eingenommen wird. Arbeiter in Blaumännern wuseln darum herum. Eine Frau mit asiatischen Gesichtszügen in schicker schwarzer Kombi kommt auf uns zu. An ihrem Schlüsselbein sitzt ein weiches Grips als Brosche in Eidechsenform.

»Guten Tag, meine Herren!«, spricht sie mit freundlichem Lächeln.

»Grüß dich, Shalina«, erwidert Henri. »Mach dich bekannt mit unserem Freund Géza.«

»Hallo, Géza!«

Ich reagiere nicht.

»Meine liebe Shalina, Géza hat noch nie eine Molekularmaschine arbeiten sehen. Zeigst du sie ihm?«

»Mit Vergnügen!« Ihre schrägen schwarzen Augen sehen mich freundlich an.

Mich aber hat der Alkohol inzwischen wieder zur Besinnung gebracht.

»Fuck off, bitch!«

Sie lächelt.

»Géza, sag mal!« Nachsichtig legt Henri die Stirn in Falten.

»Henri. Gehörst du jetzt zu den Grafomanen?«

»Nein, Géza.«

»Haben dich die chinesischen Pfuscher gekauft?«

»Mich kann man nicht kaufen, Géza. Dafür ist zu wenig Geld in der Welt.«

»Du solltest wissen, dass ich nie im Leben gegen die Große Küche vorgehen würde.«

»Ich ebenso wenig.«

»Warum arbeitest du dann für die Grafomanen?«

»Ich arbeite für die Zukunft der Küche, Géza.«

»Indem du Briketts presst? Falsche Scheite?«

»Géza, ich würde vorschlagen, du hörst mir mal zu.«

»Du bist ein toter Mann, Henri. Wenn nicht ich dafür sorge, besorgen es andere.«

»Das glaube ich nicht.«

»Dein Name wird verflucht sein.«

»Gewiss nicht.«

»Verflucht und vergessen.«

»Ne-ein!«

Seine in Selbstzufriedenheit zerfließende Larve widert mich an. Diese Laus! Hat sich verkauft und uns betrogen.

Und mir noch dazu die Flöhe geklaut. Dieses überhebliche fette Schwein. Ich mache einen schnellen Schritt auf ihn zu – und ernte von einem der Wächter einen professionellen Schlag in die Magengrube. Sacke auf den Steinfußboden.

»Géza, Géza ...« Eine kalte Hand fährt mir über den Nacken.

Ich drehe mich auf den Rücken, japsend wie ein Fisch auf dem Trocknen. Der Boden ist eiskalt. Bergfelsen.

Schwerfällig geht Henri neben mir in die Hocke.

»Pass mal auf, Géza. Mich hat keiner gekauft. Ich bin kein Grafomane, der davon träumt, Schwarzgeld zu machen. Was ich hier in zwei Jahren aufgebaut habe, ist ernster gemeint. Es geht um die Zukunft. Meine, deine, unsere. Die der Großen Küche. Ich bin kein Renegat und kein Verräter. Glaub mir.«

»Warum sollte ich?«

»Du wirst mir glauben, unweigerlich wirst du. Helft ihm auf die Füße.«

Die Gorillas greifen mir unter die Arme und heben mich auf.

»Schau dir zumindest die Technologie an. Hinterher besprechen wir das.«

»Fuck off ...«

»Ein Blick darauf werfen sollst du Sturkopf schon. Es lohnt. Jungs!«

Die Gorillas ergreifen mich, tragen mich durch die Luft. Shalina stelzt auf langen Beinen voran. Vor der Längsseite der Maschine werde ich abgesetzt. Sie lässt an die Luke eines Müllschluckers denken. Eben nähert sich ein kleiner Elektrokarren der Anlage, bis oben hin beladen mit schwarzem, ölig glänzendem Gestein. Der Floh würde mir jetzt flüstern, worum es sich handelt. Die Maschine klappt ihren Schlund auf, schmaläugige Arbeiter schaufeln das Erz hinein.

»Hier sehen Sie den Vorgang der Beschickung unserer MM105 mit dem Ausgangsmaterial Grafit. Das Manaraga-Massiv ist aus Gabbroiden und Syeniten gefügt, mit seltenen Intrusionen, der ganze östliche Teil des Berges besteht aus metamorphisierten Gesteinen der Sablja-Suite sowie Glimmerschiefer. In ebendiesem Teil wurden drei große Grafitlinsen gefunden. Unsere Fertigungsebene liegt auf Höhe der obersten Linse. Es handelt sich hierbei um ein gutes, großschuppiges Grafit, das nur 15,2% Verunreinigungen enthält und den idealen Rohstoff für unsere Buchproduktion abgibt. Wasserstoff und Sauerstoff in atomarer Form, wie sie den für Papier, Kartonage, Kaliko, Kapitalband, Leim und Gaze benötigten Kohlenwasserstoffverbindungen zugrunde liegen, gewinnt die Maschine aus dem Wasser, das dem Grafit beigemischt wird. Die Druckfarbe kommt in Reinform hinzu. Die Maschine wird in diskreten Portionen zu je 260 kg beschickt. Das ist das Maximum, was die Maschine zu einem Zyklus zu verarbeiten in der Lage ist. Ein Zyklus braucht zwei Stunden, vierunddreißig Minuten. Wenn wir uns nun rasch zum hinteren Teil der Maschine begeben, so haben Sie das Glück, den Abschluss eines Produktionszyklus mitzuerleben. Ich darf bitten!«

»Lasst mich bloß in Frieden damit …«

Die Gorillas schleppen mich die Maschine entlang. Sie sieht aus wie eine gigantische stählerne Raupe, von Rohren und Kabeln umwunden. Wo anders ließe sich ein solches Monstrum verstecken als in einem Berg? Fein haben die Drecksäcke sich das ausgedacht ... Am hinteren Ende der Raupe sind Angestellte in weißen Handschuhen zugange. Und was da aus dem stählernen Raupenarsch kriecht, ist ... ein Festmeter *Ada*! Die besagte. Floh, wie viele sind das? Ach, kein Floh vorhanden. Dafür scheint Henri meine Gedanken lesen zu können.

»Du hast wirklich Glück, Géza. Dass gerade heute unsere erste Molekularauflage fertig wird. Pro Zyklus kann die Maschine eintausend Exemplare der Ada montieren. Das hier ist das vorletzte Tausend.«

»Und die Gesamtauflage beträgt?«

»Eine Million.«

»Du Clown hast sie nicht alle.«

»O doch!« Er lacht auf seine widerwärtige Art. »Wir sind drei Schichten gefahren. Schau her!«

Er nimmt ein Buch aus dem Block und kommt damit zu mir, der ich in den Armen der Leibwächter sitze, blättert es mir vor. Tja. McGraw-Hill, 1969. Der beschädigte schwarze Schutzumschlag, mit dem Löchlein in der rechten Ecke und dem diagonalen Riss in der linken. Gleiches Loch und gleicher Riss auf allen übrigen 999 Exemplaren. So wie die Bleistiftanstreichung auf Seite 142. Tee- und Weinflecken. Abgeriebene Ecken. Der gealterte, ungleichmäßig vergilbte Schnitt. Hübsch anzusehen. Magst ruhig schlafen, good old Nabokov.

Ich klopfe den Gorillas auf die Pfoten:

»Lasst mich runter.«

»Tut das, Jungs«, befiehlt Henri.

Ich werde auf die Füße gestellt. Gehe näher an die Bücher heran. Dem Festmeter Ada entströmt ein seltsamer Geruch.

»Das ist der Molekulardunst«, klärt Henri mich auf, der meine Gedanken neuerlich gelesen zu haben scheint. »Herstellungsbedingt. Restmoleküle aus dem Montageprozess. Die werden mit der verbrauchten Luft durch ein Rohrsystem abgesaugt. Riecht wirklich sonderbar, nicht?«

Ich wende mich zu ihm um.

»Was erwartest du von mir?«

»Dass du mit mir zu Mittag isst. Und wir miteinander reden können.«

Hunger hätte ich, zugegeben, schon. Gleich wird der Fleischkloß anfangen, mich zu werben. Ich sitze tief in der Patsche. Der Flug zum verdammten Manaraga war eine Himmelfahrtsmission. Wir wurden erwartet. Alles dem Anschein nach wohlkalkuliert.

»Von mir aus. Führ mich zum Futternapf.«

»Ist nicht weit.«

Mit dem Lift geht es wieder nach oben. Langsam fährt die Tür auf, und ... boah! Wir stehen in der Küche. Aber was für einer! Steinerne Gewölbe, Bögen voller Reliefs, ein unterleuchteter Milchglasboden, sieben, nein, neun gläserne Herde stehen im Kreis, die Abzugsrohre verlieren sich im Gewölbe. In den Röhren flackert das Feuer. Die Herde sind von eigentümlicher Bauart, kreisrund. Nie gesehen, so etwas. Köche in Weiß fuhrwerken auf ihnen herum. Eine leichte, orchestrale Musik erfüllt den Raum. Kerzen brennen, es riecht nach Essen. In der Mitte ein Tisch, gedeckt für zwei Personen. Etwa für uns?

»Was dachtest du?«, lacht der Elefant.

Ich nähere mich den Herden. Die Köche verneigen sich ehrerbietig, ohne von ihrem Tun abzulassen. Alles vorhanden, was das Herz begehrt: Grill, Kochplatte und Röhre. Alles durchsichtig und sehr elegant aussehend. Und was darinnen so lustig brennt, sind ... Bücher! Da brennt die *Ada!* Eben karrt ein Chinese einen mit Scheiten beladenen Wagen heran. Vielfach blickt der Ästhet und Misanthrop Nabokov mich an. Der Heizer schiebt die Scheite geschickt in die Röhren. Und da brennen sie. Wie trocken Holz! Ganz ohne jedes Excalibur.

»Kein Umblättern mehr, Géza.«

Das ist allerdings stark. Ich sehe erst jetzt, worauf das alles hinausläuft. Diese stählerne Raupe. Die Herde. Auf denen Suppe gekocht, Fleisch und Gemüse gesotten, in deren Röhren etwas gebacken wird. Sogar Brot!

»Ohne eigenes Brot, das wäre ja noch schöner!«

Aber das ist ja eine Revolution, fuck you slowly!

»Du warst schon immer schnell von Begriff.«

Nein. Das ist der Wahnsinn. Aber ... was wird dann aus der Großen Küche? Der Tradition? Book 'n' Grill?

»Ist eben nicht der Weisheit letzter Schluss.«

Scheiße, nein! Nein und nochmals nein!

Ich muss etwas trinken.

»Geht gleich los, mein Freund.«

Ein Kellner mit Tablett erscheint. Darauf zwei Gläser

Wodka und zwei Törtchen mit schwarzem Kaviar. Hat er vor, ein russisches Menü auszurichten?

»Nicht nur das. Auf der Ada lässt sich allerhand zubereiten.«

Henri greift nach einem Glas. In seiner Pranke wirkt es wie ein Fingerhut. Und der Bock mit der Rose im Maul grinst mich an.

»Auf dein Wohl, Géza!«

Er trinkt, wirft sich ein Törtchen in den Rachen, als wäre es eine bittere Pille. Ich nehme das andere Glas vom Tablett.

»Und die Küche weiß von nichts?«

»Inzwischen schon. Weil du davon weißt.«

Ich kippe meinen geeisten Wodka. Aber wieso erzählt er mir das alles und nicht irgendwem aus dem Quartett?

»Es wäre aussichtslos, Géza. Das ist die alte Kriegsgeneration. Während wir, du und ich, die Kinder dieses Krieges sind.«

»Und was haben wir ihnen voraus?«

»Weniger Vorurteile. Komm!«

Er bittet mich zu Tisch. Wir setzen uns. Neun Herde um uns herum, in denen es lodert, als wären es diese ... Opfer... dings ... wie hieß das noch mal? ... vergessen ... Ohne Floh fällt mirs nicht ein. Der Kellner schenkt weißen Wein ein.

»Wir beide sind nur vier Jahre auseinander«, fährt Henri fort, während er sein Glas ergreift und daran nippt. »Das ist gar nichts. Wir sind dieselbe Generation.«

»Und da meinst du, wir kämen schneller überein?«

Er zögert die Antwort hinaus, bewegt den Schluck

Wein eine Weile in seiner großen Mundhöhle, eher er ihn schluckt.

»Géza, pass mal auf. Ich weiß alles über dich. Du bist ein ausgekochter Profi, gescheit und ein nüchterner Denker, kein Fanatiker. Meinst du nicht auch, dass die Welt vom Book 'n' Grill langsam Sodbrennen kriegt?«

Eine unerwartete Frage. Darüber habe ich, ehrlich gesagt, bisher nicht nachgedacht.

»Dann tu es jetzt. Der Krieg ist lange her. Die Ruinen, in denen wir unsere ersten Steaks auf den Stahlgewittern grillten, sind wiederaufgebaut. Die ersten heißhungrigen Kunden der Großen Küche waren Europäer, Heimkehrer aus dem Krieg. Die Europa verteidigt hatten. Sie waren begeistert. Ihre Mädchen glotzten wie verzaubert auf die lodernden Buchseiten. Und ließen sich anschließend in den halb zerstörten Hotels beschlafen. Book 'n' Grill war das neue große Ding! Ein groteskes Schauspiel, das den Krieg zu vergessen half. Ein Dolce Vita der Nachkriegszeit. Aber das war einmal, Géza. Es ist vorbei und vergangen. Unsere Kundschaft von damals, das sind heute ehrbare Leute. Mit einer Gastritis vom vielen Grillen. Schau dir an, wen wir heutzutage bedienen: Gangster und Deppen, ein paar romantische alte Knacker und ein bisschen neugieriges dummes Volk. Die normale Kundschaft ist längst abgewandert. Liest ein Koch heutzutage einmal die Woche, heißt es, er sei gut im Geschäft. Wie anders war das damals! Mit sechzehn stand ich das erste Mal am Grill. Drei Lesungen am Tag galten als normal. Ich hab einen Haufen Geld verdient damals, obwohl die Preise viel niedriger lagen. Und ich dachte, es würde immer so sein. Aber die Welt verändert sich nun mal. Moden ändern sich. Nur die Große Küche ändert sich nicht. An ihrer Spitze stehen unverbesserliche Grillromantiker. Sie sind vernarrt in diesen Grill! Kohlebecken, Rost, Excalibur. Steak, Dorade, Schaschlyk, das ist ihr ganzes Alphabet. Lieber haben sie die Preise hochgetrieben. Alles muss bleiben, wie es ist. Und das Menü? Unsere berühmte Speisekarte? O, là, là!« Er wirft die Pranken in die Luft. »Jeder von uns hat, wenns hochkommt, zehn Varianten im Köcher. Manche von den Jüngeren nur noch ganze drei. Das ist doch so was von trist, Géza! Wird dir beim Anblick des Rostes nicht speiübel?«

»Bislang nicht.«

»Mir schon. Ich möchte kotzen!«, brüllte er und fegte dabei sein Glas vom Tisch. »Der Rost hat seine Schuldigkeit getan! Genug Rauch geschluckt! Schluss mit der Blätterei! Es wird Zeit, der Welt eine hochwertige, abwechslungsreiche Kost anzubieten! Höchste Zeit!«

»Hast du schon mal versucht, mit dem Quintett darüber zu reden?«

»Hab ich. Zwecklos.«

Ich sage nichts weiter. Fürchte mich davor, auch nur einen Gedanken zu fassen. Es will sich eh keiner einstellen. In den Herden flackert es.

»Na gut, wir haben uns verplaudert. Du musst hungrig sein ...« Er klatscht in die Hände. »Jungs, wir sind so weit.«

Eine Bouillabaisse wird serviert, dazu frisch gebackenes Brot. Er ergreift das Glas, das neu und gefüllt vor ihm steht, stößt an meines.

»Géza, ich bin froh, dich hier oben auf dem Manaraga zu sehen.«

Ich trinke einen Schluck. Probiere die Suppe. Sie ist vorzüglich.

»Tja, bei uns wird gut gekocht. Da kommt heute noch einiges auf uns zu. La Grande Abbuffata! Also geh die Sache vorsichtig an, mein Freund!«

Wir schaffen kaum ein Drittel der vor uns stehenden Portion, als die Kellner die Teller auch schon wieder abräumen. An die Stelle der Bouillabaisse ist ein aufgesägter, in der Röhre gebackener Markknochen gerückt. Auch der Wein hat gewechselt. Zu den Knochen werden diverse Dips und Croutons gereicht, kleine Silberlöffelchen als Besteck.

»Du sollst heute alles probieren, was unsere Küche aus der Ada zu zaubern vermag.«

Die *Ada*. Ein properes Scheit, darüber mag ich mit dem Fettklops nicht streiten ... »Es geht nicht nur um das Scheit. Sieh dir den Herd näher an, Géza.«

Ich schaue. Oho! An den Flanken sind überall die drei Buchstaben *ADA* eingeprägt. Fällt nicht gleich ins Auge.

»Die Revolution erfasst die Herde gleich mit.«

»Willst du etwa immer nur auf der Ada kochen? Hast du darum gleich eine Million davon gestemmt?«

»Das fehlte noch! Die Ada ist nur der Anfang. Die erste Kugel. Die zweite wird etwas ganz anderes sein.«

»Nämlich?«

»Don Quichotte. Die Erstausgabe natürlich. Mit einer anderen Herdkonstruktion.«

Ein Hologramm flammt auf. Der gezeigte Herd ist ebenfalls transparent und im Retrostil, mit kupfernem Schnickschnack.

»Und dieser Herd wird Don Quichotte heißen?«

»Ich sehe, mein Freund, ich habe mich nicht in dir getäuscht! Don Quichotte. Das ist der Witz an dem Ganzen.«

»Und auch der in Millionenauflage?«

»Klar. Das dritte Produkt wird der Ulysses sein. Das vierte Gargantua und Pantagruel. Dazu die betreffenden Herde.« Er beißt auf seinen Knochen, dass es splittert, schlürft ihn geräuschvoll aus. »Lecker, nicht wahr?«

»Dann werden die Köche aber zu tun haben, diese Öfchen durch die Gegend zu bugsieren. Und sie wieder verschwinden zu lassen.«

»Wozu sollten sie das?«

»Willst du sie bei den Kunden stehen lassen?«

»Nein, wieso?«

»Wo sonst sollen sie stehen?«

»In den Restaurants. Wie es sich gehört. Die brauchen ja einen ordentlichen Kamin.«

»Eine Restaurantkette im Untergrund?«

»Bestimmt nicht im Untergrund.«

Ich verschlucke mich am Rindermark. Huste eine Weile, den Provokateur nicht aus den Augen lassend. Der Dicke hat seinen Hüftknochen klein und schaut aus Elefantenäuglein keck zu mir herüber.

»Mein lieber Géza, die Welt hat nicht nur den Grill satt, sondern auch den Keller. Vom Grillen kriegt man Gastritis und vom Keller Rheuma. Die Küche muss endlich ans Licht. In warme, helle, kommode Räumlichkeiten.«

»Soll das heißen…«

»Jawohl, das soll es!«, nickt Henri und wirft den leeren Knochen hin.

Zwei Teller mit dampfendem Borschtsch kommen auf den Tisch.

»Was sagst du nun, Géza? Der gute alte Borschtsch! Die Russen in der Ada liebten ihn über alles, sogar auf Antiterra aßen sie ihn noch. Zum Borschtsch muss man freilich einen russischen Wodka kippen.«

Die Kellner arbeiten wie ein Uhrwerk. Im Nu landet eine beschlagene Flasche in Henris Pranke. Vielleicht hilft mir der Alkohol, zu mir zu finden.

»Das ist wahr.«

Ich trinke einen Wodka.

»Verstehe ich recht, Henri, du willst die Große Küche … legalisieren?«

»So ist es.«

»Es soll ein ganz normales Business werden?«

»Ja.«

»Wie soll das gehen?«

»Auf die normalste Art, mein Freund. Eine gut situierte Familie geht ins Restaurant ›Don Quichotte‹ zum Abendessen. Die andere ins ›Ulysses‹, die dritte in den ›Prozess‹. Ein leckeres 4-Gänge-Menü auf Erstausgaben. Die Speisekarte kurz und bündig. Der Herd steht gleich neben dem Tisch, damit die Kinder staunen können, wie der berühmte Roman brennt. Ach, Liebster, wie hübsch das aussieht! – Gefällt es dir, mein Schatz? – Die Rechnung bitte. Hat es Ihnen geschmeckt? – O ja, vielen Dank. – Beehren Sie uns wieder.«

»Aber das Ganze ist doch ein Fake! Keine bibliophile Rarität, die...«

»... einer erst aus dem Museum klauen und seine Freiheit dafür aufs Spiel setzen muss? Womöglich noch irgendwem den Schädel dafür einschlagen? Die die Antiquare in den Tresor legen? Für die man das Fünffache ihres Wertes zu bezahlen hat? Damit sie in den Tresor der Zusteller wechselt? Und am Ende wird sie abgefackelt, mit dem ständigen Blick zur Tür? Géza! Hier steht die MM 105, eine große Erfindung der Menschheit! In drei Stunden baut sie dir eintausend Erstausgaben. Ohne kriminelle Machenschaften. Und alle Schädel bleiben heil, keiner zahlt drauf, und keiner wandert in den Knast.«

»Aber die Leute merken es doch ...«

»Wie denn? Die Herstellung erfolgt hier, auf dem Manaraga. Grafit ist genügend vorhanden, solange wir am Leben sind. Und selbst wenn ihnen etwas auffallen sollte – wen schert es, woher diese Bücher stammen? Die Kunden kriegen vergilbte alte Buchseiten zu sehen, hier bitte: ein Tropfen Wein aus dem achtzehnten Jahrhundert, und hier vertrocknete eine Motte im sechzehnten, das muss man sich vorstellen, Liebste: Die hat einmal gelebt, ist herumgeflattert! Wer kann wissen, woher wir diese Bücher haben? Wir offerieren ein hochwertiges Produkt. Auf die Qualität kommt es an, das ist so in jedem Geschäft. Unsere Ware ist eins a. Und wir brechen damit kein Gesetz. Keine Einbußen in den Museen, die Polizei kann ausspannen. Zwar wird so ein Essen zwanzigmal weniger kosten als jetzt. Dafür wird es dreißigmal mehr Abnehmer geben. Es darf geworben werden. Ganz legal. Der Spleen Einzelner mutiert zur Tradition der Massen. Ohne Risiko. Ohne Rheuma und Gastritis.«

Er spricht ganz ruhig. Alles wohldurchdacht, seit Langem. Ich muss das ... alles ... erst mal verdauen.

»Bon appétit, mon cher. Der Borschtsch ist fantastisch.«

Er isst.

Mir ist der Appetit vergangen.

»Schenkt mir noch einen Wodka ein.«

»Trink nur. Das hilft, die Idee in ihrer ganzen Größe zu erfassen. Ich hab sie zwei Jahre mit mir herumgetragen, Géza. Alles ist bedacht bis ins Kleinste. Es wird keine Probleme geben. Die Öfen werden von den Chinesen und den Holländern gebaut. Entworfen von den besten Ingenieuren. Jeder speziell konstruiert für ein, sein bestimmtes Scheit, eine definierte Anzahl Gerichte. Verlässlich funktionierend. Ein Netz von Superrestaurants umspannt die Welt. Uns erwarten große Investitionen. Und ein exorbitanter Profit. Die Welt ist reif dafür! Das wird eine Revolution, sag ich dir.«

»Und was bleibt den Köchen bei dieser Revolution zu tun? Zwiebeln schneiden und ein Liedlein pfeifen? Mehlschwitze bereiten? Die Suppe umrühren?«

»Die Artisten der Vergangenheit treten von der Bühne ab, das ist wahr. Das Excalibur kommt in die Vitrine. Das wilde Fechten, der Tanz um den Rost im Qualm, all das hat ein Ende. Ein Koch ist zum Kochen da. Gute, gediegene Küche, ohne Tricks und Sperenzien! Schau dir unsere Köche an! Noch so jung und kochen wie die Götter! Jungs!«, ruft er den Köchen im Hintergrund zu. »Alles bestens! Ihr seid wieder mal super!«

Die Köche nicken mit den Mützen. Der Borschtsch wird abgeräumt. Ich bin nicht dazu gekommen, ihn zu probieren. Es folgt eine Platte mit Fisch, gedämpftem Gemüse, Rotkohl. Irgendetwas Schweizerisches. Weißwein. Ich habe Lust, mich zu betrinken. Leere mein Glas in einem Zug. Dabei fällt mir etwas ein.

»Aber jetzt sag mal ... Was war das mit Antonio?«

»Ach, der ...« Er winkt verächtlich ab.

»Hat er nicht die Auflage in Umlauf bringen, die Küche damit fluten wollen?«

»Antonio war ein Idiot. Gierig und kurzsichtig. Rachsüchtig obendrein. Erst hat er die Auflage ruchbar gemacht und dann auch noch Manaraga decouvriert. Ich habe mich in ihm geirrt. Glücklicherweise lief der Kontakt mit ihm über einen Avatar. Andererseits hätte die Küche früher oder später sowieso von uns Wind bekommen.«

»Was heißt uns? Wie viele seid ihr?«

»Die Security nicht mitgezählt, die euch letzte Nacht empfangen hat, sind es dreiundzwanzig Köche – und ich. Und du.«

»Ich gehöre nicht zu dir, Henri.«

Die Elefantenäuglein saugen sich an mir fest. Er wischt sich den Mund mit der Serviette.

»Dann schau dir noch das hier an, mein Freund. Es wird dich interessieren.«

Ein Hologramm baut sich auf. Eine Art Tunnel, Wände und Decke aus Felsen. Es muss hier im Berg sein. In Zweierkolonne kommen die mir bekannten Hornissen in ihren weißen Kombis durch den Tunnel getrabt.

»Blaue Hornissen, was liegt an!«, brüllt der Blonde.

»Rangehn mit stählernen Eiern!!«

Sie laufen durch den Tunnel und gelangen zuletzt in den Raum, in dem ich sie liegen gesehen habe. Da ist ja auch das aufgebrochene Tor. Dahinter: blauer Himmel, Sonne, ein Berghang. Die Hornissen flitzen aus dem Bunker.

»Ganze fünf Stunden liegen zwischen diesem Moment und eurer heroischen Landung auf dem Manaraga«, kommentiert der Elefant. »In der Zeit haben wir sie gründlich desinfiziert, mit den rechten Insekten gespickt, ihnen ins Gewissen geredet und Vorschläge gemacht, zu guter Letzt eine Aufgabe gestellt. Und vorwärts, blaue Hornissen!«

»Vorwärts!!«, brüllt der Blonde.

»Vorwärts!!!«

Mit siegesgewissem Gebrüll tobt der Hornissenschwarm, Schneewolken aufwirbelnd, talein.

»Wohin wollen die so eilig?«

»In die Große Küche. Wie schon Lenin sagte, werden Revolutionen nicht in weißen Handschuhen gemacht.«

»Lenin? Wer ist das?«

»Ach, du bist ja ohne Floh. Das war so ein russischer Revolutionär ... Die Hornissen waren beauftragt, nach Hause zu fliegen und ihre Stachel gegen diejenigen zu richten, die sie auf mich gehetzt haben. Ein Ergebnis liegt vor, schaus dir an.«

Zwei Hologramme, zwei Leichen. Kyprianos und Abraham. Von Kugeln durchsiebt.

»Das ging ruck, zuck. Was die richtigen Flöhe in den Köpfen so ausmachen! Keine acht Stunden hat es gebraucht. Zwei sind noch übrig. Ich denke, auch sie werden die nächsten vierundzwanzig Stunden nicht überleben. Das Quintett ist erledigt. Die Stümperei hat ein Ende. In der Großen Küche bricht eine neue Epoche an. Darum solltest du dir überlegen, mein lieber Géza, ob du nicht doch zu mir gehörst. Du bist ein kluger Bursche. Uns steht ein kolossaler Erfolg ins Haus. Unabsehbare Möglichkeiten. ›Ich gehöre nicht zu dir!‹ Bitte sag das nie wieder zu mir.«

Das Quintett erledigt? Abraham? Der arme alte Abraham! Sie haben Abraham ermordet. Das ist wahrlich zu viel. Mich packt die Wut.

»Und was wird, wenn ich dabei bleibe?«

Der papayafarbene Elefant seufzt schwer und nippt am Wein.

»Was dann wird ... Stell dir vor, da schreibt irgendwann einmal ein bärtiger Belletrist einen Roman: ›Manaraga im Schnee‹. Und der beginnt mit den Worten: ›Am Gipfel des Manaraga, zwischen zweitem und drittem Zacken, liegt ein Toter im Schnee. Wie er hierherkam, weiß keiner ... Blödmann!«, brüllt er, während er den Teller mit dem unberührten Fisch auf sich zusegeln sieht. Schafft es, sich zu ducken, doch das gesottene Gemüse klatscht ihm an den Kopf.

»Du Schuft!!!«, brülle ich, dass die Kochmützen erzittern.

»Géza, Géza!«, trompetet der Elefant und lacht, während er sich das Gemüse aus dem Gesicht wischt.

»Sie werden dich einbetonieren, du Laus!!«

»Dazu reicht der Beton nicht.«

»Du bist ein Verräter!!«

»Ein Reformator bin ich, Géza.«

»Ver-rä-ter!«

»Nicht doch, nein ...«

»Verrecken sollst du!«

Er erhebt sich unbeholfen, schnipst sichtlich unlustig mit dem Finger. Und wieder bohrt sich mir etwas in den Nacken. Dieses Schwein hat sich kaufen lassen! Von wem? Den Chinesen etwa? Nein! Das Hygiene-Institut wird es sein! Die Küche soll ausgeräuchert werden, das ist doch sonnenklar! Dieser ganze Quatsch mit den Superherden ... Er hat mir einen Zirkus vorgespielt. Ich greife nach dem Glas, um es ihm in die selbstzufriedene gemüseverklebte Fresse zu pfeffern. Und das Glas Glas Glas klebt an der Hand Hand Hand wie Stahl Stahl Stahl Gleis Gleis Gleis Glas Glas Glas Meer Meer Meer von Wein Wein Wein bodenlos los los wie das Meer traure sehr sehr und der Sporn Sporn kippt nach vorn und der Tisch Tisch Tisch Tisch Tisch weiß alles über mich.

»Guten Morgen, mein entzückender, geliebter, allmächtiger Gebieter! Heute ist der 14.04. Die genaue Ortszeit: 10.02 Uhr. Das Wetter im Raum Manaraga ist sonnig und klar. Windstille. Die Lufttemperatur beträgt −3 °C.«

Ich schlage die Augen auf.

Ein Innenraum. Groß. Weiße Decke. Riesige Fenster. Blauer Himmel. Ganz viel davon. Sehr klar! Das ist schön. Da wird einem wohl davon.

»Bonjour, Géza!«

Ich wende den Blick. Hinter dem großen Tisch. Mit Drink

und Zigarre. Im Sessel. Henri. Im Anzug. Farbton: reife Banane. Guter Stoff, bequem geschnitten.

»Bonjour, Henri.«

In meinem Mund ist Blut. Schon wieder! Aber weniger als beim letzten Mal. Ich befühle den Gaumen mit der Zunge. Neben der alten Narbe ist ein frischer Schnitt. Kleiner.

»Das ist normal, mein Lieber. Rein geht der Floh auf schmalerem Wege als raus. Gut geschlafen?«

Ich spucke Blut in ein vorsorglich bereitstehendes Gefäß und erhebe mich aus dem Sessel. Ich spüre in mir eine verblüffende Kraft. Ein Kraftgefühl! Als flösse neues, verbessertes Blut in meinen Adern. Schwung und Elan. Die Schulter zwickt nicht mehr. Mir ist, als wäre ich achtzehn. Ein sagenhaftes Gefühl. Mein Schritt ist federnd, beinahe hüpfend. Was ist das bloß?

»Das ist das Flohchen F9, abgestimmt auf dein Psychosomo. Fühlt sich gut an, nicht wahr?«

»Ganz großartig!«

»Dein alter Floh hat sich dem neuen ergeben und ihm viel Interessantes anvertraut. Du wirst dich also immer gut fühlen.«

Ich fühle mich gut. Sehr gut! Habe Freude an allem: Armen und Beinen, Sonne und Himmel, Henri, dem Bild, das über ihm hängt. Floh, was ist das für eins?

»Salvadore Dalí, Sechs Erscheinungen Lenins auf einem Klavier, 1931. Das Original.«

Lenin, soso ... Bedeutender russischer Revolutionär, Mörder des Zaren Nikolaus II., Erbauer der UdSSR, Autor von *Staat und Revolution*.

»Weißt du noch, Géza, gestern wusstest du nicht, wer das war!« Lachend kämpft sich Henri hinter dem Tisch hervor und kommt paffend auf mich zugeschwebt. »Wie ahnungslos wir doch sind ohne unsere Insekten! Während unsere Kunsthandwerker dabei waren, deinen neuen Floh zurechtzuschmieden, habe ich unverbesserlicher Romantiker dich zu überreden versucht. Und bekam eine Ladung Gemüse in die Fresse! Der nackte Mensch ist doch ein hilfloses Geschöpf, findest du nicht?«

Kaum angesprochen, taucht das ganze gestrige Tischgespräch wie eine Leuchtkugel aus meinem Hirn hervor, öffnet sich zu einer prachtvollen Landschaft mit weiten, lockenden Horizonten. Ein jegliches Detail dieser Landschaft, jedes Wort Henris, jeder seiner Gedanken, jede Botschaft strahlen mich an, erscheinen klipp und klar und atmen die Kraft des Neuen, Verheißungsvollen. Erst jetzt begreife ich die bevorstehende Revolution in all ihrer Grandiosität. Das Bild der Molekularmaschine, dieses Wunder, schillert in allen Farben des Regenbogens im Raum. Ein zauberischer Lindwurm mit vollkommenem Hirn und überwältigendem Körper. Verschiebt Zeit und Raum, schreitet voran in eine hell leuchtende Zukunft. Das ist die Revolution!

»Sie hat bereits begonnen!«, sagt Henri und legt den Arm um mich. »Das Quintett ist passé, unser Sicherheitsdienst hat den alten abgelöst. Den Hornissen sei Dank. Mit den Köchen arbeiten sie gerade. Einundvierzig sind bereits auf unserer Seite.«

»Das ist ja toll!«

»Und ob! Aber es kommt noch viel toller, Géza.«

Wir umarmen uns. Welch ein Glück, an dieser großen Sache teilhaben zu dürfen. Alles so prächtig, so kraftvoll und klar! Und Henri, mein Jumbo, wie groß und klug er doch ist! Ich vergöttere ihn: seinen Kopf, sein kluges Gesicht, seine durchdringenden Äuglein, die mächtigen Pranken, die Farbe seines Anzugs, den Geruch seines großen Körpers und den Bock mit der blauen Rose im Maul. Henri und ich, wir vollbringen ein großes Werk.

»Wohl wahr! Ich bin gestern nicht dazu gekommen, dir das Allerwichtigste zu sagen. Schöngeistige Literatur ist eine gute Sache, aber das Nonplusultra ist sie nicht. Die Große Küche muss sich endlich auch an den Heiligen Schriften beweisen.«

»Sag bloß, du willst auf der Bibel kochen?«

»Unbedingt. Aber beginnen sollten wir mit noch älteren Texten.«

Er geht zur Wand, legt die Hand auf ein matt leuchtendes Quadrat, welches aufflammt. Ein lieblicher Ton erklingt, die Wand fährt zurück. Wir gehen hinüber in einen kleinen Raum, der, wie das benachbarte Kabinett, aus dem Fels gehauen ist. Die Decke erstrahlt in bläulichem Weiß. Es ist angenehm kühl. Auch hier kann man die Zukunft riechen. Alles, was Henri in die Hand nimmt – die große, mit dem Ziegenbock und der blauen Rose –, nimmt den Geruch von Zukunft an. Der das Blut in meinen Adern in Wallung bringt.

Henri zieht einen transparenten Kasten aus der Wand, flach und breit. Darin liegt ein alter Foliant.

»Als Alexander der Große das Reich der Achämeniden

zerschlug, fiel ihm das Hauptheiligtum der Zoroastrier in die Hände: zwölftausend Ochsenhäute, auf denen das heilige Buch der Avesta mit Flüssiggold geschrieben stand. Er befahl, etwas daraus ins Griechische zu übersetzen und das Buch anschließend im Meer zu versenken. Doch die zoroastrischen Priester kannten das Buch auswendig und schrieben den Text in einem avestischen Dialekt wieder auf. Das Buch liegt hier vor uns. Wenn wir mit dem Rabelais fertig sind, kommt die Avesta an die Reihe. Den Herd dafür haben die Holländer schon in der Mache. Das wird der absolute Küchenhit. Stell dir vor, wir eröffnen in Paris ein Avesta-Eliterestaurant und zugleich ein ganzes Netz in vielen anderen Metropolen der Welt. Gentlemen im Smoking, Damen in Juwelen und viviparen Zobelpelzen. Die ganze archaische Kraft der persischen Küche. Alte Musik. Feuer in den Herden. Wohlgerüche. Goldene Lettern flammen auf, Lammfleisch köchelt in Milch vor sich hin, Feigen werden in Honig eingelegt. Und du, Géza, bist der Maître des Ganzen, Geschäftsführer der weltweiten Restaurantkette Avesta: Paris, New York, London, Charlottenburg, Budapest, Nowgorod, Peking.

»Das wäre ... fantastisch!«

»Fantastisch, jawohl, sofern alles ordentlich gemacht ist. Hier ist übrigens auch dein Feldkoffer. Heil und unversehrt. Er wird dir ein kostbares Andenken an die Vergangenheit sein.«

Er zieht ein weiteres Schubfach hervor. Darin allerlei Waffen, ein weißer Tornister – und mein Koffer. Die gute alte Kochausrüstung! Kommt mir nun vor wie ein Ding aus einem früheren Leben. Ich klappe den Koffer auf: die akkurat gefaltete Jacke, Mütze und Handschuhe, das Excalibur, Rosenkranz, ein Paar Baodingkugeln für die freie Hand, das Käppchen aus viviparem Ferrosilicium – »Schlaftablette« für den Floh im Kopf, wenn er mal hängt oder sonst wie spinnt –, man setzt sie auf, und er ist eine Zeit lang still.

Die Tür zu Henris Kabinett geht auf, und herein kommt – oho, der bildschöne Schwarzafrikaner, der mich auf dem Flughafenklo geküsst hat.

»Morten, mein Freund!« Henri eilt zu ihm.

Sie herzen und umhalsen sich, raunen einander etwas zu. Hübscher Anblick, die beiden: der große, gut gebaute Schwarze in Grau und der wolkenhaft zerfließende Henri in Gelb. Sie gehen zum Bartresen, Henri beginnt Morten einen Cocktail zu mixen. Morten sieht mich im Archiv stehen, hebt die Hand und zeigt sein strahlend weißes Lächeln:

»Grüß dich, Géza!«

»Grüß dich!«

»Entschuldige, dass ich dich küssen musste.«

»Küssen ist besser als Schlagen, Morten.«

Wir lachen.

»Ich mix einen für dich mit, Géza«, sagt Henri, von der hellen Sonne blinzelnd. »Gesell dich zu uns! Morton ist eben angekommen.«

»Fantastisches Wetter«, sagt Morton lächelnd.

»Willst du wissen, Géza, was Morten mich gefragt hat, als wir unsere Baustelle auf dem Manaraga aufmachten?«

»Och, Henri, muss das sein ...« Morton verzieht lachend das Gesicht.

»Ob man nicht einfach eine normale Druckmaschine aufstellen könnte, statt sich mit diesem sauteuren Automaten herumzuplagen! Wie findest du das?«

Wir lachen alle miteinander.

Durch die hohen Fenster fällt üppiges Sonnenlicht aus dem blauen Himmel und sammelt sich auf Henri. Er scheint darin zu schwimmen, beinahe meint man, sein Gesicht selbst wäre die Quelle von Licht. Eines, das mir die Seele wärmt, mehr, als alle Sonne wärmen kann. Ist es doch das Licht der Zukunft. *Unserer* Zukunft. Mein Blick fällt zurück in den aufgeklappten Koffer. Welch ein altes, muffiges, totes Gehäuse! Ein Sarg voller Moder! Dem es beschieden ist zu verfaulen, in einen Schwarm Atome zu zerfallen. Zum Lachen ist das. Ich lache. Greife nach der komischen schwarzen Ferrosiliciumkappe. Ein Symbol meiner Angst vor mir selbst. Von Dürftigkeit und Hilflosigkeit. Verlorener Zeit. Lachend stülpe ich mir die Kappe auf den Kopf.

Plopp.

Das kam aus meinem Kopf.

Die Welt verengt sich. Ringsum Stein. Kälte. Fremde. Gefahr. Und der Koffer. Mein Handkoffer. Er ist bei mir, an diesem fremden, gefahrvollen Ort. Mein Kittel. Meine Mütze. Mein Excalibur. Die Baodingkugeln. Mein Herz klopft. Es ist kalt. Hier drinnen ist es kalt. Drüben ist Licht. Kaltes Licht. Fremdes Licht. Gefährliches Licht. Da stehen zwei. Dieser Schwarze, der sich auf der Toilette die Hände wusch. Mir das Dragee mit seiner Zunge in den Mund schob. Und der Fette. Der die Küche auf dem Gewissen hat, das Hohe

Quintett. Die gelbe Sau. Da stehen sie und lachen. Über mich. Über die ganze Große Küche. Vor mir im Glaskasten liegen die Waffen. Die goldene Mauser. Das Gewehr. Zwei Jagdflinten. Der Flammenwerfer Smaug 4. Der Raketenwerfer Valhalla SM. Alles, was vom Hornisseneinsatz übrig geblieben ist. Er hat es hier abgelegt. Zum Andenken? Da ist ja auch der weiße Tornister. Darin die Bombe. Mit der die Hornissen diese fremde Welt in die Luft sprengen wollten. Ich schnalle den Tornister auf. Sehe das Display des Zeitzünders. Im Seitenfach die Fernbedienung. So ginge es auch. So oder so. Oder beides zugleich. Aber erst mal einen Schwenk mit dem Flammenwerfer drüber und eine Dosis Napalm. Hinrichten, die gelbe Sau. Hinrichten! Ich greife nach der goldenen Mauser. Eine C96. Magazin mit 20 Patronen. Solche Waffen hatte nur das Quintett. Das nicht mehr existiert. Am Knauf der Mauser ist das Wappen der Großen Küche eingeprägt: ein flammendes Buch und zwei gekreuzte Excaliburschwerter. Das Magazin ist gefüllt. Ich entsichere.

»Géza, komm rüber, dein Cocktail ist fertig!«

Mit dem Glas in der Hand schauen die beiden mir entgegen. Ich hebe die Mauser. Die Hand zittert mir. Der Kopf zittert. Alles an mir zittert und bebt. Aber ich bin doch gut im Schießen. Ich habe immer gut geschossen. Ich kann es. Du schießt sehr, sehr gut, Géza. Du erschießt die gelbe Sau.

Der Schuss.

Die Kugel geht zwischen beiden hindurch. Macht ein Loch ins Fenster. Ich zittere.

Die gelbe Sau stellt ihr Glas ab und schwebt auf mich zu.

Ich ziele.

Ziele.

Ziele.

Die Sau kommt immer näher. Wird immer größer dabei. Sie ist schon sehr groß. Groß und gelb. Sie ist leicht zu treffen, Géza. Das große Gelbe ist nicht zu verfehlen. Du bist doch ein guter Schütze. Ein sehr, sehr guter!

Die Hand mit dem Bock mit der Rose legt sich über die Mündung der Mauser.

Die gelbe Sau nimmt mir die Mauser weg.

»Géza, die Kappe steht dir nicht. Sie ist altmodisch.«

Die Schweinsäuglein lächeln. Die Sau reißt mir die Kappe vom zitternden Kopf.

Plopp!

Die Welt weitet sich. Sie ist wunderschön. Henris großes Gesicht ist hell und strahlt. Es strahlt Freude und Zuversicht aus. Beinahe hätte ich einen schrecklichen Fehler gemacht. Henri lacht mich an. Er umarmt mich. Ich falle auf die Knie. Schlinge die Arme um seinen großen, grenzenlos vertrauten Körper.

Schluchzen. Es schüttelt mich. Tränen strömen.

»Heul nur, immer heul, mein Guter.« Seine großen Hände streichen mir väterlich über die Schultern. »Du bist zu Hause.«

Ich heule. Vor Freude, den großen Fehler nicht begangen zu haben. Vor Glück, dass sie alle jetzt an meiner Seite sind: Henri, Sonne und Himmel, der Berg Manaraga, die fantastische Maschine. Und die Zukunft, unsere blendende Zukunft.

»In die wir alle mitnehmen! Die Küche wird gut zu jedermann sein, Géza. Wir werden alle lieben. Und für dich habe ich eine besondere Überraschung.«

Seine großen weichen Finger wischen mir die Tränen aus dem Gesicht.

»Schau, wer gekommen ist.«

Die Tür geht auf. Herein kommen ... nein, das kann nicht sein! Liên und Châu, die reizenden vietnamesischen Zwillinge! Mit denen ich dreimal glücklich war: auf Phu-Quoc, in Miami und in der Halong-Bucht. Mit schlappenden Gummilatschen betreten sie den Raum. So lieb, so bezaubernd! Sie stecken in weißen Flauschbademänteln.

»Hallo, Géza, hallo, Géza«, flöten ihre dünnen Stimmchen.

»Wir haben hier einen herrlichen Pool«, hat Henri mitzuteilen. »Unterhalb des Berges sprudeln heiße Quellen. Sie speisen unser Heizungssystem. Manaraga ist ein zauberhafter Ort, in jeglicher Hinsicht! Ein Ort zum Glücklichsein! Gut geschwommen, Mädchen?«

»Hinreißend! Ganz wunderbar!«, flöten sie.

»Géza, wir alle werden noch öfter um die Wette schwimmen, verlass dich drauf!«

In beschwingten Tanzschrittchen trippeln die Mädchen auf mich zu. Sie sind wirklich bezaubernd – und hinter ihrem Rücken ist die paradiesische Welt zu ahnen, der sie entstammen, aus Wellenspiel, rosigen Sonnenuntergängen und fernen Gestaden ... »Weißt du noch, Géza, das Lied, das sie damals sangen, als du das hier aufhattest?« Henri schwenkt die schäbige Ferrosiliciumkappe.

Ob ich es noch weiß? Wie könnte ich nicht! Die Mädchen hatten sich ein kleines Schlaflied für Flöhe ausgedacht, damit sie nicht störten, wenn wir einander im warmen, feuchten Sand liebten. Der Text war auf Englisch – so verquer, wie sie es verstanden.

Und Liên und Châu sind schon dabei, es wieder anzustimmen:

Sleepy fleas, sleepy fleas,

Don't disturb us make love squeeze!

Ihre Stimmen tönen wie Paradiesglöckchen.

»Sque-e-eze! Sque-e-e-e-e-eze!«, kreischt Henri, und seine Pranken zerren das Käppchen im Takt auseinander wie den Balg einer Ziehharmonika.

Er vollführt einen Tanz vor mir, der ich immer noch vor ihm knie, versetzt seinen großen, göttlichen gelben Wolkenleib in erlesene Schaukelbewegungen. Er kann es, er kann alles! Die Mädchen kreisen um ihn. Derweil vollführt Morten Wellenbewegungen, verrenkt sich auf wundersame Art im Sonnenlicht.

»Sque-e-e-eze!«

Das Käppchen zerreißt. Und mit ihm die vergangene Welt. Die Fetzen fliegen auf den Steinfußboden.

»Sque-e-e-eze!« Sachte drängt die gelbe Wolke die zierlichen Elfen in meine Richtung.

Die Schlaufen ihrer Bademäntel lösend, nehmen sie vor mir Aufstellung. Die Pose kenne ich ... Es ist ihr traditioneller Morgengruß: Sie spreizen und kreuzen die biegsamen glatten Beine so, dass ihre Jadetore sich zu einem magischen Symbol verbinden, dem Zeichen WW. Wie ich das liebe! Auf Knien krieche ich zu ihnen hin und versenke meine Lippen hinein. O dieser Duft, diese Zartheit! Das ist das wahre Glück! Ich habe es wieder. Auf immer und ewig.

Und der Strom meiner Tränen ergießt sich über die zarten Lenden.

ANMERKUNGEN DES ÜBERSETZERS

11 Nastasja Filippowna   Figur aus Dostojewski, *Der Idiot.*

26 Letztes Herbstlicht ...   Boris Pasternak, *Der Winter naht (1943).*

79 Spitzname: Tolstoi = (russ.) der Dicke.

93 Wie viel braucht ... der Mensch?   Siehe Lew Tolstois berühmte Erzählung *Wie viel Erde braucht der Mensch? (1885).*

100 moroz   (russ.) Frost, im Original in »westlicher« Transkription.

102 Und die Zeit ...   Aus einer Arie in *Rosenthals Kinder,* Oper von Leonid Desjatnikow und Vladimir Sorokin (2005).

131 Ich komme aus der Heimat   Siehe *Ich komme aus Russland,* Essay von Sachar Prilepin (2008).

133 Einsam roll ich ...   Siehe *Einsam tret' ich auf den Weg, den leeren ...* Verse von Michail Lermontow (1841) in der Übersetzung von Rainer Maria Rilke.

158 La tempête a béni ...   Arthur Rimbaud, *Das trunkene Schiff* (1871), 4. Strophe.

191 Hottab   Flaschengeist aus einem populären Kindermärchen von Lasar Lagin (1940).

205 Lieb, es ist Zeit   Anfang eines populären Puschkin-Gedichts o. T. (1834).

Weitere Titel von Vladimir Sorokin
bei Kiepenheuer & Witsch

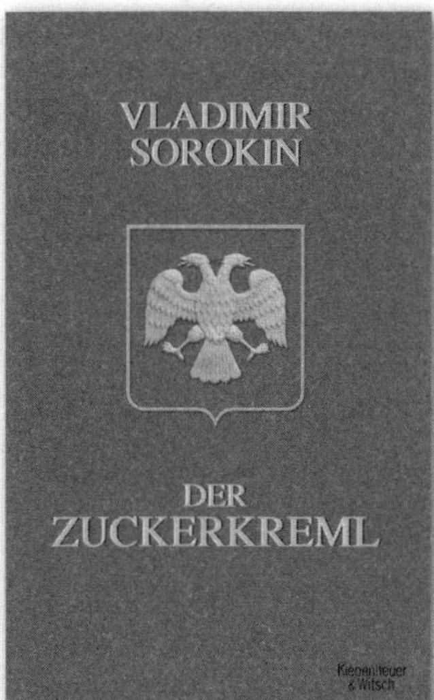

Kiepenheuer
& Witsch

Leseproben und mehr unter www.kiwi-verlag.de